KB207199

리와일드 2

《리와일드》의 다음 이야기를 기다려 온 독자들에게

리와일드 2

When the Wild Calls

니콜라 펜폴드 지음
조남주 옮김

나무를 심는 사람들

리와일드 2

When the Wild Calls

니콜라 펜폴드 지음
조남주 옮김

나무를 심는 사람들

추천사

가장 사랑하는 존재를 잃게 되더라도, 다시 사랑을 시작할 수 있을까. 이 작품의 주인공 주니퍼에게는 그런 감당하기 힘든 인생의 과제가 주어진다. 사랑하는 엄마를 영원히 잃어버리고, 전염병과 굶주림의 위험이 온 세상을 위협하는 세계에서 힘겹게 살아가는 주니퍼. 이 강인하고 지혜로운 소녀는 그럼에도 결코 '다시 사랑을 시작하기'를 포기하지 않는다. 결코 포기를 모르는 소녀 주니퍼의 사랑은 가족과 친구, 이웃들뿐 아니라 전혀 모르는 사람들, 그리고 이 아름다운 지구와 대자연 전체로까지 확장된다. 자신을 보호하는 데만 급급한 어른들은 각자도생을 외치지만, 어린 소녀 주니퍼는 아무리 위급한 상황에서도 '나'만이 아니라 '너와 나', '우리'가 함께 살아남을 수 있는 눈부신 공생의 길을 개척한다. 이 책은 팬데믹 이후 더욱 각박해진 세계에서 '언택트'나 '비대면'에 익숙해져 버린 우리 현대인에게, 타인의 상처를 외면하지 않고 끝내 타인의 슬픔까지 끌어안는 더 커다란 사랑의 힘을 가르쳐 준다. 뜨겁게 사랑하는 법을 잊어버린 모든 사람들에게, 이 아름다운 책을 바치고 싶다.

정여울

작가, 《감수성 수업》,
《나를 돌보지 않는 나에게》 저자

작가의 말

저의 첫 번째 책《리와일드》는 코로나 19가 전 세계에 막대한 피해를 주기 시작하던 2020년 2월에 출판되었습니다. 하지만 사실 그 책은 바이러스가 출현하기 훨씬 이전에 쓰였습니다.

저는 '팬데믹 소설'을 쓰려고 의도한 것도 아니었고, 여전히《리와일드》가 그런 책이 아니라고 생각합니다.《리와일드》는 우리가 자연과 연결되어 있고 그것이 우리 모두의 삶에 얼마나 필수적인지를 다루고 있습니다. 그와 동시에 십 대 소녀 주니퍼와 어린 남동생 베어가 야생으로 돌아가는 여정을 그린 모험 이야기이기도 합니다. 진드기 병은 이야기의 배경을 만드는 데 필요한 장치였을 뿐입니다. 늑대와 스라소니가 있을지도 모르는 곳. 모든 것이 새로우며 아직 탐사되지 않은 곳. 아름다움뿐만 아니라 위험이 도사리고 있을지도 모르는 곳이 그렇게 지어졌습니다.

그러던 중 코로나 19가 발생했고, 현실이 내 책과 겹쳐지기 시작했습니다. 낯설고 불안한 느낌이 엄습했지요. 어쩌다 보니 질병을 소재로 책을 썼다는 사실에 묘한 죄책감이 들기도 했습니다. 하지만 사람들은 지금도 《리와일드》를 읽고 있고, 저는 그 책이 독자들을 야생으로 데려가는 것을 보면서, 또 사람들이 주니퍼와 베어에게 마음을 내주는 것을 보면서 뿌듯했습니다.

훌륭한 선생님들과 사서들의 관심 덕분에 《리와일드》는 많은 학교에서 널리 읽혔고, 저는 다양한 학생들과 이를 주제로 이야기를 나눌 수 있었습니다. 학생들은 늘 제게 "주니퍼와 베어는 그 다음에 어떻게 되었나요?" 하고 물어 왔습니다. 에티엔과 애니 로즈에 관한 질문도 빠지지 않았고요. 그들을 그 도시에 그대로 남겨 두다니! 저는 그 도시를 감옥이라고 묘사했는데 말이에요. 포르샤 스틸이 매우 야만적인 방식으로 통치하는 그 도시에는 유리온실 같은 제한된 장소에서 기르는 몇 가지 식물 외에는 자연이라고는 전혀 없습니다. 그곳에 남은 에티엔의 이야기와 에너데일에 도착한 주니퍼의 다음 이야기를 들려줄 기회를 갖게 되어 정말 기쁩니다.

저는 이 책이 《리와일드》를 읽은 독자들의 궁금증을 조금은 풀어 주리라 기대합니다. 물론 이 책만으로도 충분히 즐거운 경험을 할 수 있을 것입니다. 제 이야기 속 세계의 배경이자 현실 세계의 배경이 되는 기후 위기와 생물 다양성 위기는 점점 더 커지고 또 명확해지고 있습니다. 우리는 임계점을 넘어 위험한 새 구간으로 진입하는 중입니다. 우리 사회가 더욱 지속 가능하고 야생적인 생활 방식으로 진화할 때, 자연은 우리에게 꼭 필요한 위로와 안정을 줄 것입니다.

주니퍼와 베어 이야기의 핵심은, 자연을 지키기 위해서는 자연을 알아야 하고 사랑해야 한다는 것입니다. 야생은 환상 속 풍경이 아니라 우리의 세계입니다. 야생을 지키고 정치 지도자와 대기업에 변화를 요구하는 것은 우리 모두의 몫입니다. 야생이 없다면 우리는 아무것도 아니기 때문입니다.

* * *

배경이 된 장소에 관한 간략한 설명

저는 실제 장소를 탐험하고 거기서 영감을 얻는 것을 좋아합니다. 글에 생동감을 불어넣어 주니까요. 하지만 저는 공상가이자 이야기꾼이며, 게으른 연구자예요. 그래서 머릿속에서는 많은 시간을 보냈지만 현실에서는 가 보지 못한 아름다운 에너데일을 비롯해, 이 책에서 언급되거나 암시된 장소는 모두 저만의 버전일 뿐입니다. 그 장소들을 잘 알고 사랑하는 사람들이 부디 저를 용서해 주시기를!

책 속의 도시가 어디인지 질문을 많이 받습니다. 에너데일과 달리 도시의 이름은 밝히지 않았습니다. 포르샤 스틸의 디스토피아적인 콘크리트 정글은 실제 장소와는 너무 동떨어져 있을뿐더러, 글을 쓸 때 현실적인 여정에 얽매이는 복잡함을 피하고 싶었거든요. 하지만 이번 책에서는 그 도시가 런던 북동쪽에 있는 케임브리지라는 게 좀 더 분명히 드러납니다. 하지만 지리적 사실은 느슨하게 적용되어 있으니, 책을 읽으면서 지도를 너무 꼼꼼히 들여다보지는 마세요!

차례

주니퍼

에티엔

재자연화를 주장하는 리와일더들이
진드기를 이용해 치명적인 바이러스를 퍼뜨린 지 수십 년,
주니퍼와 베어 남매는 진드기 병을 막기 위해
모든 '자연'을 금지한 봉쇄된 도시에서 외할머니와 살고 있다.
사람들 대다수는 감옥 같은 도시 생활에 순응해 살아가지만,
남매는 야생으로 탈출할 날만 꿈꾼다.

도시의 지배자 포르샤 스틸이 전염병에 항체가 있는
남매의 피를 이용하려 하자, 주니퍼는 친구 에티엔의 도움으로
동생과 함께 도시를 탈출한다. 자신들의 고향이자
그리운 엄마가 있는 에너데일로 향하는 모험에는
자연의 아름다움만이 아니라 잔혹함도 도사리고 있었다.

야생 스라소니와 방랑자들의 도움으로
눈보라가 몰아치는 500km를 여행해 에너데일에 도착하지만,
이미 여러 해 전에 엄마가 죽었다는 소식을 듣는다.

1 에너데일

주니퍼

지난 여행은 각인처럼 내 몸에 남았다. 마치 이리저리 비틀리고 구부러지며 내 몸을 관통하는, 다루기 힘든 제2의 척추가 된 것 같다.

나는 도시에 두고 온 우리 할머니의 온실 꿈을 꾼다. 사우스엣지의 완충 지대 바로 앞에 있는, 믿을 수 없을 정도로 아름다운 유리 건물. 포르샤 스틸이 지배하는 어두운 감옥 같은 도시에서도 환하게 빛나는 녹색의 돔, 오랫동안 베어와 내가 살았던 우리 집.

화분들과 나무 그늘 사이로 움직이는 형체가 보인다. 우리 외할머니 애니 로즈다(할머니는 우리에게 할머니, 외할머니보다는 애니 로즈라고 불리는 걸 더 좋아했다). 고작 몇 달이 지났을 뿐인데,

할머니는 더 늙은 것 같다. 우리를 그리워한 탓일까. 어깨는 구부정해졌고 걸음도 느려졌다.

"할머니에게로 돌아갈 방법을 꼭 찾아낼 거예요." 온실 유리 너머로 소리치고 싶었지만, 무언가가 나를 막았다. 도시로 다시 돌아간다는 생각만으로도 몹시 두려웠다.

문 두드리는 소리에 나는 꿈에서 빠져나왔다. 건너편 베어의 침대를 힐끗 보는데, 동생은 이미 나가고 없다. 베어는 에너데일에서 지내는 게 무척이나 즐거운 것 같다. 입김이 눈앞을 가리고 서리 덮인 땅에 부츠 자국이 그대로 남는, 아무리 추운 아침이라도 동생은 기어이 밖으로 나가고야 만다. 에너데일에는 베어가 아직 가 보지 못한 곳이 많이 남았으니까.

또다시 문 두드리는 소리가 났다. 아까보다 소리가 더 컸다.

나는 눈을 비비며 겨우 잠을 떨쳐 내고, 비틀거리며 문으로 갔다. 문밖에 모건이 서 있었다. 에너데일의 여성들 중 아마도 우리를 가장 싫어하는 사람 중 하나일 것이다. "네 동생한테 할 얘기가 있어."

나는 뒤로 한 걸음 물러났다. 이렇게 이른 아침에 모건이 왜 우리 오두막의 문을 두드리는 거지? 베어를 왜 찾는 거지?

"안에 있지?" 모건은 한 단어씩 내뱉듯이 말했다. 그러더니 우리 오두막 안으로 밀고 들어와, 골풀 매트를 밟고 섰다. 이 매트는 내가 짰다. 에너데일의 호수 가장자리에서 자라는 갈대를 엮은 것으로, 윌로우가 도와주었다. 윌로우는 아빠의 새 아내다. 신발 끈을 대충 묶은 모건의 더러운 부츠가 우리 매트를 밟고 있는 게 보기 싫었다.

"베어는 없어요."

"어젯밤에 우리 닭 세 마리가 없어졌어!" 모건이 소리쳤다.

나는 없어진 닭 세 마리와 모건이 여기 서서 내 얼굴에 대고 소리치는 것 사이에 무슨 관계가 있는지, 잠이 덜 깬 머리로 열심히 추리해 보았다.

"닭을 찾는 걸 도와달라고요?" 나는 베어와 내가 나무들 사이로 닭을 뒤쫓는 모습을 상상하며 물었다. 동생은 이런 종류의 추격전을 좋아한다.

모건의 얼굴에서 분노가 뿜어져 나왔다. "너는 이게 재밌니?"

"아뇨, 하지만 무슨 영문인지 모르겠어요." 나는 솔직하게 말하며, 귀 뒤로 머리카락을 쓸어 넘겼다. 밤사이 머리가 뒤엉켜 있었다. 어젯밤에 땋아 두었어야 했는데.

"그놈의 여우가 들어왔다니까!" 모건은 이 사이로 한 음절 한 음절 힘주어 침방울과 같이 뱉어 냈다.

"죄송하지만, 그게 제 동생이랑 무슨 상관이 있다는 거예요?" 하고 묻는데, 심장이 갈비뼈에 부딪힐 듯 빠르게 뛰었다.

"그 애 때문에 여우가 들어갔잖아? 닭장에 들어가면 안 된다고 내가 그렇게 베어에게 주의를 주었는데. 닭들을 얼마나 괴롭히는지… 걸쇠를 잘 걸어야 한다고 백만 번은 말했을 거야.

왜 그렇게 닭을 가만두지 못하나 몰라."

"그냥 보고 싶어서 그리는 거예요. 닭 말이에요. 동생은 닭을 정말 좋아하거든요." 닭장에는 무언가 베어를 끌어당기는 게 있다. 살아 있는 아름다운 새들, 부드럽게 꼬꼬댁거리는 소리. 동생은 닭들에게 저마다 이름을 붙여 주고, 에너데일의 퇴비 더미에서 파낸 꿈틀거리는 분홍색 벌레를 가져다주었다.

"닭들이 사라진 걸 알면 베어도 큰 충격을 받을 거예요." 나는 이렇게 덧붙였다.

"이걸 오늘 밤 마을 운영위원회에 안건으로 제출할 거야." 모건이 말했다. 목소리에는 분노가 가득 차 있었고 뺨이 붉게 타올랐다.

"하지만 운영위원회도 어쩔 수 없을 것 같은데요? 여우가 들어간 게 제 동생 탓이래도, 일부러 그런 건 아니었을 거예요. 어린애잖아요."

모건은 경멸하는 눈빛으로 나를 바라보았다. "나이에 상관없이 이곳에서 사는 데에는 책임이 따라. 하루하루가 특권인 거니까. 여기는 무모함 따위는 허용되지 않아."

"저희도 알아요."

"이래서 외부인을 들이면 안 된다니까." 모건이 침을 튀기며 말했다. 두꺼운 침 한 방울이 내 눈가에 떨어졌다. "네 아버지랑 이야기해야겠다."

나는 모건의 침을 닦아 내고, 그녀가 지붕에 에메랄드빛 이끼가 낀 오두막들을 지나 마을 한가운데로 씩씩거리며 돌아가는 것을 지켜보았다.

"아, 베어!" 나는 신음하며 난로 위 고리에 걸린 코트를 꺼내 들고, 비틀거리며 이른 아침의 추위 속으로 동생을 찾아 나섰다.

* * *

2월의 공기는 날카롭고 차가웠다. 나는 찬 공기를 꿀꺽 삼켰다. 비로소 정신이 번쩍 들면서 감각이 우르르 깨어났다. 얼어붙은 땅에서 뽀드득거리며 발소리가 났다. 아침을 맞이하는 에너데일은 불 피우는 연기로 매캐했다. 울새 한 마리가 우리 오두막 위로 뻗친 가지에 앉아 목청껏 노래를 불렀다. 가슴이 붉은 그 새는 나를 보자 아래로 뛰어내렸다.

"지금은 안 돼, 레드." 내가 미안해하며 말했다. "나중에 먹을 만한 걸 찾아 줄게."

나는 마을을 한 바퀴 돌았다. 하지만 다른 오두막의 문을 두드릴 만한 용기는 없었다. 우리가 외부인이라는 모건의 말이 틀린 건 아니다. 다들 친절하고 이곳에서 새 친구들도 사귀었지만, 어떤 날은 도시에서처럼 이곳도 우리에게 맞지 않는 듯한 느낌이 든다. 베어와 내 심장은 다른 사람과는 다른 박동 수로 뛰는 걸까? 그게 아니면 사물을 보는 방법이 다른 건지도 모르겠다. 아주아주 작은 눈 수천 개가 합쳐져 위험을 감지하는 곤충의 눈을 닮았는지도 모르겠다. 에너데일처럼 안전한 곳에도 모건 같은 사람은 있기 마련이다.

나는 지나가는 아이들을 불러 세웠다. "베어 봤니?"

"지금 숨어 있어." 그중 한 아이가 말했다. 여덟 살쯤 된 파이퍼라는 남자애로, 베어의 꼬맹이 패거리 중 하나다. "모건 아줌마가 엄청 벼르고 있거든."

"그래, 하지만 베어는 아무 짓도 안 했잖아?" 나는 아이들을 지나치며 중얼거렸다.

눈으로는 나무숲이 시작되는 지점을 훑어보며 난 불안감에 휩싸였다. 베어가 도망치지는 않겠지? 불같이 화를 내는 모건이 무섭고 닭 세 마리를 잃어버려서 슬프긴 하겠지만, 베어가 이곳을 떠나지는 않을 거다.

나는 호수 안으로 길게 뻗어 나간 반도 모양의, 모두가 섬이라고 부르는 곳으로 발걸음을 재촉했다.

"베어!" 내 목소리가 수면 위로 울려 퍼졌다. 섬에서는 살얼음이 낀 나뭇잎이 손을 내밀고, 갈대는 땅에서 솟아난 칼처럼 보였다.

윌로우는 날이 따뜻해지면 바로 여기서 베어와 나에게 수영을 가르쳐 주겠다고 했다. 여름이면 에너데일 아이들은 바다로 소풍을 나가서 세인트 비즈라는 해변의 모래사장에서 하룻밤 캠핑을 한다고 했다. 그때까지는 수영을 할 수 있어야 그 아이들을 따라 바다에 갈 수 있다.

난 나무 사이를 이리저리 돌아다녔다. "베어!" 이제 짜증이 났다. 너 왜 없어진 건데? 모건이 우리를 얼마나 싫어하는지 알면서 닭장에는 왜 들어간 거야? 그리고 모건이 신신당부했을 텐데 걸쇠는 왜 또 제대로 걸지 못한 거냐고?

아무 소용없었다. 이곳엔 아무도 없는 것 같다. 그저 가만히 서서 물속을 응시하는 왜가리 한 마리뿐이다.

나는 마을로 돌아갔다.

아빠와 윌로우가 사는 오두막에서 페른의 울음소리가 흘러나왔다. 페른의 목소리에는 듣는 이의 가슴을 찌르는 그런 음이 들어 있다. 나는 문을 밀고 들어갔다.

나는 베어가 거기, 아빠와 함께 있는 모습에 깜짝 놀랐다. 아빠는 커다란 의자에 앉아 당황한 듯 페른을 품에 안고 흔들고 있었다. 베어는 옆에 서서 아기를 굽어보며 우스꽝스러운 표정을 지어 보였다. 여느 때 같으면 베어의 얼굴을 보고 페른이 웃음을 터뜨렸겠지만, 오늘은 아니었다. 두 사람에게는 안 보이나? 아기는 이미 그런 걸로 달래질 상태가 아니었다. 잔뜩 인상을 쓴 채 불끈 쥔 두 주먹을 이리저리 마구 흔들어 댔다.

"베어! 널 찾느라 사방을 헤매고 다녔어!" 나는 먼저 베어에게 소리쳤다.

동생이 얼굴을 찡그렸다. "여기는 안 왔잖아."

왜 그 생각을 못 했는지, 화가 나서 나도 눈살을 찌푸렸다.

아빠와 윌로우가 사는 오두막에 남는 방이 있었다면, 베어와 나도 여기서 살았을 것이다.

"윌로우 아줌마는요?" 나는 아기에게로 눈길을 돌리며 아빠에게 물었다.

"수영하러 갔어."

"제가 지금 호수에서 오는 길인걸요." 얼음처럼 차가운 물속에 있을 윌로우 생각에 저절로 부르르 몸이 떨렸다. 윌로우는 겨우내 수영을 했다. 심지어는 아기를 낳고 며칠 지나지 않았을 때도 물에 들어갔다.

"너랑 엇갈렸나 보다." 아빠가 의자에서 일어나며 말했다. "아마 오는 길에 로지네에 들렀을 거야. 주니퍼, 잠깐 나갔다 올 테니 아기 좀 봐 줄래? 페른이 배가 고픈가 봐."

"그럼요." 나는 즐거운 기분으로, 몸부림치는 페른을 아빠에게서 받아 두 팔로 감싸안고 아기의 귀에 대고 속삭였다.

페른 뺨에 가느다란 붉은 줄이 있었다. 가엾게도 자기 손톱으로 얼굴을 할퀴었으니 우는 것도 당연하다. 아기를 더 가까이 안았다. 아기에게서 라벤더와 우유 냄새가 났다.

아빠가 밖으로 나가자 베어는 당황한 듯한 표정을 지었다. 나는 페른을 달래 주려고 오두막 안을 서성거렸다.

"닭 얘기 들었어."

잠시 후 페른의 울음이 잦아들면서 눈이 감기기 시작했다. 품에 안은 아기가 더 무겁게 느껴졌다.

"난 아무 짓도 안 했어. 맹세해!" 베어가 내 얼굴을 똑바로 바라보며 말했다.

"어젯밤에 닭장에 갔어?" 이렇게 물으면서도 나는 동생이 아니라고 해 주길 바랐다. 모건의 닭들이 다른 이유로 죽은 거라면 편할 텐데. 바람이 불었거나 걸쇠가 고장 났거나, 어쨌든 베어랑은 상관없는 이유로 말이다.

동생은 비참한 표정으로 바닥을 내려다보았다.

"베어!" 나는 페른이 깊은 잠에 빠져들도록 흔들의자에 앉아 의자의 움직임에 몸을 맡겼다.

"걸쇠를 잘 잠궜다고 생각했어. 맹세해, 누나. 하지만 어쩌면 잠깐 딴 데 정신을 팔았는지도 몰라. 그 스라소니를 또 봤거든. 저번에 내가 말했잖아."

베어의 뺨이 붉어졌다. 나는 어젯밤 기억을 떠올리며 동생을 바라보았다. 베어가 오두막에 돌아왔을 때 난 책에 푹 빠져 있었다.

닭장 걸쇠를 잘 걸었는지 내가 확실히 물어봤어야 했는데. 베어는 자기가 말했던 그 스라소니를 봐서 너무 흥분했던 거다. 우리 고스트는 아니었다. 고스트는 도시를 탈출할 때 우리를 따라온 스라소니다. 동생은 맹세코 또 다른 스라소니가 있다고 말했다.

나는 한숨을 쉬었다. "우린 잘못을 저지르면 안 돼. 사람들 마음에 드는 게 중요하단 말이야."

"사람들은 우릴 좋아해!" 베어가 가슴을 내밀었다. "정말이야, 쭈 누나. 어제 파이퍼의 아빠가 아이들을 데리고 가서 호숫가에서 달리기 시합을 했는데, 모두들 내가 가장 빠르다고 했어, 원래대로라면."

"원래대로라면?"

베어가 고개를 끄덕했다. "큰 애들이 참가하지 않았다면 말이야. 리도 있었는데, 그 애 다리가 얼마나 긴지 누나도 알지? 그건 공평하지 않잖아! 근데 내가 거의 비슷하게 빨랐거든."

"베어!" 나는 부드럽게 웃으며 의자 쿠션에 기댔다. 페른의 눈꺼풀이 나방의 날개처럼 떨렸다. "항상 뭔가 대단한 경쟁을 벌일 필요는 없어. 너 자신을 증명하지 않아도 괜찮아. 그냥 좀 조심하기만 하면 돼, 여우가 들어가지 못하게 닭장의 걸쇠를 잘 채운다든가."

베어는 책상다리를 하고 내 발치에 앉아, 두 팔로 자기 어깨를 감싸안았다. "어떤 애들을 잡아갔을까? 페퍼나 플러피는 아니었으면 좋겠는데."

나는 손을 뻗어 베어의 어깨를 꽉 잡았다. "닭들에게는 순간이었을 거야. 너도 여우 이빨을 본 적 있잖아."

"여우가 아니라 그 스라소니였을 거야. 내가 얘기했잖아. 고스트보다 훨씬 크다고."

나는 창밖을 바라보았다. 창에는 밤새 얼어붙은 서리가 그린 무늬가 그대로 남아 있었다. 이 계곡에 다른 스라소니가 또 있는 걸까? 고스트의 냄새를 맡았을까? 가슴이 답답했다. 고스트가 우리를 떠나 그 스라소니를 따라가면 어쩌지?

문이 활짝 열리더니 윌로우가 달려 들어왔다. 아빠가 그녀를 뒤에서 떠밀고 있었다. 윌로우는 내 품에서 잠든 페른을 보고 멈춰 섰다. "어머나, 주니퍼, 아기를 정말 잘 보는구나." 윌로우가 아빠 옆구리를 슬쩍 찔렀다. "이걸 보고 분명 누군가는 아기가 죽은 듯 자고 있다고 생각했을 거야!"

윌로우의 표정이 어두워지더니 마치 자신의 말을 주워 담으려는 듯 입술에 손가락을 갖다 댔다. "미안해, 그런 뜻으로 한 말은 아닌데…."

난 고개를 저었다. "알아요. 괜찮아요. 저는…."

나는 말을 멈췄다. 내가 무슨 말을 하고 싶었는지 모르겠다. 죽음이라는 말을 들으면 앞으로도 나는 늘 엄마를 떠올릴까? 윌로우가 아빠와 함께 있으면, 마치 갈라진 한 쌍이 다시 합체한 것 같은 모습을 보면, 그때도 늘 엄마를 떠올릴까? 이런 세상이 아니었다면, 윌로우 대신 여기 엄마가 있었겠지. 질병이 없는 세상, 사람들이 봉쇄된 도시 안에서 죽지 않아도 되는 세상이었다면. 엄마와 아빠가 고향을 떠나지 않고 평범한 삶을 살 수 있는 그런 세상이었다면.

하지만 그건 너무 많은 걸 되돌려야 가능한 일이다. 수많은 '만약'과 '그랬다면'이 필요하다.

그건 사람들의 탐욕이 통제 불능에 이르러서 누군가가 치명적인 질병을 풀어놓는 것만이 세상을 구하는 유일한 방법이라고 생각하기 이전으로 인류를 되돌리는 것이다.

그때로 돌아간다면 베어와 나는 존재하지 않을 테고, 내 품에 안긴 따뜻하고 부드러운 이 새로운 생명체도 분명히 존재하지 않을 것이다.

"페른은 이제 나한테 줘." 윌로우가 속삭이듯 말했다. "배가 고플 거야."

나는 윌로우가 흔들의자에 앉도록 자리를 비켰다. 흔들의자에 앉아 고개를 들면 오두막들 사이로 호수가 보인다. 호수가 물고기처럼 은빛으로 반짝였다.

"팬케이크를 만들어야겠다." 아빠가 오두막의 절반쯤 되는 부엌 공간으로 갔다. 거기에는 열을 뿜어내는 난로와 주변 계곡 마을에서 찾아낸 도자기 그릇을 올려 둔 선반이 있다. "그런 다음에 잃어버린 모건네 닭을 어떻게 보상할지 의논해 보자!"

베어가 바닥 깔개에 얼굴을 파묻었다.

"게일, 쯧!" 윌로우가 아빠에게 단호한 시선을 던지며 혀를 찼다. "단순한 실수였잖아, 그렇지 베어? 어쩌면 모건이 걸쇠를 거는 걸 잊어버렸을 수도 있고."

아빠가 못마땅한 듯 윌로우에게 눈총을 보냈지만, 난 그 변명이 고마웠다.

"모건은 쉽게 화를 내는 사람이 아니오." 아빠가 말했다. "마을 운영위원회에서도 존경받는 사람이고."

"누가 존경하는데요?" 윌로우는 약간 비꼬는 것 같았다.

"길, 벤, 애니, 에이드." 아빠가 대답했다. "우린 에너데일의 그런 어른들을 존경해야 해요. 그들은 우리가 상상도 못 할 일들을 겪었잖소."

"모든 사람이 다 겪을 만큼 겪었어요, 게일." 페른의 뒷머리를 쓰다듬으며 윌로우가 조용히 말했다. 아기의 뒤통수에는 머리카락이 이끼처럼 살짝 돋아나 있었다. "주니퍼랑 베어, 게일 당신도요. 이미 충분히 겪었잖아요. 모건이 함부로 대해도 되는 건 아니에요."

팬에서 지글지글 소리가 나더니 팬케이크가 익는 냄새가 났다. 진짜 달걀과 우유, 밀가루로 만든 팬케이크. 우리가 도시에서 먹던 음식과는 완전히 다르다.

베어와 내가 처음으로 아빠의 팬케이크를 맛본 날을 결코 잊지 못할 것이다. 12월 21일, 동짓날이었다. 그날은 아빠와 에너데일의 지도자인 길이 여행에서 돌아오기로 한 날이었기 때문에, 눈이 점점 더 많이 내리자 윌로우는 안절부절못했다. 베어와 내가 에너데일에 도착했을 때, 아빠와 길은 진드기 병과 백신에 관한 논의를 위해 칼라일이라는 북부 도시로 떠나고 없었다. 윌로우는 그 논의가 무척이나 긴박한 일이라고 했다.

어둠이 내리고 눈발이 굵어졌지만, 다행히 아빠는 예정대로 동지에 맞춰 돌아왔다. 아빠는 베어와 나를 보고 믿을 수 없다는 듯 벌어진 입을 다물지 못했다. 떠나보냈을 때보다 부쩍 자란 우리를 보고 아빤 행복해하는 동시에 슬퍼했다. 자신이 우리를 얼마나 그리워했는지 새삼 깨달았던 것 같다.

어쨌거나 아빠는 그날 여행 때문에 피곤하기도 하고 오만 가지 감정이 머릿속에서 빙빙 돌았을 텐데도 자신의 특별 요리를 해 주겠다고 우겼다.

그다음 날, 윌로우가 진통을 시작했고 다음 날, 페른이 태어났다. 그래서 사흘 만에 아빠는 무자식에서 삼 남매의 아빠가 되었다.

“모건에게 사과 편지를 쓰는 게 좋겠다. 평화는 중요한 거거든.” 아빠가 첫 번째 팬케이크를 접시에 담으면서 말했다.

“그림을 그리는 것도 괜찮을 것 같아, 베어.” 난 동생이 편지를 쓸 생각에 얼굴을 찡그리는 것을 보고 재빨리 덧붙였다.

베어가 마지못해 고개를 끄덕였다. 우리 모두 평화란 추구할 만한 가치가 있는 좋은 것이라는 데에 의견 일치를 보았다.

“자, 꿀 필요한 사람?” 윌로우가 말했다.

왜 그걸 물어보는지 모르겠다. 마치 우리 중 누구라도 꿀을 마다할 사람이 있을 것처럼.

2 외부인

주니퍼

베어와 주례 마을 운영위원회에 참석하러 가는데 마음이 무거웠다. 좀 전에 아빠가 나를 부르더니, 베어가 얌전히 있도록 잘 지켜보라고 말했다. 나의 반발에도 아빠는 왜 그래야 하는지 이유는 설명해 주지 않았다. 모건이 뭐라고 말할지 그렇게 걱정되는 것일까?

하지만 내게는 베어를 진정시킬 기회가 없었다. 그랬더라면 억울했을 것 같다. 모임은 회의와 마을 잔치를 겸한 것이었는데, 단순한 잔치가 아니었다. 마을 사람 모두가 커다란 모닥불 주변에 둘러앉아 함께 하는 특별한 의식이었다. 어둠이 내려앉은 가운데 온기와 빛이 퍼져 나갔다.

가장 추운 겨울밤에도 에너데일 사람들은 이 의식을 위해

꽁꽁 싸매고 밖으로 나온다. 하루하루 해가 길어지면서 어느새 다가오고 있는 새해의 계획을 의논하기 위해서다.

사람들은 점점 줄어드는 겨울 저장 식품 이야기를 하거나, 어떻게 하면 더 많은 씨앗을 찾아내 다양한 채소와 과일을 재배할 수 있을지 의논하곤 했다. 또 강이 호수로 흘러드는 지점에 물방앗간을 지을 계획도 세웠다. 물이 나무 바퀴를 돌리면 그 힘으로 곡물을 빻을 수 있다.

약도 더 많이 확보해야 한다. 옛날 옛적 이 세상의 끝에 용들이 웅크리고 있었던 것처럼 이곳에는 질병과 감염이 숨어 있다. 질병과 감염은 이야기 속 용들과는 다르게 내부에서 시작되어 공동체를 파괴한다. 내가 어렸을 때 실제로 그런 일이 일어났다. 애초에 내가 에너데일에서 멀리 떨어진 도시로 보내진 이유이기도 했다. 이것이 에너데일의 아이들이 모두 다 나보다 어리고, 나만 불쑥 튀어나와 보이는 이유다.

아이들은 마을 운영위원회의 토론에 그다지 귀를 기울이지 않는다. 밤하늘과 나무 타는 연기, 두런거리는 말소리에 둘러싸인 마을 회의는 아이들에게 놀이 시간이 늘어났음을 뜻할 뿐이다. 아이들은 공식적인 회의가 모두 끝나고, 다들 이야기꽃을 피우기 시작할 때에야 겨우 불가로 돌아온다.

아이들은 언제나처럼 모닥불을 둘러싼 원의 바깥쪽을 맴돌았다. 아빠는 첫 번째 모임에서 우리에게, 네모가 아닌 원형으로 모이는 것은 연속성과 동료애를 보여 주기 위해서라고 했다. 사람들은 새로운 가치에 따라 자신들의 공동체를 만들고자 했다.

나는 단박에 오늘 밤은 뭔가 다르다고 느꼈다. 모닥불에서 가장 가까운 벤치에 낯선 사람 세 명이 앉아 있었다. 흥분과 경계심이 뒤섞인 감정이 나를 덮쳤다.

"저분들은 어디서 왔어요?" 나는 윌로우 옆에 자리를 잡으며 물었다. 윌로우는 페른을 품에 안고 긴 천으로 싸매고 있었다.

"어젯밤에 도착했어. 남쪽에서 왔대." 윌로우가 말했다. "너희 아빠도 오늘 아침에야 알았어. 길이 마중을 나갔었대."

나는 고개를 끄덕였다. 자기도 모르는 사이 그런 일이 벌어졌으니 아빠가 당황했을 것 같다. 아빠는 이곳에서 일어나는 모든 일을 다 알고 싶어 했으니까. 에너데일에 위계가 있다면, 길이 지도자다. 길은 젊었을 때 애니, 에이드와 함께 이곳의 기초를 닦았다. 세 사람은 원로회 자리에 나란히 앉아 있었다.

나는 새로 온 사람들, 여자 두 명과 남자 한 명을 자세히 관찰했다. 그들이 남쪽에서 왔다면, 우리가 살았던 도시 근처를 지나쳤을 수도 있고 그러면 그곳 소식을 전해 줄 수 있지 않을까. 하지만 이건 나 스스로도 말이 안 된다는 걸 잘 안다. 포르샤 스틸의 도시에 언제 무엇이든 들어오거나 나간 적이 있었던가?

"어쩌면 저 사람들 덕분에 모건의 비난 연설을 피할 수 있을지도 모르겠다." 윌로우가 속삭였다.

모건의 이름을 듣자, 입안에 쓴맛이 느껴졌다. 모건도 이미 안쪽 벤치에 자리를 잡고 앉아 있었다.

오늘 밤은 다른 날보다 모닥불이 더 크게 타올랐고, 특별한 음식이 그릴 위에 등장했다. 가재와 북극민물송어 세 마리. 이 물고기는 배가 불룩하고 빨간색이다. 모닥불 주변에 모인 사람들을 위한 것이지만, 깊은 호수에서 헤엄치고 있어야 할 존재들이 천천히 익어 가는 모습을 보자니 슬펐다.

길은 언젠가 나와 베어에게 송어의 여행 이야기를 들려주었다. 해마다 11월이면 송어들이 짝짓기와 상류의 자갈 바닥에 알을 낳기 위해 라이자강을 거슬러 올라간다는 것이다.

길이 자리에서 일어나 청중들을 흐뭇하게 둘러보았다. "오늘 밤엔 손님들이 있습니다. 다 함께 이분들을 환영해 주시기 바랍니다."

호응하는 웅얼거림도 있었지만, 주저하거나 긴장된 분위기가 느껴졌다.

"이분은 스타라고 해요." 길이 소개하자, 옆에 있던 여성이 일어나 미소 띤 얼굴로 우리를 빙 둘러보았다. 스타는 아빠보다 두세 살 위인 것 같은데, 마흔쯤 되어 보였다.

스타가 자신의 동료인 모스와 올라를 소개했다. 모스는 스타와 비슷한 나이였고, 이끼(모스)라는 이름에 걸맞게 부드러운 녹색 외투를 입고 있었다. 올라는 두 사람보다 젊었다. 올라는 웃음기 없는 얼굴에 긴장된 눈빛으로 두리번거렸다. 올라의 외투는 비트처럼 빨간색이었다.

베어가 파이퍼랑 웃으며 뛰어다니는 걸 아빠가 붙들었다.

"얘들아, 오늘 밤은 안 돼." 엄격한 목소리였다.

베어는 시무룩한 얼굴을 하더니 곧장 숲 쪽으로 달려 나갔고, 파이퍼가 그 뒤를 따랐다. 나도 따라가야 할 것 같았다. 모닥불을 중심으로 한 회의장 바깥은 칠흑같이 어두웠으니까. 하지만 난 회의를 놓치고 싶지 않았다.

에너데일은 무척 아름다운 곳이지만, 다른 지역들에서 아주 멀리 떨어져 있는 외딴곳이다. 산과 호수로 둘러싸인 이곳에 있으면 바깥세상이 여전히 돌아가고 있다는 사실을 믿기 어렵다. 매일 아침 이곳에서 깨어날 때 느끼는 슬픔과 죄책감의 무게만 아니라면. 두고 온 사람들에 대한 슬픔과 그들은 떠나지 못했는데 우리는 벗어났다는 죄책감만 아니라면.

스타, 모스, 올라는 자신들을 구호 활동가라고 불렀다. 그들은 집 없이 이리저리 옮겨 다닌다고 했다. 떠돌아다닌다는 얘기에 귀가 솔깃했지만, 나는 곧 그 말의 의미가 우리가 에너데일로 오는 도중에 만났던 헤스터와 캠, 쿼니 일행들과는 다르다는 것을 깨달았다. 우리의 친구인 헤스터 일행은 이동하면서 살긴 하지만 집이 없다고는 말할 수 없다. 집이 함께 이동하는 것이니까.

스타는 에너데일로 데려오고 싶은 사람들이 있다고 말했다. 그 사람들은 남쪽에 있는 도시에서 탈출했고, 산 아래에 캠프를 쳤다고 했다.

"가까스로 살아남은 사람들입니다." 모스가 마을 사람들을 뚫어져라 바라보며 말했다. "우리가 발견했기에 망정이지 아니면 2, 3일 안에 굶어 죽었을 겁니다."

나는 가만히 배를 만졌다. 베어와 함께 이곳으로 올 때 느꼈던 배고픔이 되살아났다. 몸을 유지하는 데 필요한 영양분을 주지 않아서 위산이 우리 자신의 살을 소화시키려는 것처럼 느껴질 때도 있었다.

"그 사람들은 야생에서 생존할 수 있는 경험이 전혀 없어요." 스타가 말했다. "그나마 우리가 전해 준 보급품 덕에 겨우 겨울을 나고 있을 뿐인데, 계속 그런 지원을 해 주는 건 불가능해요. 그들은 적절한 도움이 필요해요." 스타와 모스는 간절한 눈빛으로 모닥불 주위에 둘러앉은 마을 사람들을 빙 둘러보았다. "게다가 그들 중 누구 한 명이라도 진드기 병에 걸리면 전혀 대처할 수 없을 거예요."

"근데 여러분에게 그 사람들을 도와줄 수 있는 백신이 있다고 들었어요." 셋 중 가장 젊은 올라가 말했다.

마을 운영위원들이 서로 눈빛을 주고받았고, 내 옆에 앉은 윌로우의 몸이 굳어졌다.

스타의 목소리가 높아졌다. "여러분이 칼라일에서 백신 앰플을 가져왔다고 들었어요. 백신 개발에도 참여했고, 여분도 가지고 있을 거라고요."

분위기가 얼어붙었다. 아주 잠깐 아빠가 날 똑바로 쳐다보았다. 난 에너데일에 백신이 있다는 말이 믿기지 않아 눈만 끔뻑거렸다. 백신에 대해 아빠에게 계속 물었었는데…. 백신만 있으면 애니 로즈와 에티엔을 구출할 계획을 세울 수 있으니까. 그러는 내게 아빠는 늘 참을성 있게 기다려야 한다고 말했다.

아빠가 목을 가다듬었다. "초기 형태 백신의 실험용 제품이 있긴 합니다만, 성공률은 아직 확신할 수 없습니다."

"우리가 들은 얘기와는 다르군요." 올라가 퉁명스럽게 받아쳤다.

"안전성 검사는 거쳤나요?" 스타가 꼬치꼬치 캐물었다.

"비슷한 건 했죠." 아빠는 이렇게 말하며, 손을 들어 사람들의 아우성을 진정시켰다. 아빠가 천천히 숨을 내쉬었다. "말했듯이 지금은 초기 단계이고, 백신이 얼마나 효과가 있을지는 모릅니다. 불완전한 백신에 누군가의 목숨을 걸 수는 없습니다." 아빠의 눈빛이 나를 향해 반짝였다.

"칼라일시는 자신감이 있는 것 같아요. 그곳에선 백신을 접종받고 있어요. 심지어는 아이들도 백신을 맞고 있죠." 올라가 여전히 으스대듯 말했다.

"네, 하지만 봉쇄를 완화하고 있지는 않잖아요?" 아빠의 목소리에 짜증이 묻어나기 시작했다. "그게 중요한 증거라고 생각합니다."

"백신이 안전하고 조금이라도 효과가 있다면, 이미 야생에 나와 매 순간 질병의 위험에 처한 사람들에게 백신을 접종해 줄 수 있잖아요." 올라가 반박했다.

스타가 동의한다는 듯 고개를 끄덕였다. "우린 그들을 이곳으로 바로 데려올까 하는 생각도 했지만, 여러분이 낯선 사람들에게 반감이 있다는 걸 알기에 그렇게 하지 않았어요."

불편한 침묵이 흘렀다.

"그러니까 이제 우리가 가서 그들을 이리로 데려와도 될까요?" 올라가 아빠에게 대놓고 물었다.

에너데일 사람들 사이로 속삭임이 퍼져 나갔다. 어떤 사람들은 이런 대화가 내키지 않는 듯 고개를 돌렸다.

권위가 느껴지는 조용하고 온화한 목소리가 들렸다. 길이었다. "에너데일에는 자신들의 도시에서 더는 살 수 없다고 결심하고 밖으로 나와 떠도는 사람을 전부 다 받아들일 자원이 없습니다."

나는 숨을 죽였다. 도시를 탈출해 떠도는 사람… 바로 나와 베어가 아닌가? 아니, 우린 지금도 여전히 외부인일지 모른다. 길이 정말 그런 뜻으로 말한 걸까? 길은 베어와 나에게 어디 가면 청설모를 볼 수 있는지, 북극민물송어가 어쩌다 가장 깊고 차가운 물속에 남겨진 마지막 빙하기의 유물이 되었는지 가르쳐 준 사람인데.

몇몇이 길의 말에 동의하듯 고개를 끄덕였다.

스타가 눈살을 찌푸렸다. "그 사람들은 절박해요." 그녀는 손을 뻗어 간청했다. "여러분은 어떻게 시작할지, 이 바깥세상에서 어떻게 생존할 수 있는지 가르쳐 줄 수 있어요. 준비가 되면 그들도 나가서 자신들의 공동체를 이룰 수 있을 거예요. 그러면 여러분의 이웃이 될 수 있어요."

"우리는 이웃을 원하지 않아요!" 누군가 소리쳤다. 어디서 나는 소리인지 알 수 없었다. 하지만 나는 사람들을 둘러보고 나서, 어느 한 사람의 생각이 아니라는 것을 깨달았다.

"우린 불친절한 게 아닙니다." 이번에는 길의 동지인 벤이 목소리를 높였다. 벤은 이곳에서 인기 있는 사람이다. 마을 사람들이 앉아 있는 벤치도 그가 만들었는데, 나무 벤치에 나뭇잎과 물고기를 조각해 넣었다. "당신들이 말하는 그 사람들에게는 동정심이 생기지만, 우리는 우리 공동체를 먼저 보호해야 합니다. 백신에 관해 비밀을 유지한 데는 그만한 이유가 있습니다."

"그 사람들이 새 생활을 시작하는 데 도움이 될 만한 필수품을 보내 줄 수는 있습니다. 예를 들어 암소 두어 마리라든가." 길이 말했다. 나는 검은 털이 북슬북슬한 갤러웨이종 소들이 풀을 뜯고 있는 나무들 쪽으로 눈을 돌렸다. 윌로우 말로는 그 소들이 곧 새끼를 낳을 거라고 했다.

에너데일 사람들 사이에서 두런거리는 소리가 점점 커졌다.

"만약 그 사람들이 더 많은 것을 원한다며 이리로 오면 어떻게 하죠? 아주 오랫동안 도시들은 자기들만의 세계를 만들었고, 그게 사람들에게도 이상한 영향을 주었어요. 그 사람들의 사고방식이 우리에게 영향을 미치면 어떻게 될까요? 우린 그런 위험을 감수할 순 없어요." 새로운 목소리가 말했다. 로지다. 윌로우가 오늘 아침에 호수에서 같이 수영한 친구. 로지의 말에 난 속이 울렁거렸다.

"그 사람들은 도시의 권력자들이 아니에요. 도시에서 탈출한 사람들이라고요." 스타가 낙담한 듯 손사래를 쳤다. "그들은 도망쳤어요. 도시의 방식에 등을 돌린 거예요. 그들도 안전하게 살 자격이 있어요."

"그래도 외부인을 데려오는 건 여전히 위험한 일이에요." 로지는 끝내 단호했다. "그 사람들이 기꺼이 위험을 감수하겠다면 백신과 일정량의 생필품을 보내 주고, 그 이상은 거절하는 게 옳아요. 그들은 우리 문제가 아니에요."

"그러면 우리도 그 도시들과 똑같아지는 거 아니에요?" 내 생각보다 목소리가 크게 나왔다.

모닥불 불빛 속에서 백 명이 넘는 얼굴들이 나를 찾느라 두리번거렸다. 옆에서 윌로우가 몸을 달싹였다. 페른이 차가운 밤공기에 잠에서 깨어 엄마 품에서 옹알이를 했다.

"무슨 뜻으로 하는 말이지, 주니퍼?" 길이 캐물었다.

"그냥 어린애잖아요. 걔 말을 들을 필요는 없어요!" 정확히 누가 말하는지 알 수 있었다. 모건이었다, 당연하게도. 가슴 속에서 화가 치밀었다.

길이 실망스럽다는 듯 모건을 향해 고개를 저었다. "앞으로 나오렴, 주니퍼." 그가 날 불러냈다. "젊은이들의 의견을 듣는 건 우리에게도 도움이 됩니다."

나는 둥그런 원의 가운데로 엉거주춤 걸어 나갔다. 모닥불의 열기와 아빠의 시선이 얼굴에 따갑게 느껴졌다. 나는 잠깐 멈춰 서서 생각했다. 왜 아빠는 백신을 가지고 있다는 말을 하지 않았을까? 애니 로즈와 에티엔은 지금까지도 그 지옥 같은 곳에서 살고 있는데. 아빠는 내가 그 두 사람을 얼마나 데리러 가고 싶어 하는지 알고 있다. 내가 얼마나 괴로워하는지도.

"자 그럼, 주니퍼." 길이 재촉했다.

"제 말은…." 나는 가장 적절한 표현을 생각해 내려고 애쓰면서 더듬더듬 말을 시작했다. "제 말은 우리, 저와 제 동생은 도시에서 왔어요. 그것도 가장 최악의 도시 중 하나에서요. 우리가 살던 도시는 오랫동안 봉쇄되어 있었고 외부에서 새로운 사람들이 들어오는 일은 없었어요. 그 결과가 어떻게 되었는지 보세요. 그건 감옥이었어요. 권력자들은 무엇이든 자신들이 원하는 대로 할 수 있었고, 너무 오랫동안 그래 왔기 때문에 아무도 그게 이상하다는 생각조차 하지 않았어요. 더 나은 예를 본 적이 없었으니까요."

"산 밑에 캠프를 친 그 사람들은, 원조 없이는 이번 겨울을 버틸 수도 없다는데, 그 사람들이 더 나은 예를 보여 줄 수 있다는 거니?" 길이 물었다.

그의 미소에는 무언가 나를 자극하는 게 있었다. 나는 숨을 깊게 들이마셨다. "우리는 그 사람들이 뭘 알고 있는지 모르잖아요. 우리가 가장 도움이 필요한 사람들을 돕지 못한다면, 우린 뭐가 되는 거죠?"

스타가 새삼 신기하다는 듯 벤치로 돌아가는 나를 바라보았다. "너는 어느 도시에서 왔니, 주니퍼?"

"포르샤 스틸의 도시에서 살았어요" 하고 대답하는데 이상한 종류의 자부심이 내 목소리에 실렸다.

스타의 눈빛이 더욱 강렬해졌다. "그러면 여기 남아서 다음 이야기를 들어야 할 거야. 사람들이 그 도시를 떠나고 있다는 보고를 받았어. 탈출이 얼마나 어려운 일인지 알지?"

나는 고개를 끄덕였고, 베어는 어느새 내 발치에 자리를 잡았다. 모건이 베어를 노려보며 입을 열려고 했지만, 이미 스타가 말을 이어 가는 중이었다. "다른 얘기도 들은 게 있어요. 사람들에게 말해 줘요, 모스. 당신이 직접 들었잖아요."

스타 옆에 있던 모스가 자리에서 일어났다. "남쪽에서 온 지인이 포르샤 스틸의 도시 상공에서 새가 나는 걸 보았는데, 새를 쫓아내는 총소리는 들리지 않았다고 하더군요. 적어도 즉각적인 대응은 없었다는 뜻입니다."

베어와 난 헉하고 숨을 들이마셨다. 우리 도시에서 새는 절대 금지였다. 새뿐만이 아니라 모든 생명체가 금지였다. 도시에서 도망쳐 나올 때 첫 번째 장애물이 완충 지대였다. 완충 지대란 도시 외곽을 둘러싸고 있는 죽음의 땅, 데드존을 말한다. 도시 안에 사는 사람들을 진드기와 진드기 병의 위험에서 보호하기 위해 살충제와 제초제를 퍼부어 놓은 곳으로, 매우 폭력적인 국경 경비대가 지키고 있다. 베어와 내가 완충 지대를 걸어서 통과할 때, 경비대의 총에 맞아 하늘에서 떨어져 죽은 새들이 산더미처럼 쌓여 있었다.

그런데 건물 위를 나는 새라니, 나는 심지어 보도에까지 새들이 날아내리는 모습을 상상해 보았다. 음, 그건 도무지 말이 안 되는 불가능한 일이다.

"포르샤 스틸의 도시가 확실해요?" 내가 물었다.

모스가 진지하게 고개를 끄덕였다. "우리 모두 그 도시를 알아, 피해 가야 하니까. 예전에는 거기서 도망쳐 나온 사람을 도운 적은 한 번도 없었어. 하지만 한 달쯤 전에 그 도시를 떠나는 사람들을 만났어."

"떠나는 사람들이라고요? 어떻게요? 왜요?" 내가 물었다. 베어가 내 다리에 더 가까이 기댔고, 나는 찬 바닥에 앉아 있는 동생을 벤치로 끌어당겨 내 옆에 앉혔다.

"질병이 유입됐어." 모스가 말했다. "사람들이 도시에서 죽어 가고 있다고 했어. 병원은 꽉 찼고, 식량난에 폭동도 있었대. 아마도 국경 경비대는 그 때문에 정신이 없었을 거야. 새들이 더는 경비대가 최우선으로 물리쳐야 할 적은 아니었겠지."

나는 천천히 눈을 깜빡이며, 모스가 하는 말을 곱씹어 보았다. "진드기가 들어갔을까요?"

베어가 나를 돌아보는데, 모닥불에 비친 얼굴이 창백했다. 우리 도시에서는 많은 것을 두려워했지만, 진드기 병은 막아

내고 있었다.

"우리 할머니가 아직 거기 계세요. 백신 같은 건 아무것도 없는데." 내 눈은 아빠를 향했다.

"그리고 에티엔도 있잖아, 누나." 베어가 내 손을 잡으며 소리쳤다. "애니 로즈랑 에티엔이 아프면 어떡해?"

나는 팔을 둘러 동생을 안아 주었다.

스타가 "주니퍼, 너 거기 살 때 포르샤 스틸을 본 적 있어?" 하고 물었다.

난 고개를 저었다. "포스샤 스틸은 지하 벙커에 숨어 있었어요. 지상으로 나오는 건 너무 위험하니까요."

포르샤 스틸 시장은 최초로 그 병이 발생했을 때 우리 도시의 구원자였다. 그녀가 사람들을 다 구했으니까. 하지만 세월이 흘러 우리가 도시를 떠날 무렵에는 많은 사람이 스틸을 미워하게 되었다. 거의 모든 물자가 부족해졌고, 수많은 규칙과 제약이 사람들을 옥죄었다. 자유가 사라졌다. 포르샤 스틸 정권은 군사 독재 체제가 되었다.

스타가 모스를 힐끗 돌아보았다. "우리는 무슨 일이 벌어지고 있는지 주의 깊게 지켜보아야 해요. 그곳에서 병이 퍼지고 사람들이 그걸 야생으로 가지고 나오면, 모두를 위험에 빠뜨리게 될 거예요."

나는 미간을 찌푸렸다. "하지만 진드기 병은 애초에 야생에 있었잖아요."

"병은 변한단다, 주니퍼." 그러고는 사람들을 향해 스타가 설명을 덧붙였다. "이건 새로운 변종일 수도 있어요. 우리 면역은 소용이 없을지도 모르겠군요. 여러분의 경우도 마찬가지고요."

군중들 사이로 두려움이 물결처럼 퍼져 나갔고, 내 옆에서 베어가 흐느꼈다.

"동생을 데려가 재우는 게 좋겠다, 주니퍼. 피곤한 모양이야." 아빠가 내게 말했다.

"전 좀 더 듣고 싶어요. 애니 로즈와 에티엔이 위험해요, 아빠! 근데 우리한텐 도울 수 있는 수단이 있잖아요! 이미 백신을 갖고 있잖아요!"

아빠가 단호하게 고개를 저었다. "내일 얘기하자. 판단은 어른들에게 맡기고."

"그건 불공평해요. 이건 우리한테도 중요한 문제라고요!" 내 목소리가 높아졌다.

"주니퍼! 아빠 말 좀 들어. 다른 아이들은 이미 한 시간 전에 자러 갔어." 아빠가 화를 내자 고소해하는 모건의 표정이 얼핏 눈에 들어왔다.

나는 하는 수 없이 벤치에서 일어나 베어를 잡아 일으켰다. 우리는 손을 맞잡고 오두막들 사이로 이어지는 길을 따라 걸어갔다. 촛불이 든 유리병이 나무에 매달려 길을 비추었다. 마치 달빛이 병에 갇혀 있는 것 같았다. 내 안에서는 두려움과 혼란이 타올랐다.

3 두 개의 세계

주니퍼

"옛날 옛적에" 하고 내가 이야기를 시작했다. 우리 오두막에서 가장 가까운 퇴비 화장실을 다녀와서 이를 닦고 박하 향 양칫물을 밖에다 뱉은 후, 베어를 침대에 눕혔다. "옛날 옛적에 한 소녀와 소년이 자신들이 살던 도시에서 도망쳤어."

"그곳은 둘에게 감옥 같은 곳이었으니까." 베어가 떨리는 목소리로 말을 받았다. 동생은 여전히 울먹이고 있다. 나는 애니 로즈도, 에티엔도 아직은 괜찮을 거라고 열심히 설명했다. 우리 온실은 온갖 나쁜 것을 다 막아 주는 요새, 절대 뚫지 못할 성이니까. 애니 로즈와 난 늘 베어에게 그렇게 일러 주었다. 그게 우리가 삶을 견디는 방법이었다.

나는 천천히 고개를 끄덕였다. "맞아. 도시는 두 아이에게 감옥이었어. 아이들은 야생에서 살고 싶었어."

우리 이야기는 늘 비슷하게 흘러간다. 베어가 이야기를 계속하는데, 나는 산자락에 있다는 사람들이 문득 떠올랐다. 아이들도 있는지 궁금했다. 어떻게 에너데일 사람 중 아무도 스타에게 그걸 물어보지 않았을까? 나는 왜 그 생각을 못 했지?

"그 여행이 나쁘기만 한 건 아니었어." 나는 베어의 말을 가로챘다. 이야기 이어 가기를 할 때는 딴 길로 새지 않고 제대로 진행해야 한다. 나는 동생이 잠들고 나서 살금살금 모닥불 쪽으로 돌아간다면, 나머지 대화를 들을 수 있을지 궁금했다. 나를 다른 아이들과 한 무리로 취급하는 것은 옳지 않다. 나는 올해 열여섯 살이 된다. "가는 도중에 둘에겐 친구가 생겼어. 야생 고양이, 스라소니."

"두 아이는 스라소니에게 고스트라는 이름을 붙였지." 베어가 노래하듯 말했다.

"맞아, 고스트. 마치 그림자처럼 아이들을 뒤따르던 아름다운 스라소니였어. 그 애들은 또 친절한 사람들도 만났어."

"소년이 그 사람들을 발견했지." 베어가 맞장구쳤다.

"응. 모든 걸 다 잃은, 가장 절망적일 때였어. 소녀가 발을 다쳐 염증이 심했는데, 특출나게 용감하고 현명한 어린 남동생이 도움을 구하러 갔어. 때마침 방랑자 무리를 만났고 그들을 이끌고 있던 헤스터가 소녀의 생명을 구해 주었어. 그래서 소녀와 소년은 자신들의 여행을 계속할 수 있었지."

"비록 새로 만난 친구들과는 헤어져야 했지만." 베어가 일부러 부루퉁하게 말했다.

"그래, 하지만 두 아이는 결코 자신들이 여행하는 목적을 잊지 않았어. 에너데일까지 오는 내내."

나는 잠시 말을 멈추고 베어가 이어받길 기다렸다. 동생은 그다음 부분은 간단히 지나가는 게 더 낫다고 생각하는 것 같다. "아이들의 엄마는 죽고 없었어." 베어가 말했다. "하지만 아빠와 윌로우 아줌마가 있었고, 새로 여동생이 태어났어."

"게다가 고스트가 다시 찾아왔어." 내가 말했다. "고스트는 끝까지 아이들을 따라 거기까지 온 거야."

베어는 고스트의 노란 눈을 찾듯 창문 밖 어둠을 응시했다.

"어제 고스트를 봤어. 호수의 섬에서." 내가 말했다. 고스트는 반대편 산 쪽을 건너다보고 있었다. 귀털이 서 있는 것으로 보아 경계를 하는 것 같았다. 하지만 거기 오래 있지는 않았다. 고스트는 이 정착촌을 싫어한다. 사람들도 좋아하지 않고. 다만 베어와 나만은 예외다.

"아마 다른 스라소니한테 갔을 거야." 베어가 말했다. "그 스라소니랑 짝이 될지도 몰라."

"어쨌든…." 고스트가 우리를 떠난다는 생각에 가슴이 아팠지만, 나는 아무렇지 않은 척 말했다. "소녀와 소년은 마침내 안전해졌어."

"하지만 그 아이들은 애니 로즈를 그리워했어." 베어가 말했다. "가장 친한 친구인 에티엔도." 베어가 주먹을 쥐었고 난 손으로 그 주먹을 감싸 쥐고 부드럽게 어루만졌다. "아빠는 왜 약이 있다는 얘기를 우리한테 안 했을까, 쭈 누나?"

"정확히 말하면 약은 아니야. 처음부터 아예 병에 걸리지 않게 해 주는 거지." 내가 설명했다. "하지만 그 병에 효과가 있는지 확신할 수 있어야 해. 애니 로즈 일인데, 확실하게 해야 하잖아?"

베어가 다시 훌쩍거렸다. "잘 자요, 애니 로즈." 동생은 속삭이는 목소리로 우리가 걸어 온 먼 길을 거슬러 할머니에게 밤 인사를 보냈다.

"잘 자, 고스트." 내가 말했다. "네가 우리를 떠나 어디로 가든지."

"잘 자, 퀴니." 베어가 입을 벌리고 하품하며 말했다. "너는 우리가 진흙 수렁에 빠져 죽을지도 모른다고 했지만, 그런 일은 없었어."

나는 퀴니가 꾸며 내던 연극적인 장면을 떠올리며 미소 지었다. "안녕히 주무세요, 헤스터 아줌마. 잘 자, 캠."

"또 만프리와 다니, 라치도 잘 자요." 베어가 덧붙였다.

"그리고 에티엔도 잘 자." 나는 그를 떠올릴 때마다 찾아오는 슬픔과 걱정에 잠겨 이렇게 속삭였다. 에티엔은 우리만큼이나 그 도시와 맞지 않았다. 실제로 몇 년 동안이나 훈련원에 집어넣겠다는 위협을 받았다. 훈련원은 우리 도시에서 가장 높은 건물로, 창문이라고는 없었다. 이름만 훈련원일 뿐 실제로는 감옥이었다.

만약 야생으로 나올 수 있는 실낱같은 희망만 있어도, 에티엔은 백신을 선택할 것이다. 그라면 그럴 거다.

“자, 이제 그만, 우리 곰돌이. 이불 속에 들어가 누워. 늦었어.” 나는 여느 때처럼 말하려고 애썼다. 내가 마을 사람들 있는 데로 돌아갈 생각이라는 것을 안다면 베어가 잠들 리가 없으니까. 동생은 도시에 있을 때보다는 잠을 잘 잔다. 악몽은 이제 대부분 내 차지다. 하지만 베어는 여전히 내가 옆에 있는 걸 늘 확인하고 싶어 한다.

나는 베어의 숨소리가 얕아지고 눈꺼풀이 풀릴 때까지 기다렸다. 그런 뒤 촛불을 끄고, 다시 모닥불이 있는 곳으로 소리 없이 달려갔다.

* * *

아까보다 훨씬 추웠고, 벤치들은 비어 있었다. 모두 자러 들어가면서 모닥불도 끈 뒤였다. 안전상의 이유와 나무를 아끼기 위해서다. 나무는 이곳에서의 생존에 필수적이다. 나무는 온 세상의 생존에 필수적이다. 에너데일에서 나무는 경외의 대상이다.

나는 실망하고 돌아서려다가, 올라가 아직 거기 남아 불씨를 응시하고 있는 것을 보았다.

"안녕하세요?" 내가 조용히 말했다.

올라는 깜짝 놀랐지만, 나를 보고는 미소 지었다. 그녀는 벤치의 옆자리를 톡톡 두드렸다. "앉아. 다들 자러 갔어."

나는 조심스럽게 옆에 앉았다. 정적이 감돌았지만, 이 밤의 고요함 속에서는 침묵이 어색하지 않았다.

잠시 뒤 올라가, "네가 아까 했던 말이 마음에 들었어" 하고 말했다.

내가 어깨를 으쓱했다. "제 생각을 말했을 뿐이에요."

"훌륭한 생각이야, 늘 그럴 수 있는 건 아니지만. 우리가 살고 있는 이 세상에서는 힘들지." 올라가 파란색 부츠를 신은 긴 다리를 쭉 뻗었다. 아마도 한때는 반짝거렸을 것 같은 독특한 장식에 스러져 가는 불씨가 반사되었다.

"위원회에서 백신을 나눠 준대요?" 내가 물었다.

올라가 속을 알 수 없는 씁쓸한 웃음을 지었다. "우리가 이곳을 떠나고 이 장소를 비밀에 부친다는 조건으로."

"그 산자락 캠프에 아이들도 있었어요?"

"열 살 남짓한 남자애 두어 명과 이제 겨우 걸음마를 떼는 어린애가 하나 있었어." 올라가 대답했다.

추위 속에 있을 아이들을 생각하니 몸서리가 쳐졌다.

"제 또래는요?"

올라가 고개를 저었다.

"그들을 여기로 데려올 수 있으면 좋겠어요." 나는 벤치에 등을 기대고 달을 올려다보았다. 오늘 밤은 완벽하게 둥근 보름달이다. 둥근 반원형 하늘에 수많은 별이 박혀 있다. 밤하늘을 올려다볼 때마다 내 마음은 아득해진다. 은하계가 얼마나 넓고 무한한지, 우리는 돌고 있는 아주 작은 점에 지나지 않는다는 사실 앞에서.

"사람들은 걱정스러운가 봐요. 에너데일이 발각되면, 그러면…." 나는 말을 멈추었다.

"발각되면, 뭐?" 올라가 물었다.

"그들이 우리를 찾아올지도 모르잖아요? 우리한테 있는 것, 면역 때문에요."

나는 의미심장하게 올라의 눈을 마주 보았다. 왜냐하면 우리는 공통점이 있으니까. 우리 피와 면역 체계 속에 있는 게 무엇이든 간에, 그 덕분에 우린 진드기에 물릴 걱정 없이 이렇게 야생에서 살 수 있다. 애초에 베어와 내가 도시에서 도망쳐 나온 이유도 그 때문이었다. 우리의 피는 포르샤 스틸 정권에도 매우 중요했기에, 그들은 베어와 내 피를 빼내려 했다.

올라가 날 빤히 쳐다보는 바람에 좀 불편한 느낌이 들었다. "미안해, 주니퍼. 하지만 내가 여기 와서 사람들이 모닥불 주변에 둘러앉아 물고기와 소고기로 배를 채우고, 야생에서 또 한 번의 겨울을 견뎌 냈음을 축하하는 것을 보면, 어떤 기분일지 짐작이 가지 않니? 대다수 인구는 물자가 다 떨어진 도시 안에 갇혀 있어. 야생에서는 수많은 사람이 죽어 가고 있다고 다들 이야기하니까 너무 무서워서 아무도 도시 밖으로 나오지 못하는 거야. 이게 현실인데, 이제 백신이 있어."

"하지만 아직은 너무 이르잖아요. 여전히 시험이 진행 중이니까요." 나는 아빠가 했던 말을 그대로 따라 했다. 비록 오늘 저녁에 새롭게 알게 된 사실 때문에 여전히 어질어질했지만. 애니 로즈나 에티엔만의 문제는 아니다. 올라 말이 옳다. 봉쇄된 도시 안에 남겨진 모든 사람과 관련된 문제다.

올라가 눈을 껌뻑거렸다. "마을 운영위원회가 서두르지는 않을 것 같아. 내 생각에 이곳 사람들은 자신들에게 소중한 야생을 보존하고 싶은 것 같아."

나는 몸이 떨렸다. 그게 사실일까? 아까 스타가 처음 백신 이야기를 꺼냈을 때 아빠의 표정이 떠올랐다. 죄책감과 부끄러움 같은 게 느껴졌다.

"너희 할머니만 도시에 남아 계신 거니?" 올라가 물었다. "다른 가족은 없어?"

"없어요. 우리 엄마는 이곳에서 돌아가셨어요. 몇 해 전에요."

하얀 형체가 호수 저편에서 나타나더니 땅 위를 맴돌았다. 나는 올라의 팔을 붙잡고 다른 손으로 유령 같은 형체를 가리켰다.

두 개의 검은 눈이 우리를 똑바로 쳐다보는 듯하더니, 그 형체는 조용히 아래로 휙 내려갔다가 다시 올라와 멀어진다. 발톱에 매달려 있는 건 들쥐나 땃쥐 같은데, 고막을 찢는 비명이 밤공기 속을 떠갔다.

"휘이이!" 올라가 휘파람을 불었다.

"외양간올빼미의 일종이에요. 계곡 아래 오래된 농가에서 둥지를 틀고 있어요." 나는 올라의 얼굴에 떠오른 기쁜 표정을 보고 웃으며 말했다. "아줌마는 어디 출신이에요?"

올라의 몸이 굳으면서 표정이 바뀌는 걸 보고 난 질문한 걸 후회했다.

"내가 어렸을 때 우리 가족은 스코틀랜드의 어느 도시에서 탈출했어. 우리 부모님은 비밀리에 내 혈액검사를 의뢰했는데, 나한테 면역이 있다는 것을 아셨지. 혈액검사를 받을 기회가 딱 한 번밖에 없었기 때문에 부모님은 그냥 자신들에게도 면역이 있기만을 바라셨어. 두 분이 아니면 내 면역이 어디서 생겼겠어?" 올라의 눈은 외양간올빼미의 눈만큼 크고 검었다. "어쨌든 한두 달은 괜찮았어. 우린 운하에 떠 있는 배 위에서 살았어. 때로는 다른 몇몇 가족과 함께 지낼 때도 있었고 우리끼리만 살 때도 있었어. 부모님이 병에 걸렸을 땐 우리밖에 없었고, 두 분은 면역이 없다는 게 밝혀졌지. 전혀 없었어."

"아, 어쩌면!" 탄식이 절로 나왔다.

올라는 나의 동정심을 뿌리치듯 어깨를 으쓱했다. "누구에게나 슬픈 사연은 있잖아. 나도 다르지 않아. 부모님이 돌아가시고 나서 한동안은 혼자 지냈어. 여름이었고 그럭저럭 버틸 수 있었지. 그러다 매서운 겨울이 닥쳐올 때쯤 모스와 스타를 만났고, 그들과 함께 지내게 된 거야. 좋은 사람들이야. 자신들만 살려는 게 아니라, 다른 사람들을 생각해."

"미안해요." 난 뭐라고 해야 할지 몰라서 이렇게 말했다.

올라는 잠자코 모닥불 자리를 응시했다. 이젠 불씨도 모두 꺼져 재로 변했고 열기도 사라졌다.

"그만 돌아가야겠어요." 나는 어색하게 말하며 자리에서 일어났다. "동생이… 베어가 깼을 때 오두막에 아무도 없으면 놀랄 거예요." 나는 잠시 멈췄다. 뭔가 상황을 개선할 수 있는 말을 하고 싶었다. "아빠에게 말해 볼게요. 제가 설득할 수 있을 거예요."

올라가 나를 올려다보았다. "그러면 좋겠다. 너무 오랫동안 이런 식이었어. 두 개로 나누어진 세계가 나란히 존재하는 것, 그건 옳지 않아."

나는 올라에게 밤 인사를 하고 나서 유리병에 든 촛불 아래 오솔길을 혼자 걸어갔다. 올라가 한 말이 머릿속에서 빙빙 돌았다.

두 개로 나누어진 세계가 나란히 존재하는 것.

오두막에 돌아오니, 베어가 이불 속에서 코를 골며 자고 있었다.

나는 반대편 내 침대에 웅크리고 누워 침대 옆 촛불을 다시

켜고 불꽃을 바라보았다. 윌로우는 우리가 책을 읽거나 그림을 그릴 수 있도록 양초를 주면서, 잠들기 전에는 반드시 불을 끄겠다는 약속을 받아 냈다.

집이 얼마나 빨리 타는지 윌로우가 우리에게 가르쳐 줄 필요는 없었다. 베어와 난 에너데일로 오는 도중에 드론의 추적에서 벗어나기 위해 집에 불을 붙인 적이 있었으니까. 이미 그 전에, 우리가 도시에서 도망쳐 나올 때도 불의 도움을 받았다. 에티엔이 우리를 위해 불을 냈었지. 그날 에티엔을 본 게 마지막이었다. 팜하우스 한가운데에 서서 주머니에 성냥갑을 넣은 채 에티엔이 우리에게 말했다. 떠날 시간이라고.

그리고 이제 난 돌아가야 한다.

4 통행금지

에티엔

“에티엔! 시간 됐어! 그만 가야 해!” 샘이 노스엣지의 위층 사무실에서 소리쳤다. 샘은 요즘 나에게 말을 많이 걸진 않지만, 통행금지 시간은 절대로 잊어버리지 않는다.

“이것들만 심으면 끝이에요!” 내가 소리쳤다. 식물원 안에 정적이 흘렀다.

나는 서두르지 않고 남은 모종들을 깨끗한 화분에 심고 눌러 주었다. 이 식물들은 오래 기다린 끝에, 물이 담긴 유리병 안에서 새로 뿌리가 자라 있었다. 그리고 마침내 오늘 오후에 에코 공원에서 퇴비가 배달되었다.

“여기가 잠시 너희의 새집이 되어 줄 거야!” 초록색 새싹 주위로 퇴비를 눌러 주며 내가 말했다. 퇴비는 썩은 음식물 쓰레기로 만든 것으로, 냄새도 꼭 그랬다. 하지만 식물이 그 속에 뿌리를 내리면 중화될 것이다.

모종을 다 심고 나서 나는 천천히 뒷정리를 한 뒤, 위를 향해 샘에게 소리쳤다. “저 갈게요. 내일 봬요!”

대답을 기다리지는 않았다. 나는 마지막으로 식물의 향기를 한 번 더 들이마신 뒤, 거리로 나섰다.

학교에서 쫓겨난 후로는 사실상 샘의 일을 대신하고 있다. 학교를 그만둔 건 상관없다. 어쨌든 학교는 내게 필요한 걸 가르쳐 줄 수 없었으니까. 내 미래는 이 도시에 있지 않은 데다, 바깥세상에서는 어떤 교육이 중요할지 아무도 모른다. 운명을 결정하는 것은 머리가 아니라 가슴이다.

그래서 난 내가 할 일을 했고, 주니퍼와의 약속까지 어기고 결국 진드기 병 임상시험에도 참가한 것이다. 처음에는 실감이 나지 않았다. 먼저 4주 동안은 일주일에 한 번 병원에서 항체 주사를 맞았다. 지금은 2주에 한 번 입안에 병원체가 든 액체를 떨어뜨린다. 단맛이 나는 최신 바이러스 혼합액으로 내가 병에 걸리는 데 얼마만 한 양이 필요한지, 시간이 얼마나 걸리는지 알아보려는 것이다. 아니면 마침내 문제 해결에 성공해, 내게 면역이 생긴 걸 발견하겠지.

“에티엔! 축구 할래?” 노스엣지에서 모퉁이를 돌자, 길거리 축구팀의 한 아이가 날 불렀다.

“안 돼. 통행금지 때문에.” 내가 맞받아 대답하는데, 갑자기 공이 날아와 배를 세게 때렸다. "헉!"

"반사 신경을 길러야지." 좀 더 나이가 많은 아이들 중 하나가 소리쳤다. 레온이라는 아이다. 그 애가 입고 있는 교복은 잔뜩 구겨져 있고 너무 작다. 레온이 씩 웃었다.

나는 화난 척 인상을 찌푸렸다. "그렇다면 좋아, 너희가 자청한 거야!" 나는 힘껏 공을 차서 그들이 골대로 사용하는 두 건물 사이 골목길로 날려 보냈다. '놀이 금지, 배회 금지, 어린이 출입 금지'라고 쓰인 표지판은 무시한다.

무리 중에서도 몸집이 아주 작은 아이, 그들의 일등 골키퍼가 공을 가로채려고 뛰어올랐지만 놓치고 말았다. 공은 튀어서 시야 밖으로 사라졌다.

"골!" 레온이 하이파이브를 하려고 다가왔다. 나는 뒷걸음질 치며 그의 손을 피했다.

레온이 얼굴을 찌푸렸다. "괜찮아! 괜찮다고! 난 감염되지 않았어!" 그러고는 다른 아이들 쪽으로 뛰어갔다.

게임은 나름의 생명력을 지니고 있어서 용케 거리 순찰대를 피해 새로운 아이들을 넣기도 하고 빼기도 하며 진행된다.

아이들이 멀어져 가는 걸 보는데, 슬픔이 내 안에서 소용돌이쳤다. 레온이 잘못 알았다. 감염시킬 위험이 있는 건 그가 아니라 바로 나였다.

병원에서 내게 주입한 바이러스 때문만은 아니다. 나는 소매 밑에 생긴 빨간 반점을 문질렀다. 물린 지 열흘이 지났다. 노스엣지에서는 진드기의 숙주인 생쥐도 야생에서 들여오는데 최근 들어 생쥐의 개체 수가 늘었다. 모두 다 임상시험에 필요한 일이라고 했다.

생쥐들은 내가 혼자 점심을 먹고 있을 때면 다가와서, 빵 부스러기를 찾아 내 발 위까지 기어 올라온다. 검은 눈에 귀가 큰, 작고 귀여운 것들. 엔도 선생님이 우리한테 주었던 대벌레 외에는 이 생쥐들이 내가 본 유일한 동물이다.

엔도 선생님을 생각하자 슬픔의 파도가 밀려왔다. 엔도 선생님은 우리 학교의 상담 선생님이었는데, 주니퍼와 베어가 떠나기 전에 붙잡혀서 훈련원에 갇혔다. 선생님은 그 애들의 탈출을 도우려 했다는 혐의를 받았다.

기차역 밖에서 여자 순찰대원 한 명이 솔로 그라피티를 지우고 있었다. 낙서가 쉽게 지워지지 않는지 힘들어 보였다.

희망은 밤에 찾아온다. 짙은 파란색으로 이렇게 적혀 있었다.

나는 그 문구를 보면서, 희망이 우리를 구하기 위해 천사처럼 커다란 날개를 펼치고 밤하늘에서 날아 내려오는 모습을 마음속에 그려 보았다. 내 시선이 느껴졌는지, 순찰대원이 솔질을 하다 말고 나를 쫓아냈다.

플랫폼에는 축 처진 사람들이 끝에서 끝까지 늘어서서 한 순간이 아쉬운 듯 졸고 있다. 최근에 공장에서는 근무시간이 더 늘어났다. 모든 게 바닥나고 있었으므로 식량 생산과 체제 유지에 필요한 군수품 생산을 늘리기 위해 모두가 더 열심히 일해야 했다. 태양광 전지판과 풍력 터빈의 사정도 좋지 않아서 사람들은 전력 부족과 매일 반복되는 정전에 시달렸다.

"힘냅시다." 작업 교대 시간마다 승합차가 다니면서 스피커로 쩌렁쩌렁 구호를 외쳤다. "이 시련은 지나갈 것입니다. 우리의 앞날은 밝습니다."

정말로 이 모든 게 지나갈 거라고 믿는 사람이 있을까? 정신이 무감각하게 마비되고 허리가 끊어질 것 같은 힘든 노동이 끝나고 밝은 날이 올 거라고 믿는 사람이 있을까? 사람들의 표정을 보면 이미 포기한 것 같다.

나는 도시와 완충 지대를 나누는 유리 벽 앞에 서서, 야생으로 뻗어 나가다가 끊어진 선로를 눈으로 좇았다.

무언가가 유리 벽 바깥쪽에 부딪히는 바람에 난 깜짝 놀라 비명을 질렀다. 다른 사람 한둘도 쳐다보았지만, 별 관심 없다는 듯 곧바로 고개를 돌렸다. 그래서 그걸 본 건 나뿐이었다.

그것은 바닥에 떨어졌지만 살아 있었다. 자세히 들여다보자 눈을 깜빡이는 게 보였다.

내 뒤로 사람들이 웅성거리는 소리가 들렸다. 중앙 플랫폼에서 출발하는 기차를 타기 위해 사람들이 일어나 움직이기 시작했다.

'이것 좀 보세요!' 하고 사람들에게 외치고 싶었다. 그건 바깥세상에서 온 메시지 같았다. 어쩌면 희망 그 자체인지도 모르겠다.

나는 바닥에 떨어진 그게 무엇인지 정확히 안다. 예전에 주니퍼가 팜하우스 바닥에 펼쳐 놓은 베어의 책에서 사진을 보고 색연필로 따라 그렸던 적이 있다. 비둘기. 회색빛 몸에, 목 주변은 분홍색과 녹색의 밝은 금속성 색조를 띠고 있었다. 과거에는 마을이나 도시에서 흔히 볼 수 있던 새였다.

나는 유리 벽 앞에 쪼그려 앉아 좀 더 자세히 살펴보았다.

"이런, 또?" 뒤에서 목소리가 들렸다. 고개를 돌리자 역무원의 다리가 먼저 보였다. 그녀는 내 옆에서 허리를 굽히고 떨고 있는 새를 관찰했다.

"괜찮을까요?" 내가 물었다.

역무원은 어깨를 으쓱했다. "어떤 때는 별 탈 없더라고."

나는 깜짝 놀랐다. 그 말은 분명히 이 새가 처음이 아니라는 뜻이니까.

"최소한 어딘가로 날아갈 정도는 되는 것 같았어." 그녀가 말을 이었다.

우리는 눈을 들어 선로를 따라, 멀리 초록빛이 보이는 곳을 바라보았다.

"국경 경비대가 예전만 못하니, 어쩌면 다시 저 멀리 날아갈 수 있을지도 모르지." 역무원의 말이 채 끝나기 전에, 뒤에서 호루라기 소리가 들렸다. 그녀가 기차를 가리키며 말했다. "빨리 타. 오늘은 이게 막차야."

나는 재빨리 일어나 기차로 뛰어가서 마지막 칸에 몸을 밀어 넣었다. 문이 완전히 닫히지 않아 살짝 벌어진 틈새 앞에 자리를 잡았다. 이러면 다른 사람을 감염시킬 위험이 줄어들 거라고 나 자신을 속일 수 있다.

구석에서 한 남자가 기침을 했다. 사람들이 슬금슬금 그에게서 멀어졌고, 차창 밖으로 도시가 흐릿하게 흘러갔다. 나는 좀 전에 역무원이 국경 경비대에 관해 했던 말을 떠올렸다. 역무원의 말이 맞다. 최근에는 새를 쫓는 총성이 그다지 자주 들리지 않았다. 그 대신 사이렌은 더 많이 울렸다. 국경 경비대는 건물이 습격을 당하거나 수많은 사람이 식량 배급과 병원 치료를 받으려고 대기하는 줄을 관리하는 일에도 투입되었다.

새들만 도시 안으로 들어온 게 아니었다. 포장된 보도의 작은 틈을 뚫고 자라난 신기한 풀들도 본 적 있다. 진드기 트럭(식물을 발견하면 제초제를 뿌리는 순찰대로, 트럭에 진드기 그림이 그려져 있다.-옮긴이)도 점점 게을러졌다.

포르샤 스틸을 위해 일하던 사람들 일부가 도시를 탈출했다는 소문도 있었다. 임상시험에 쓰이는 항체 관련 물품을 훔쳐 야생으로 달아났다는 것이다. 면역이 생기든 말든 상관하지 않을 정도로 그들은 절박했다.

기차가 사우스엣지에 도착했다. 나는 사람들의 흐름을 따라 발을 끌며 기차역의 아치 밖으로 나갔다. 기차가 일찍 도착한 덕분에 통행금지까지는 아직 30분 정도가 남았다. 레온과 그 패거리가 여기 있었으면…. 우리 지역에서 나는 피해야 할 사람이다. 내 앞으로 공을 차 주는 것은 고사하고, 누구 하나 나한테 말을 거는 사람도 없다. 집에 가면 엄마뿐이다. 엄마를 볼 때마다 죄책감이 든다. 엄마는 내가 진드기 병 임상시험에 지원한 사실을 끝끝내 받아들이지 못할 것이다.

나는 불타 버린 창고 벽에 붙어 있는 포스터를 바라보았다. 전부 포르샤 스틸 시장의 포스터였다. 금발 직모에 붉은 입술, 그런데 눈을 모두 파내서 하나같이 악마 같아 보였다. 거기에 노스엣지에서와 같은 파란색 그라피티로 이렇게 쓰여 있었다. '반란이 시작되고 있다. 봉기를 준비하라.'

포스터 아래쪽 구석에는 동물의 얼굴이 그려져 있다. 설치류의 일종인데, 마치 가면을 쓴 것처럼 눈 주위에 띠가 있었다. 그리고 또다시 그 슬로건. 희망은 밤에 찾아온다.

"이런 게 점점 더 많이 보일 거야." 뒤에서 의기양양한 목소리가 들렸다. 귀 위로 흰머리가 더부룩이 나 있는 노인이었다.

"사람들은 어려운 시기에 자기 지도자를 볼 수 있어야 해." 그 할아버지는 구부러진 손가락으로 포스터를 쿡쿡 찌르며 툴툴거렸다. "그게 포르샤 스틸이 저지른 실수야. 그 여자는 지하로 너무 깊이 들어가는 바람에 그만 나오는 길을 잊어버렸지."

할아버지는 자기가 한 농담이 마음에 들었는지 크게 웃었다. 나는 누군가 엿듣지나 않았을까 불안해하며 주위를 둘러보았다.

"누가 이런 포스터를 붙이는 걸까요?" 내가 물었다.

"그들은 스스로를 '폴캣'(긴털족제비)이라고 불러." 할아버지가 말했다. "폴캣은 포르샤 스틸을 끌어내리려고 해. 그 여자를 은신처에서 끄집어내야지."

포르샤 스틸의 얼굴을 돌아보는데 가슴이 떨렸다. "그 사람들한테 어떻게 연락할 수 있는지 아세요?"

할아버지가 눈을 가늘게 떴다. "반역자가 되고 싶은 건가?"

나는 잠자코 그의 시선을 맞받았다.

"그런 거야?" 그가 물었다.

나는 목이 탔다. 나이가 많고 약해 보인다고 해서 안전한 사람이라는 보장은 없다. 이 정권에 충성심이 없는 척하면서 나를 유인하는 것일 수도 있다.

밀고자는 대가를 치른다. 학교에서는 이런 말이 유행했지만, 사실과는 달랐다. 포르샤 스틸의 도시에서는, 밀고자는 돈을 얻는다. 그리고 돈이 있으면 하루치 식량을 더 살 수 있다.

"가 봐야겠어요." 나는 천천히 걸음을 옮겼다.

모퉁이에서 꺾어지기 전에 돌아보니, 그 할아버지는 사라지고 없었다. 아마도 창고 안으로 들어간 것 같다. 그 창고는 불이 난 뒤, 노숙자 공동체에서 사용하고 있었다. 창고를 생각하자, 은근히 마음이 뿌듯했다. 창고에 불을 지른 사람이 나라는 건 아무도 모른다. 나는 일부러 불을 내서 경비대의 주의를 분산시킴으로써, 주니퍼와 베어가 이 도시를 영원히 탈출할 수 있게 도왔다.

나는 보도 가장자리 쪽에 붙어서 빠르게 걸었다. 가로등이 제대로 켜지지 않아, 밤은 어두웠고 그림자만이 가득했다.

* * *

눅눅한 냄새가 나는 계단을 터덜터덜 올라가, 꼭대기 층에 있는 작은 우리 아파트로 들어갔다. 엄마는 거실 소파에 앉아 발판 위에 다리를 올려놓고 있었다. 피곤하고 지쳐 보였다.

"괜찮아요, 엄마?" 내가 현관에서 물었다.

"아, 에티엔." 엄마가 고개를 돌려 나를 보고는 두 손으로 관자놀이를 눌렀다. "머리가 좀 아프네."

"엄마! 병이 난 건 아니죠?" 나는 덜컥 겁이 나서 다가갔다. 나의 가장 큰 걱정은 우리 집에 그 병을 옮기는 것이다. 병원에서 놓아 준 항체 주사는 내가 병에 걸리지 않게 해 줄 수는 있겠지만, 다른 사람을 감염시키지 않는다는 보장은 없다. 엄마가 감염되면 나 자신을 용서할 수 없을 것이다.

엄마가 고개를 흔들었다. "에티엔, 그냥 두통일 뿐이야. 정말이야. 요즘 일이 너무 많아서 그래."

"엄마가 식물 재배사였으면 좋았을 텐데." 내가 간절한 마음으로 말했다. "그러면 나랑 같이 노스엣지에 갈 수 있잖아요. 엄마도 식물원이 맘에 들 거예요."

엄마가 서글픈 미소를 지었다.

"병원은 어때요?" 나는 엄마 맞은편에 앉으며 물었다.

"혼잡 그 자체야. 매일매일 더 나빠지는 것 같아." 엄마가 입을 앙다물었다.

"병원에서는 아직도 그게 진드기 병이라고 생각해요?"

엄마가 어깨를 으쓱했다. "그렇다나 봐."

"엄마는 어떻게 생각하는데요?"

엄마가 한숨을 쉬었다. "나도 잘 모르겠어, 에티엔. 나이 든 동료들 가운데 과거 진드기 병이 처음 나타났을 때 봤던 사람들은 이게 자신들이 기억하고 있는 것과는 다르대. 그들은 다른 병일 거라고 생각해."

"무슨 병이요?"

"콜레라라고 들어 봤니?"

난 고개를 저었다.

"더러운 물에 있는 세균에 감염되어 생기는 병이야." 엄마가 설명했다. "구토나 설사처럼 비슷한 증상이 있어서 진드기 병으로 생각하기 쉬워."

나는 고개를 갸웃했다. "그런데 이 정권은 왜 진드기 병이라고 거짓말을 할까요?"

엄마가 씁쓸한 미소를 지었다. "포르샤 스틸은 도시의 상수도에 문제가 있어서 사람들이 죽는다는 사실을 인정하고 싶지 않을 거야. 그냥 빈틈 사이로 진드기가 들어왔다고 말하는 게 훨씬 낫겠지."

'하지만 진드기는 이미 들어왔어요.' 하마터면 이렇게 말할 뻔했다. 나는 발끝으로 빛바랜 카펫을 후벼 팠다. 엄마는 노스엣지에 진드기가 있다는 사실은 모른다. 만약 알았다면 내가 못 가게 막았을 것이다.

"그러면 포르샤 스틸은 리와일더(다시 야생으로 돌아갈 것을 주장하며 일부러 진드기 병을 퍼뜨린 사람들을 가리키는 말-옮긴이)를 비난할 수 있을 테니까요." 내가 말했다.

"바로 그거야."

"콜레라는 어떻게 치료해요?"

"깨끗한 식수와 적절한 위생 관리가 우선이지만…." 무언가 생각하는 듯 엄마의 눈동자가 이리저리 움직였다. 쇠락하는 도시 기반 시설에 관한 엄마의 생각은 나도 잘 알고 있었다. 엄마가 한숨을 쉬었다. "콜레라 치료 방법은 대체 소금을 이용해 수분을 보충해 주는 거야. 아주 쉽지. 사람들은 콜레라로 죽으면 안 돼. 더욱이 병원에서는 죽으면 안 돼. 그건 절대 용납할 수 없는 일이야."

"너무 부당해요." 단지 사람들이 죽는 것만을 뜻한 말은 아니었다. 엄마는 예전에 하던 일을 좋아했다. 비록 병원에서 일하는 것도 여전히 포르샤 스틸 정권에 고용된 것이기는 하지만, 원래 엄마는 사람들을 위해 도시를 더 좋게 만드는 일을 했다. 도시의 건물 벽을 장식할 프랙털 무늬(작은 부분이 전체 구조와 닮은 형태로 같은 무늬가 끝없이 반복된다. - 옮긴이)를 디자인하는 게 엄마의 일이었다. 엄마의 프랙털은 자연계에서 발견할 수 있는 패턴이었기 때문에, 인간의 두뇌가 필요로 하는 자극을 조금씩 안전하게 제공할 수 있었다. 하지만 두어 달 전 그 병이 발생하기 시작했을 때, 엄마는 병원의 자원 배분 담당자로 재배치되었다. 침대나 의약품이 필요한 사람들에게 필요한 것을 찾아 주는 게 지금 엄마의 일이다.

하지만 침대나 의약품은 별로 남아 있지 않았다.

"너는 어땠니?" 엄마의 목소리는 이제 부드러워졌다. "요즈음은 너랑 대화가 끊어진 것 같아."

어색한 침묵이 흘렀다. 임상시험에 참여한 뒤부터 나는 엄마와 거리를 두었다. 그게 엄마를 보호할 수 있는 최선의 방법이었으니까. 또한 유일한 방법이기도 했고. 난 소매 밑의 반점을 문질렀다.

"포스터가 더 많아졌어요. 옛날 창고에도 붙어 있어요. 해골 같은 포르샤 스틸의 포스터 말이에요. 희망은 밤에 찾아온다."

"그런 포스터 근처에 가지 마." 엄마가 불안한 듯 말했다. "배후를 알아내기 위해 새로운 수사팀을 만들었다는 얘기가 들리더라."

"그렇다면 빨리 움직여야 할걸요. 포스터가 점점 많아져서, 없는 데가 없을 정도예요!"

우리 거실의 노란 불빛에 엄마가 초조한 듯 눈을 깜빡였다.

"그 사람들은 자신들을 폴캣이라고 부른대요. 반란군 말이에요." 내가 말했다.

"스스로를 뭐라고 부르든, 그들은 훈련원에 대해서는 잘 몰라." 엄마가 소파에 등을 기댔다. "도시는 무너지고 있을지 몰라도, 훈련원은 여전히 사람들로 채워지고 있어. 사람들이 길거리에서 잡혀 들어가고 있잖아. 예전 너희 엔도 선생님 같은 용의자를 찾아서 아파트 단지를 덮치기도 하고. 이런 일들이 밤중에 벌어지고 있어. 엄마가 직장에서 들은 얘기야." 엄마가 진저리를 쳤다.

나도 따라 진저리를 쳤다. 훈련원 건물은 늘 머릿속을 떠나지 않고 나를 괴롭혔다. 사실 2년 전쯤 학교에서 다른 애와 심하게 싸운 적이 있었는데, 그때 거의 훈련원에 들어갈 뻔했다. 당시 엄마의 직장 상사가 도와준 덕분에 애벗 교장의 반대에도 불구하고 겨우 용서를 받을 수 있었다. 그때 처음 엔도 선생님 그룹에 들어가게 되었다.

"엔도 선생님은 평범한 교사가 아니었어요, 엄마. 학생들의 얘기를 들어주는 심리 상담 선생님이었어요."

"그분이 뭐였는지는 상관없어. 그분이 지금 어디 계시겠니? 아마도 훈련원에 갇혀 있겠지. 아니면 더 나쁜 상황일 수도 있어." 엄마가 바로 응수했다. "넌 제발 올바르게 행동해야 해. 너한테 무슨 일이 생기면 엄만 견딜 수 없을 거야."

"저를 잡아가 봐야 자기들한테 손해일걸요, 지금은요. 중요한 임상시험 대상이잖아요. 저는 그들에게 가치 있는 존재라고요." 내가 짐짓 가벼운 목소리로 말했다.

엄마는 속지 않았다. "그런 말은 농담으로라도 하지 마. 네가 무슨 천하무적인 줄 아니?"

난 딴청을 부렸다. "저녁은 뭐예요?"

엄마가 한숨을 쉬었다. "아, 에티엔, 엄마는 오늘 밤 그냥 좀 쉬고 싶구나. 네가 알아서 챙겨 먹을 수 있겠니?"

"그럼요. 엄만 방에 들어가 쉬세요. 제가 뭐 좀 갖다 드릴까요?" 내가 물었다.

어쨌든 식사는 내가 담당하는 게 맞다. 엄마의 말도 안 되게 길고 힘든 근무와 비교하면, 요즘 나는 할 일이 거의 없는 셈이었으니까.

"나는 내일 아침에 잘 챙겨 먹을게." 엄마가 신음을 내며 힘겹게 몸을 일으켰다. 엄마는 잘 자라며 나를 안아 주려고 다가왔지만, 난 몸을 움츠렸다.

엄마가 입술을 깨물었다. "이제 내 아들을 안을 수도 없는 거니?"

"굳이 안지 않아도 된다면요. 혹시 모르잖아요." 엄마가 방으로 들어간 뒤, 죄책감이 들었다. "미안해요, 엄마."

먹을거리를 찾아서 부엌으로 갔다. 찬장은 거의 비어 있었다. 엄마가 내일 아침을 잘 먹을 가능성은 없어 보였다. 나는 캐서롤을 반 냄비쯤 덜어서 데웠다. 상표에는 재조합 단백질 60%라고 쓰여 있었는데, 무엇을 재조합해서 만들었는지, 나머지 40%는 무엇인지는 밝혀 놓지 않았다.

나는 데운 캐서롤을 방으로 가져가서 먹었다. 불을 켜는 수고 따윈 하지 않는다. 나는 어둠 속에서 책상에 앉아 있고는 했다. 아래층엔 어두운 팜하우스가 있고, 그 앞으로 초소를 나타내는 보초 등이 일정한 간격으로 켜져 있는 완충 지대의 경계선이 이어진다. 그 너머는 공허다. 최근에는 내 마음속에도 그런 공허가 생겼다.

여느 때와 같은 잡생각이 머릿속을 흘러간다. 항체가 효과가 있어서 내게 면역이 생긴다면? 지금이라도 바깥세상으로 나갈 텐데.

엄마는 물론 걱정하겠지만 그러면 먹을 입도 하나 줄 테고, 내가 병에 걸려도 엄마는 안전할 것이다.

나는 책상 위에 있는 유리 상자를 손가락으로 쓸었다. 살아 있는 대벌레는 이제 몇 마리 안 남았다. 불쌍한 것들. 요즘은 전력 공급이 제한적이어서 매우 춥다. 엔도 선생님은 대벌레가 더운 열대 지방에서 왔다고 했다. 선생님이 이 대벌레들을 어디서 구했는지 아무도 모른다.

유리 상자 바닥에 대벌레 한 마리가 누워 있는 게 눈에 들어왔다. 나는 손가락으로 그 대벌레의 더듬이를 건드려 보았다. 대벌레는 동상이라도 된 듯 꿈쩍도 하지 않았다.

"미안해, 꼬마야." 내가 중얼거렸다. "여기는 너무 살기 힘들었지?"

내일 다른 대벌레들처럼 노스엣지로 데려가야겠다. 땅에 묻어서 흙 속에서 썩게 해야지.

나는 완충 지대 위쪽 하늘에 떠 있는 별을 바라보았다.

보름달과 두 개의 별, 실은 두 개의 행성이 떠 있었다. 두 행성은 내가 오래된 잡화점에서 발견한 책에서 본 것으로는 금성과 목성일 것이다. 그 책은 '밤하늘'이라는 제목이었는데, 앞표지에는 경사진 지붕에 굴뚝 통풍관이 있는 고풍스러운 집들과 하늘 높이 자란 나무들이 있었다. 책에서는 하늘을 어떤 종교적인 대상처럼 이야기했다. '밤의 천국'이라고.

언젠가는 나도 저 밖으로 나갈 것이다. 그러면 책에 나온 것처럼, 내 머리 위로 하늘을 가로지르는 은하수가 아치를 그리면서 펼쳐지겠지. 하지만 지금 당장은 구름이 몰려와 달을 덮고 별들이 점점 사라져 갔다.

나는 침대에 누웠다. 오늘 밤에 생각할 건 폴캣이다. 내 피를 돌게 하는, 내가 살아 있음을 느끼게 해 주는 존재.

그들과 접촉할 수 있는 방법을 찾아야 해. 어쩌면 나도 쓸모가 있을지 모르니까. 내게 면역이 생긴다면 그 값을 해야 해.

5 숲의 조각

주니퍼

꿈에서 애니 로즈를 봤다. 할머니와 난 자려고 침대를 정리하고, 머리에 서캐와 엉킨 데는 없는지 꼼꼼히 빗질한다. 베어가 잠든 뒤 우린 팜하우스 안을 이리저리 걸어 다닌다.

눈을 끔뻑이며 잠에서 깼다.

내 시선은 자동적으로 베어의 침대로 향했지만, 동생은 역시 나가고 없었다. 이불은 아무렇게나 한쪽으로 젖혀져 있었다.

나도 겉옷을 걸치고 밖으로 나가, 소나무 사이로 요리조리 거미줄을 피해 걸었다. 얼어붙은 이슬방울이 맺혀 있는 거미줄은 무척 예뻤다.

아빠와 윌로우가 오두막 문간에 서서 이야기하고 있는 게 보였다. 나는 가만히 다가가서 두 사람의 대화를 엿들었다.

"어젯밤에 그 애를 그렇게 쫓아 보내지 말았어야 했어요." 윌로우가 말했다.

아빠가 어깨를 으쓱했다. "내가 뭘 할 수 있었겠소, 마을 운영위원회에서? 베어가 불안해했잖소."

"그게 주니퍼의 책임도 아니잖아요. 주니퍼는 엄마 노릇을 하기에는 아직 어려요, 게일."

"무슨 뜻이오?" 아빠가 되받았다.

"내 말은 주니퍼의 어깨에 너무 많은 책임이 지워져 있다는 거예요." 윌로우가 계속했다. "그리고 그 애는 누구보다도 백신에 대해 알 권리가 있어요."

"왜 숨어 있는 거야, 쭈 누나?" 새된 목소리가 갑자기 공기를 갈랐다. 베어가 내 발자국을 그대로 디디며 걸어오고 있었다. 두 손에 피라미드 모양으로 쌓은 솔방울을 든 채였다.

조용히 하라고 손가락을 입에 대려는데, 너무 늦었다.

"주니퍼! 베어!" 아빠가 소리쳤다. "거기 숨어서 뭐 하는 거냐?" 아빠의 머리가 오두막 모퉁이에서 튀어나왔다.

난 얼굴을 찌푸렸다. "그야 두 분을 만나러 온 거죠. 제 얘기를 하고 있었던 거 맞죠?"

"나쁜 얘기는 아니었어, 정말이야." 윌로우가 미안해하며 아빠 곁으로 왔다. "너희를 기다리고 있었어, 들어가자. 차를 끓여 놓았어."

베어와 난 오두막으로 들어가서 문 옆에 부츠를 벗어 두었다. 아빠네 오두막은 우리 집보다 따뜻했고 빵 굽는 냄새가 났다. 페른은 벽난로 옆 아기 바구니에 누워 옹알이를 하고 있다.

베어는 탁자 위에 솔방울을 올려놓고 페른 옆에 누웠다. 평소라면 나도 똑같이 했겠지만, 오늘은 좁은 창가 자리에 새초롬하게 앉았다.

나는 페른이 팔을 버둥대다 손가락으로 베어의 콧구멍을 건드는 것을 바라보았다.

"아야! 페른이 찔러요." 베어가 소리쳤다.

"엿들으면 그렇게 되는 거야." 아빠가 놀리듯 말했다.

나는 부루퉁한 얼굴로 아빠를 노려보았다.

윌로우가 아빠를 쿡 찔렀다. 그녀는 피곤한 얼굴로 김이 모락모락 나는 차를 머그잔에 따랐다. 그러고는 손가락 끝으로 미간을 눌렀다. 밤에 페른 때문에 못 자고 깨어 있었던 게 분명했다. 아빠가 내 옆으로 와서 앉았다.

"어제 널 쫓아 보내서 미안하구나, 주니퍼. 스타가 말한 사람들에 관해 어떻게 할지, 중요한 결정을 내려야 했거든."

"그런데 그 중요한 일에 저는 참여할 수 없다는 거고요?"

아빠가 답답한 듯 혀를 찼다. "그런 뜻이 아니야."

"왜 우리한테 백신 얘기를 안 했어요?" 내가 아빠 말을 잘랐다. 대충 달래려는 말에 넘어갈 생각은 없었다.

"너희가 괜한 희망을 품지 않았으면 했어. 그리고 아무에게나 알려지면 안 되는 일이었으니까."

나는 다시 아빠를 노려보았다. "절 믿지 못하신 거예요?"

아빠는 팔로 내 어깨를 감싸려고 했다. "주니퍼, 그런 게 아니야. 너도 알잖아."

난 화를 내며 아빠의 팔을 밀어내고 일어섰다. "백신이 진짜 있어요? 지금, 여기, 이 오두막에요?"

아빠가 잠시 망설이더니, 수납장 상단에서 상자를 꺼냈다. 상자 안에는 투명한 작은 약병이 백 개 가까이 들어 있었다.

"나한테 있는 건 이게 다야." 아빠가 말했다. "길에게 한 박스가 더 있고. 칼라일에 있는 실험실에서 백신을 개발하는 데 우리가 도움을 주고 있거든. 우리 사람들 중 일부가 혈액 샘플을 제공해서 칼라일의 과학자들이 항체를 분리해 냈어. 또 최신 질병 샘플이 필요하다고 해서 진드기도 수집해 주었어. 지난 몇 년간 계속 변이 바이러스가 나왔는데, 최근에는 좀 안정된 것 같아. 이전에는 불가능한 일들이 이제 가능해졌어."

베어가 내 옆으로 왔다. 우린 노란 액체가 든 약병을 경건하게 바라보았다. 이게 전 세계가 반세기 동안 그렇게 기다려 온 것인가?

"시험관에서는 효과가 있었지만, 자연면역이 없는 사람에게 이게 어느 정도 보호 효과가 있는지는 아직 시험해 보지 못했어." 아빠가 말했다. "생사가 걸린 심각한 질병 앞에서는 아무도 모험을 하고 싶어 하지 않으니까. 너도 외할머니의 목숨을 걸지는 못할 거잖아?" 아빠가 내 눈을 똑바로 바라보았다.

난 얼굴을 찡그렸다. "하지만 어젯밤에 모스라는 분이 하는 말을 아빠도 들었잖아요. 어차피 질병은 이미 우리 도시에 들어갔어요. 애니 로즈가 위험하다고요."

"그건 알 수 없어." 아빠가 침착하게 말했다. "너희가 자러 간 뒤 모스는 그게 다른 질병일 가능성도 있다고 했어. 폐쇄된 환경에서는 오염된 물이나 처리되지 않은 하수, 심지어 영양실조 때문에도 온갖 종류의 감염병이 퍼질 수 있으니까. 다른 도시에서도 그런 예를 본 적이 있다더구나."

공포와 좌절감이 내 안에서 고개를 들었다. "사람들이 어떤 질병으로 죽는지는 중요하지 않아요. 거기는 감옥이에요. 사람들이 죽어 가고 있고 진드기 병에서 사람들을 구할 수 있는 무언가가 우리한테 있다면, 애니 로즈를 이리로 데리고 나와야 해요. 제가 할머니를 구하러 돌아가야겠어요, 아빠."

아빠가 침을 삼켰다. "있잖아 주니퍼, 네 의도는 좋지만, 아직도 한겨울이야. 너희 외할머니는 500킬로미터나 떨어진 곳에, 게다가 끔찍한 완충 지대 너머에 계셔."

"베어랑 전 이미 그곳을 지나왔어요. 다시 해낼 수 있어요."

"나도 누나랑 갈래요." 베어가 떨리는 목소리로 말했다.

아빠가 괴로운 표정을 지었다. "얘들아, 그게 말이 된다고 생각하니? 너희 둘이 그곳으로 돌아가는 걸 아빠가 그냥 보고만 있을 거라고 생각해? 너희를 이제야 만났는데!"

"애니 로즈를 버릴 순 없어요. 할머니가 우리를 위해 어떻게 했는데요! 엄마도 우리가 엄마의 엄마를 버리는 건 바라지 않을 거예요!" 내가 말했다.

아빠가 어깨를 늘어뜨리고 머리를 긁적였다. "외할머니를 버리라는 말이 아니야. 다만 날씨가 좀 더 따뜻해질 때까지 기다려야 해. 그동안 계획을 세우고, 무슨 일이 일어나고 있는지 좀 더 정보를 수집하자는 거야."

"그럴 시간이 없어요!" 내가 소리쳤다. "아빠도 모스가 하는 말을 들었잖아요? 사람들이 죽어 가고 있다고요, 아빠!" '죽는다'는 말을 할 때마다 내 가슴이 조금씩 더 조여든다. 아빠는 왜 이해를 못 하는 걸까?

나는 도움을 청하듯 윌로우를 쳐다보았지만, 그녀는 젖을 먹이려고 페른을 안아 올렸다. 새로운 죄책감이 고개를 들었다. 내가 바라는 게 실은, 아빠가 윌로우를 여기 남겨 두고 자기 발로 위험 속으로 들어가는 것을 뜻하기 때문이었다. 게다가 아빤 이제 페른의 아빠이기도 했다.

"에티엔 형도 여기로 올 수 있을까, 누나?" 베어가 물었다.

아빠가 한숨을 쉬었다. "에티엔이라는 친구는 정확히 어떤 애니? 얼마나 잘 아는 사이야? 이 세상이 얼마나 위험한데, 신뢰할 수 있는 사람인지 먼저 확인해야 해."

나는 아빠를 노려보았다. "우리가 탈출할 때 에티엔이 도왔어요. 그 애가 없었다면 우린 여기 오지도 못했을 거예요."

"내가 듣기에는 좋은 친구 같은데." 윌로우가 이제야 우리를 보며 끼어들었다. 그녀는 언제나 '평화 유지군'이다. "인상이 좋던데, 네가 그린 그림에서 봤어."

내 얼굴이 빨개졌다. 우리 오두막 벽에는 이곳으로 오는 동안 내가 그린 그림들이 붙어 있었다. 그림을 넣을 액자를 만들어 달라고 벤에게 부탁한 사람도 윌로우였다. 하지만 나는 에너데일에 도착한 뒤로는 그림을 그린 적이 없다.

"근데 주니퍼." 윌로우가 말을 이었다. "네 안전도 생각해야 해. 포르샤 스틸 정권은 너희의 탈출을 절대로 용서하지 않을 거야. 네가 다시 붙잡히기라도 한다면, 아니면 혹시 네 아빠가…."

윌로우의 말이 허공에 머물렀다.

나는 천천히 고개를 끄덕였다. 윌로우 앞에서는 내 계획을 밀어붙일 수 없을 것 같았다.

"그 손님들은 여기 얼마나 있을 거래요?" 나는 대신 아빠에게 물었다.

"그들은 이미 떠났어." 아빠가 한숨을 쉬었다.

"떠났다고요?" 너무 놀라 숨이 멎는 것 같았다. 올라와 함께 외양간올빼미를 본 게 고작 몇 시간 전이었는데. 어떻게 벌써 가 버렸다는 거지? 내가 아빠를 설득해, 산 밑에 캠프를 차린 사람들을 받아들이도록 해 보겠다고 약속했는데.

"그래." 아빠가 무심하게 대답했다. "길과 내가 아침 일찍, 스타 일행이 얘기하던 사람들에게 줄 음식 꾸러미와 여분의 담요, 그 밖에 도움이 될 만한 다른 물건들을 챙겨 주었어. 스타가 그 사람들을 멀리 데려간다고 했어. 그 사람들이 갈 만한 다른 장소를 생각해 놓았을 거야."

"그러니까 아빠는 이제 상관없다는 거네요? 에너데일은 결국 문을 열 필요가 없다는 거죠?" 나는 분노를 감추려는 노력 따위는 하지 않는다.

아빠 얼굴에 꾸짖는 듯한 표정이 떠올랐다. "그 사람들은 괜찮을 거야, 주니퍼. 여기서 너무 가까운 곳에 사람들이 정착하면 위험해. 에너데일에 주의가 쏠리는 건 피해야 하니까. 마을 운영위원회의 결정에는 그럴 만한 이유가 있어."

"전 아빠와 위원회가 좋아하든 말든 애니 로즈와 에티엔을 구할 거예요!" 나는 이렇게 소리치며 오두막을 뛰쳐나왔다.

"주니퍼, 얘야!" 아빠가 뒤따라 나오며 나를 불렀다. "우리가 갈 수 없다는 뜻이 아니야. 다만 적절한 준비가 필요하다는 거지!"

나는 돌아보지 않았다. 내가 아끼는 사람들이 위험에 처했는데, 에너데일에서 손 놓고 기다릴 수만은 없다.

* * *

아빠가 날 찾아냈을 때 난 장작을 패고 있었다. 금속 도끼를 들어 올렸다가, 우리 오두막의 벽난로 옆에 쌓아 둔 땔나무와 똑같은 길이가 되도록 정확한 지점을 내리쳤다.

아빠는 내가 잠시 멈출 때를 기다렸다. "주니퍼!"

나는 천천히 돌아서서 도끼를 바닥에 내려놓았다.

"아빤 네가 장작을 패는 건 안 했으면 좋겠다고 했잖아."

"재미있어서 하는 거예요. 조심하고 있어요." 내가 반항적으로 말했다. 솔직히 장작을 둘로 쪼갤 때 만족감 같은 게 느껴지기도 한다. 아빠가 미더워하지 않는다고 해서 포기할 생각은 없다.

아빠가 나뭇더미 위에 앉아서 길게 한숨을 쉬었다. "미안하구나, 주니퍼. 아빠가 널 잘 몰라서 가끔 과소평가하는 것 같아."

나는 눈을 가늘게 뜨고 아빠의 표정을 훔쳐보았다. 나무 사이로 햇빛이 비치고, 올해 들어 처음으로 그 속에서 약간의 따스함이 느껴졌다.

"장작뿐만이 아니지." 아빠가 말을 이었다. "너희 외할머니 일도 그래. 누군가는 그분을 모시러 가야지. 네 말이 맞아."

"할머니한테 백신을 가져갈 수 있어요?" 나는 애니 로즈를 데려오려는 내 꿈이 머지않아 이뤄질 수도 있다는 사실이 믿기지 않아, 마음이 더욱 급해졌다.

아빠는 잠시 말이 없었다. "쉬운 일은 아니야. 백신이 체내에서 활성화되는 데 며칠 걸려. 완전한 면역이 생기려면 몇 주는 지나야 할 거야." 아빠는 내 생각에 변화가 있는지 혹은 두려움이 나타나지는 않았는지, 내 얼굴을 살폈다. "너도 알다시피 이 백신은 처음 시도하는 것이고 임상시험도 거치지 않았어."

"알아요, 안다고요." 내가 조급하게 말했다.

"기본적으로 구조 작업에는 두 번의 도시 잠입이 필요해. 먼저 외할머니에게 백신을 놓기 위해 한 번 가야 하고, 일주일쯤 뒤에 다시 가서 모시고 나와야 한다는 말이야. 게다가 외할머니는 앞을 못 보시니 탈출할 때 추가 지원이 필요할 거야."

"백신 효과가 나타날 때까지 제가 할머니랑 같이 있으면 돼요." 내가 끼어들었다. "아파트에 숨어 있을 수 있어요. 우리 집엔 찾아오는 사람이 아무도 없으니까요." 상상에 상상을 더해 다시 애니 로즈와 함께 있는 상황을 머릿속에 그려 보았다. 그런데 갑자기 의심이 고개를 들었다. 할머니는 나를 따라오고 싶어 할까? 온실은 할머니에게 정말로 큰 의미가 있다. 과연 할머니가 온실을 내버려두고 영영 떠날 수 있을까?

아빠가 손을 내저었다. "베어를 안전하게 데려온 것만으로 너는 네 할 바를 다했어. 외할머니를 모시러 네가 다시 갈 필요는 없어."

나는 아빠 말에 어리둥절해졌다.

"잊어버렸니? 아빠도 그곳을 알아. 아빠가 갈 거야. 넌 아무데도 안 가도 돼."

"안 돼요!" 나는 한 걸음 뒤로 물러났다. 머리가 어지러웠다. 아빠는 나더러 빠져 있으라고 하지만, 그 일을 해야 할 사람은 나다. 나는 늘 언젠가는 다시 돌아갈 걸 알았다. 우리가 에너데일에 도착한 뒤로 내 마음속엔 그 여행이 새로 자리를 잡았다. "하지만 아빠가 도시에 있던 건 이미 오래전이잖아요. 최근 모습은 제가 잘 알아요. 게다가 에티엔은 아빠를 몰라요. 개도 데려와야 해요. 빚을 갚아야죠."

나는 내 의견을 좀 더 강하고 끈질기게 주장해야지, 마음먹고는 아빠의 반박을 기다렸다. 뜻밖에도 아빠는 이미 고개를 끄덕이고 있었다. 아빠가 싱긋 웃었다. "구체적인 작전은 가는 도중에 짜기로 하자. 윌로우도 네가 절대 포기하지 않을 거라고 하더라."

"아빠가 간다면 윌로우 아줌마가 싫어하지 않을까요?"

아빠가 고개를 저었다. "그게 옳은 일이니까 윌로우도 이해하는 거야."

"베어는 어떻게 해요?"

아빠의 얼굴이 어두워졌다. "주니퍼, 베어는 올해 고작 아홉 살이 돼."

나는 고개를 끄덕였다. 아빠 말대로 동생은 아직 어린애다. 베어 곁에 윌로우와 페른, 새로 사귄 친구들이 있다 해도, 몇 주 동안이나 동생이랑 그토록 멀리 떨어져 있어야 한다고 생각하자 묘하게 낯설고 슬픈 느낌이 들었다. "베어는 이미 그 여행을 해 본걸요. 여기까지 오는 동안 그 애가 얼마나 훌륭했다고요. 우리 단둘뿐이었던 데다 겨울이 깊어지던 때였어요."

"베어의 능력을 의심하는 건 아니야. 그 애를 위험에 노출시킬 필요는 없다는 거지." 아빠가 내 말을 잘랐다.

"베어가 도시 안까지 들어갈 필요는 없어요. 밖에서 기다리면 되죠. 베어도 자기만 여기 남는 건 싫다고 할 거예요."

아빠가 졌다는 듯 한숨을 내쉬었다. "젊은 청년들 중 한 명에게 같이 가자고 말해 볼게. 제이라는 친구인데, 에너데일 계곡 밖으로 나가는 여행에 따라가고 싶어 했어."

"제이라면 좋을 것 같아요. 베어랑도 잘 지내니까요." 내가 맞장구쳤다.

아빠는 그나마 우리 둘의 생각이 일치하자, 미소를 지었다. "제이가 베어를 데리고 안전한 곳에서 기다리면 되겠지. 나도 너랑 베어와 함께 시간을 보내면 좋을 것 같아. 다시 친해질 수 있을 테니까."

"그럼 우리 다 같이 가는 거죠?"

아빠가 고개를 끄덕였다.

"언제 떠날까요?" 이렇게 묻는데, 내 안에서 기묘한 떨림이 느껴졌다.

"미룰 필요는 없겠지. 하지만 오늘 하루는 시간을 줘. 준비를 해야 하니까."

"고마워요, 아빠." 나는 침을 꿀꺽 삼켰다. 아빠를 설득할 수 있을지 자신이 없었는데… 내일 떠나다니!

"네 동생한테는 이야기해도 되지만, 다른 사람한테는 말하면 안 돼. 아빤 마을 운영위원회 일들을 먼저 좀 처리해야겠다."

"그래도 짐은 싸고 있어야겠죠?"

아빠가 고개를 끄덕였다. "에너데일 창고에 캠핑 배낭이 있어. 사람을 보내서 가져오도록 할게." 그러더니 잠시 말을 멈췄다. "베어에게 꼭 같이 가지 않아도 된다고 해. 너희 둘 다 이 일을 쉽게 생각해서는 안 돼."

"그러지 않아요."

에너데일에 도착한 뒤로 내가 계속 기다려 온 일이었지만, 마음 한 부분이 쿵 하고 바닥으로 떨어졌다. 여행 때문은 아니었다. 나는 여행을 잘하는 편이고, 베어도 그렇다. 우린 이미 그걸 증명했다. 마음에 걸리는 건 우리가 돌아가려는 도시였다. 그곳에 도착했을 때 우리가 무엇을 보게 될지 두려웠다.

* * *

"고스트한테 알려 줘야 해, 누나."

베어는 한 치의 의심도 없이 고스트가 말을 알아들을 거라고 생각했다. 웃음이 나왔다.

"어쨌든 말해 줄 거지?" 베어가 졸랐다.

"너 짐 싸는 게 싫어서 그러는 건 아니지?" 나는 제이가 가져다준 캠핑 배낭에 집어넣기 위해 옷을 둥글게 말다가 물었다. 베어에게 같이 갈 건지 두 번 물어볼 필요가 없었다. 내 생각엔 동생도 이 여행을 나만큼이나 기대하고 있었다.

베어가 날 보며 인상을 썼다. 나는 머릿속에서 모든 걱정을 몰아내며 벌떡 일어섰다. "네 말이 맞아. 짐은 나중에 싸고, 우리의 스라소니를 찾으러 가자."

베어가 나보다 먼저 문밖으로 뛰쳐나갔고, 나도 뒤따라 달렸다.

우리가 늘 가는 빈터가 있다. 조용하고 눈에 잘 띄지 않는 장소다. 호수 옆이긴 하지만 마을과는 멀리 떨어져 있고 호수 안 섬과도 멀다.

동생과 난 은빛 지의류를 두르고 있는 자작나무 사이를 뚫고 이끼 낀 통나무를 기어올랐다. 오소리 굴 입구를 지날 때는 검은색과 흰색이 섞인 그 짐승의 독특한 냄새가 강하게 풍겼다. 산에서 흘러 내려오는 개울을 지나 우리는 서둘러 호수로 다가갔다. 호수는 투명할 정도로 물이 맑았다.

그리고 거기 고스트가 있었다. 빈터 한가운데에서, 마치 우리를 기다렸다는 듯이.

우리의 마법 고양이. 우리에게만 허용된 작은 기적.

베어는 고스트를 껴안고 우리 계획을 쏟아 놓기 시작했다. "우린 다시 여행을 떠날 거야, 고스트. 탐험이나 행군, 아니면 음…." 동생이 이제 내 차례라는 듯 날 돌아보았다. 우리 남매는 오랫동안 이런 식의 단어 게임을 해 왔다. 도시에서 살 때 애니 로즈가 가르쳐 준 이 놀이는 우리가 살던 잿빛 세상을 조금은 흥미롭고 다채롭게 만들어 주었다.

베어가 손가락을 딱 하고 튕겼다. "쭈! 여행 단어 말이야."

"글쎄, 순례? 근데 구출이기도 하잖아?"

"해방!" 동생은 다시 고스트를 보며 선언하듯 말했다. "너는 우리가 데리러 가는 사람들을 모르겠지만, 너도 분명히 좋아하게 될 거야. 틀림없어. 그러니까 우리랑 함께 가야 해. 부탁이야, 고스트."

베어의 목소리에 절박함이 묻어났다.

"고스트 좀 놔 줘 봐, 베어." 난 스라소니의 목에 손을 얹으며 말했다. 스라소니의 맥박이 빠르게 뛰고 있었다. 때때로 고스트에게서는 야생성이 불쑥불쑥 튀어나오곤 했다.

베어가 고스트 옆에 주저앉았고, 스라소니는 옆으로 누웠다. 고스트의 부드러운 배에는 숲의 조각들이 붙어 있었다. 고스트는 한가로이 몸단장을 시작했다.

"고스트도 오겠지, 그렇지, 누나?"

난 어깨를 으쓱했다. "고스트는 제 생각대로 해. 우리가 강요할 순 없어."

베어의 얼굴에 걱정스러운 표정이 떠올랐다. "고스트가 다시 필요할지도 몰라."

나는 고스트 옆에 누워 몸을 쭉 뻗었다.

베어가 놀란 표정을 지었다. "땅이 축축해!"

난 웃음을 터뜨렸다. 나는 얼굴을 땅바닥 쪽으로 돌려, 솔잎 향과 흙 냄새, 온 세상의 마법이 담긴 냄새를 맡았다. 폐 속 깊이, 작은 폐포에 닿도록 공기를 들이마셨다. 그런 다음 몸을 뒤집어 우거진 나뭇잎 사이로 하늘을 바라보았다.

"이번에는 아빠가 같이 가잖아. 고스트는 자기 삶을 살아야 해. 네가 봤다는 다른 스라소니가 어쩌면 네 말대로 고스트의 짝이 될지도 모르지."

베어가 코를 찡긋했다. "고스트도 윌로우 아줌마처럼 아기를 낳을 거야."

"맞아." 난 어깨를 으쓱했다. "스라소니 새끼가 태어나면 정말 좋겠다. 페른이 얼마나 많은 행복을 가져다주었는지 생각해 봐. 고스트도 그런 행복을 누릴 자격이 있어."

우린 잠시 각자의 생각에 잠겼다. 베어는 나뭇가지와 나뭇잎을 모아 자신만의 미니어처 도시를 만들었다. 난 머릿속으로 포르샤 스틸의 도시로 돌아가는 여정을 그려 보며 마음을 다잡았다.

잠시 후 고스트가 일어나 몸을 죽 펴서 기지개를 켜더니, 뒤도 돌아보지 않고 훌쩍 뛰어가 버렸다. 어스름이 지고 있으니, 스라소니가 먹잇감을 사냥할 때였다.

6 반항아

에티엔

거리 어딘가에서 사이렌이 울렸다. 밤에는 전기가 끊기기 때문에 아파트 안은 차가운 공기와 정적만 감돌았다.

부엌 조리대 위에 내가 어제저녁에 남겨 놓은 캐서롤 반 냄비가 그대로 있었다. 엄마는 부엌에 들어올 틈조차 없었던 것 같다. 엄마가 봤다면 치워 놓았을 텐데. 엄마가 잘 챙겨 먹겠다던 아침이라야 고작 이것뿐이었다.

나는 캐서롤 냄비를 냉장고에 넣고 집을 나섰다. 아무 생각 없이 걷다가 학교에 거의 다 와서야 내가 어디를 향하는지 깨달았다. 습관이야, 나는 혼잣말로 중얼거렸다. 하루 중 특히 이 시간이면 스며드는 외로움 때문이 아니라고 합리화했다. 학교 같은 곳을 그리워하게 될 줄은 미처 몰랐다.

다른 아이들이 날 알아보지 못하도록 후드를 뒤집어쓰고 몸을 움츠린 채, 등교하는 아이들 사이를 지나갔다. 사람들을 거의 벗어났을 때 어떤 목소리가 놀란 듯 내 이름을 불렀다.

무심코 고개를 돌리다가 목소리의 주인공을 단번에 알아보았다. 세레나. 세레나도 엔도 선생님의 대벌레 그룹이었다.

“에티엔! 너인 것 같더라. 아직 처벌이 모자라서 온 거야?”

“너의 희망 사항이겠지!” 내가 멋쩍게 웃었다.

세레나가 웃으며 다가왔고, 난 뒷걸음질 쳤다.

“감염됐을지 몰라서, 나 말이야.”

세레나의 표정이 걱정 혹은 실망으로 바뀌었다. “도대체 무슨 생각을 한 거야? 그 임상시험에 참여했어, 에티엔?”

난 어깨를 으쓱했다. “내가 벗어날 수 있는 길일지도 모르니까. 게다가 누군가는 해야 하잖아.”

세레나가 혹시 병증이 있지나 않은지 날 유심히 살펴보았다. “그러면 아직 병에 걸리진 않은 거야?”

“아직은. 어쩌면 내가 행운아 중 한 명이 될는지도 모르지.”

한 무리의 아이가 저마다 손에 종이를 들고 우리 사이를 헤치고 뛰어갔다. 아이들은 종이를 찢어 거리에 버렸다.

“이나야! 하니야!” 세레나가 날카롭게 소리쳤다. “그런 짓 하지 마!”

세레나의 여동생 둘도 아이들 무리 속에 있었다. 하지만 이나야와 하니야는 자기 언니 말을 무시했다.

세레나는 날 보며 씁쓸하게 웃었다. 찢어진 종잇장들이 기류를 타고 날아다녔다. 환풍기가 다시 작동하는 모양이다. 포르샤 스틸의 금발 머리와 무시무시한 눈동자가 번뜩이며 공중에서 빙빙 돌았다.

"감염병만 퍼져 나가는 게 아니네!" 세레나가 말했다.

내 마음속에서 흥분의 불꽃이 타올랐다. "폴캣이 해낼 수 있을까?"

세레나가 고개를 끄덕였다. "새 지도자가 끝내줘."

"폴캣을 본 적 있어? 혹시 어떻게 하면…." 나는 다른 말이 튀어나오기 전에 입을 다물고 입술을 깨물었다. 학교가 바로 근처다. 애벗 교장이 건물 꼭대기 층 유리 전망대에서 지켜보고 있을지도 모른다. 아니면 영상에 잡힐 수도 있다. 어떤 카메라가 실제로 작동하는지는 알 수 없지만, 학교를 빙 둘러 카메라가 설치되어 있었다. 애벗 교장은 언제 어디서나, 모든 것을 감시했다.

세레나가 나를 빤히 쳐다보았다. 표정은 부드러웠지만 두 눈이 반짝였다.

세레나의 가족이 반란에 연루되었다는 소문이 있었지만, 그걸 확인하기에 마땅한 장소는 아니다. 나는 다시 학교로 화제를 돌렸다. "너 아직 심리 상담반에 있어?"

세레나가 고개를 저었다. "엔도 선생님이 아니면 맡을 사람이 없어. 게다가 애벗 교장은 그걸 없앨 구실만 찾고 있었잖아."

"그럼 네 대벌레는?"

"교장이 도로 다 가져갔어. 아마 지금쯤 죽었겠지." 세레나가 재빨리 시선을 돌렸지만, 난 그 애의 눈에 비친 슬픔을 놓치지 않았다.

"그들이 내 대벌레는 잊어버렸나 봐. 베어 것도 내가 넘겨받았는데. 뭐, 상관없어. 대벌레들 상태가 좋진 않으니까. 얼마 안 남았어." 나는 가방을 바짝 끌어당겼다. 휴지에 싼 죽은 대벌레가 가방 속에 들어 있다는 사실을 고백한다면 약간 기괴하겠지.

"아직도 노스엣지에서 나뭇잎을 가져와?" 세레나가 물었다.

난 고개를 끄덕였다. "요즈음은 주로 거기에서 지내."

"노스엣지가 그립다." 세레나의 목소리에 간절함이 묻어났다.

잠시 침묵이 흘렀고, 난 우리가 노스엣지에 갔던 일을 떠올렸다. 모두가 엔도 선생님이 품어 주던 문제아들 또는 실패자들이었다. 우린 대벌레를 먹일 신선한 나뭇잎을 얻으러 노스엣지로 가곤 했다. 미니버스를 타고 가서, 한 시간쯤은 식물들 사이로 숨어들 수 있었다. 그렇게 해서 난 샘을 알게 되었고, 식물원 일을 거드는 실습생까지 되었다.

"우리 아빠가 잡혀간 건 너도 알지?" 세레나가 말했다.

"아니!" 난 비틀거리며 뒤로 물러났다. "전혀 몰랐어. 최근에는 사람들을 많이 만나지 못해서."

세레나가 어깨를 으쓱했다. "그랬어. 크리스마스이브에."

난 겁에 질려 뒤를 힐끗 돌아보았다. "세레나, 정말 끔찍하다."

"좀 그렇지."

세레나의 목소리에 담긴 체념이 날 두렵게 만들었다.

"그만 가야겠다." 세레나가 주변을 맴돌고 있던 두 여동생을 가리켰다. "쟤들을 학교 안까지 데려가야 해. 또다시 지각 딱지를 받아 오면 엄마가 불같이 화내실 거야."

이나야와 하니야는 내게 경계의 눈길을 보냈다. 내가 누군지 확실히 아는 것 같았다.

"엄마는 어떠셔?" 나는 재빨리 물었다. 아직은 작별 인사를 할 마음이 들지 않았다.

세레나의 눈빛이 어두워졌다. "안 좋아. 슬퍼하고 계시지. 매일 그래. 슬픔 속에서 잠이 깨서, 슬픔 속에서 하루를 보내고, 슬픔 속에서 잠이 들지." 세레나의 얼굴에 희미한 미소가 잠시 나타났다 사라졌다. "우리가 아파트를 나설 때만 빼고. 그땐 우리한테 학교에서 어떻게 행동해야 하는지 일장 연설을 하시지. 문제 일으키지 마라, 어쩌고저쩌고…."

"나도 많이 듣던 말이네."

세레나가 한숨을 쉬었다. "내가 거의 격리실에만 있다가 오는 줄 알면 엄만 진짜 속상해하실 거야."

학교 격리실에 대한 기억이 밀물처럼 밀려왔다. 교장실 옆에 감방처럼 생긴 방이 있었다. 가구도 없이 머리 위로 전구 하나가 매달려 있을 뿐이었다. 어떤 날은 실제로 내 머리카락이 타는 것 같았다. "애벗 교장이 진짜 고약하게 구나 봐?"

"예전보다 훨씬 심해졌어." 세레나는 다시 한번 깊은 한숨을 내쉬었다. 그 애의 한숨이 거리에 흩날리는 포스터 조각들과 함께 날아갔다.

"어쨌든 조심해."

내 말에 세레나가 한쪽 눈을 찡긋했다. "너도, 에티엔. 이 도시가 널 짓밟지 못하게 해. 우리에겐 반항아가 필요하니까!" 세레나가 가만히 나를 쳐다보았다. 나는 폴캣에 관해 다시 물어보고 싶었지만, 내가 뭐라고 더 말하기 전에 세레나는 동생들을 부르며 훌쩍 가 버렸다.

* * *

나는 빠른 걸음으로 등반 센터로 향했다. 내 안에서 소용돌이치는 분노를 풀어내고 싶었다.

초등학교 때, 한번은 세레나의 아빠가 우리 놀이터에 벽화 그리는 것을 도와주러 온 적이 있었다. 엄마가 벽에 그릴 프랙털을 디자인해 주었다. 세레나의 아빠가 회색 콘크리트 벽에 선을 그렸고, 우리는 새 페인트로 색을 칠했다. 그 생각을 떠올리자, 가슴이 아팠다. 세레나의 아빠는 착하고 친절한 사람이었다. 그가 가족과 헤어져 감옥 같은 훈련원에 갇혀 있는 건 부당하다.

등반 센터 안내 데스크에는 처음 보는 사람이 앉아 있었다. 나는 내 출입증을 밀어 넣었다.

그 남자가 바코드를 스캔하자 기계에서 낮은 삑삑 소리가 울렸다. 그가 고개를 가로저었다. "들어갈 수 없어."

"왜요?" 내 얼굴에 짜증이 그대로 드러났을 것이다.

"감염 위험이 있어." 남자가 말했다.

나는 한 걸음 물러났다. "전 아프지 않아요. 이러는 건 말도 안 돼요!"

남자가 손을 들어 내 말을 막았다. "이봐, 내가 할 수 있는 일은 없어."

"하지만 이건 제 권리예요! 의무적인 체력 단련, 그게 도시 정책이잖아요."

남자는 고개를 가로젓고는 문 쪽을 손짓했다.

나는 돌아서며 그에게 중얼거렸다. "전 임상시험 참가자예요. 언젠가 우리 모두 이 감옥에서 풀려나면 아저씨도 저한테 고마워하게 될 거예요."

밖으로 나와 터덜터덜 걸었다. 나는 이 등반 센터에서 오랫동안 실내 암벽 등반을 했다. 이곳에서 나의 온 정신과 손가락, 발가락은 위로 올라가는 길을 찾는 데만 집중했다. 그렇게 도전할 때 아드레날린이 솟구치는 게 좋았다. 이제 내 삶에서 그 모든 것이 사라지는 걸까?

건물 뒤를 돌아서, 완충 지대의 장벽을 따라갔다. 요즈음 내가 자주 걷는 길이다. 사람들에게 잊힌 죽음의 땅에서 가장 가까운 길이라고 할 수 있다. 얼마 전까지만 해도 진드기 트럭이 다니며 살충제와 제초제로 땅을 흠뻑 적셨지만, 트럭이 안 온 지 꽤 된 것 같다. 공기 중에 떠돌던 불쾌한 화학약품 냄새도 사라졌고, 흙도 조금 덜 노래 보인다. 심지어 이리저리 용케 땅을 뚫고 나온 식물들도 있다.

나는 무릎을 꿇고 허브 냄새를 맡았다. 잎 사이로 분홍색 작은 꽃이 몇 송이 피어 있었다.

대벌레를 묻기 좋은 장소라는 생각이 번뜩 들어서 손가락 끝으로 땅을 팠다. 흙은 딱딱하고 돌이 많았고, 완충 지대를 만들 때 부순 집들의 잔해도 섞여 있었다. 어쨌든 벌레 무덤을 만들 수 있을 정도로 구멍을 파낼 수 있었다.

“잘 쉬어, 대벌레야.” 휴지에 싸여 있던 죽은 벌레를 구덩이 속에 털어 넣었다. 나는 잔돌이 섞인 흙으로 구덩이를 덮고, 그 위에 연한 분홍색 꽃 한 송이를 놓았다. 그러고 나서 계속 완충 지대의 장벽을 따라 걸었다. 아직은 중심가로 돌아갈 마음의 준비가 되지 않았다.

벽을 따라 패널들이 붙어 있었다. 처음 도시를 봉쇄하던 50년 전에, 방어의 필요성을 설명하기 위해 설치한 것들이다.

나가지 마시오. 질병을 예방합시다. 자연은 치명적인 바이러스를 품고 있습니다. 당국이 여러분을 안전하게 보호할 수 있는 한계는 여기까지입니다. 여러분 자신의 안전을 위한 것입니다. 벽을 넘지 마시오! 사망 위험이 있음. - 포르샤 스틸의 명령

조금씩 부서지는 장벽 여기저기에서 보드라운 식물이 무리지어 자라고 있었다. 샘이 이끼라고 부르는 것들이다. 노스엣지에도 있다. 축축하고 그늘진 곳이면 누가 돌보지 않아도 어디서든 잘 자란다. 자세히 보면 끝에 구슬이 달린 아주 작은 줄기가 나 있다.

하룻밤 사이에 모든 사람이 도시를 떠나 버리면 혹은 콜레라나 그 밖의 다른 병이 퍼져서 엄마의 일이 더 힘들어지고 마침내 우리 모두 죽는다면, 그리하여 진드기 트럭이 영영 돌아오지 않는다면 온 도시가 전부 밝은 초록색 이끼로 뒤덮이게 되겠지?

나는 막다른 곳에 이르러서야 벽으로 둘러싸인 골목길을 빠져나와 노스엣지로 가기 위해 역으로 향했다.

7 다시 도시로

주니퍼

아빠, 제이, 베어와 난 오두막이 점점 뜸해지는 마을 끝, 호수가 시작되는 곳에서 마을 사람들과 작별 인사를 나누었다. 이건 내가 꿈꾸던 해방 부대의 모습은 아니었다. 나는 해방 부대가 도시로 들어가 학교와 훈련원으로 행진해 가서 갇힌 사람들을 모두 풀어 주라고 요구하는 장면을 상상하곤 했다. 그게 진정한 해방의 모습일 테니까.

제이를 데려가는 데에도 설득 과정이 필요했다. "길은 이게 우리 가족의 싸움이라고 하더군. 내가 다른 마을 사람들을 끌어들일까 봐 경계하는 눈치였소." 어젯밤에 아빠가 윌로우에게 말하는 것을 들었다. 아빤 내가 듣고 있는 줄 몰랐지만.

누군가의 손이 내 어깨를 눌렀다. "네 아빠를 새로운 가족과 갈라놓으니까 좋니?" 모건의 시선이 나를 파고들었다.

윌로우가 사람들을 헤치고 내 쪽으로 다가오는 모습이 얼핏 보였다. 포대기에 싼 페른은 코트로 덮여 있었다. 모건은 윌로우를 보고는 자리를 떴다.

"괜찮니, 주니퍼? 다 챙겼어?" 윌로우가 물었다.

고개를 끄덕이는데 모건의 말이 내 귓가를 맴돌았다.

"주니퍼? 무슨 일이야?" 윌로우가 모건을 돌아보았다. "모건이 너한테 뭐라고 했니?"

"아무것도 아니에요." 나는 호수를 바라다보며 별일 아니라는 듯 말했다. "애니 로즈가 걱정돼서요. 그게 다예요."

윌로우는 내 말에 속아 넘어가지 않고, 내 팔을 잡았다. "저 여자가 하는 말은 듣지 마. 네가 다시 돌아가는 건 옳은 일이야. 너희 엄마도 자랑스러워했을 거야, 주니퍼."

윌로우는 울음을 삼켰다. 난 페른의 머리에 입을 맞췄다. 윌로우가 나를 끌어당겼고, 난 두 사람을 한꺼번에 안았다. 에너데일에 올 때 기대했던 가족은 아니지만, 두 사람에 대한 나의 사랑은 어느새 마음속 깊이 자리 잡았다. 내가 이들과 이렇게 빨리 헤어지다니!

아빠가 페른과 윌로우에게 작별 인사를 하는 모습은 보지 못했다. 또 길과 나머지 운영위원회 위원들이 엄숙하게 지켜보는 가운데 제이가 자기 부모님과 포옹하는 모습도.

그 대신 나는 챙겨 갈 물건의 목록을 보며 베어와 내 배낭을 세 번씩 확인했다. 이 배낭들은 우리가 에너데일에 올 때 가져왔던 책가방과는 전혀 달랐다. 튼튼하게 박음질이 되어 있었고, 방수 처리를 위해 동물 기름을 발라 놓았다.

엄마가 남긴 오래된 지도와 에티엔의 지피에스(GPS)도 배낭 안주머니에 집어넣었다. 그 지피에스는 꺼 두었다. 이번에는 아빠가 길을 찾아 줄 테니까. 게다가 아빠도 지피에스가 있어서 마을 운영위원회가 우리 경로를 추적할 수도 있다. 하지만 난 에티엔의 지피에스를 다시 확인하고서야 안심이 되었다.

베어는 친구들에게 둘러싸여 있었다.

"이건 불공평해." 파이퍼가 툴툴댔다. "난 아무 데도 가 본 적이 없단 말이야."

"돌아와서 얘기해 줄게." 베어가 쾌활하게 대꾸했다.

동생은 확실히 관심을 즐기고 있다.

이제 정말로 떠날 시간이다. 윌로우가 입 모양으로 작별 인사를 했고, 마을 운영위원회는 공식적으로 행운을 빌어 주었다. 한동안은 아이들이 호수를 따라 우리를 따라왔기에 실감이 나지 않았다. 하지만 곧 호수가 끝났고, 아빠가 아이들을 마을로 돌려보냈다. "도망자를 받아들일 수는 없어. 너희 부모들이 날 가만두지 않을 거야."

우린 다시 한번 작별 인사를 했고, 베어가 과장된 말투로 소리쳤다. "우리를 빼놓고 바다에 가면 안 돼! 우리가 돌아올 때까지 기다려 줘!" 베어의 목소리가 메아리가 되어 산골짜기에 울렸다.

호수가 시야에서 완전히 사라지기 전에 나는 몸을 돌려 마지막으로 회색빛 물을 바라보았다. 이게 마지막은 아닐 거야, 하고 혼잣말로 중얼거렸다. 우리의 일부는 이제 이곳에 속한다. 에너데일 계곡과 호수와 마을에. 우리 가족이 이곳에 살고 있다.

아빠는 아무 말 없이 땅을 내려다보며 걸었다. 겨울이 아직 끝나지 않았는데 윌로우와 페른을 두고 떠나게 되어, 걱정이 되었을 것이다. 대화를 주도하는 제이가 있어서 다행이었다. 그는 에너데일이라는 안전한 울타리를 벗어나 새로운 곳으로 떠난다는 생각에, 기대와 흥분에 들떠 거의 폭발할 지경이었다.

우리는 베어와 내가 이곳으로 올 때와는 다른 경로를 택했다. 에너데일 호수를 따라 북쪽으로 걷다가 동쪽으로 꺾어 들었다. 가장 높은 산들을 피해, 크러모크 워터와 버터미어라는 두 개의 호수를 지나갈 것이다. 베어는 호수 이름이 재미있다며 깔깔댔다. 아빠가 가는 경로를 설명하면서 알려 준 지명들 중 보로데일, 시톨러, 랑데일 등은 신화와 관련이 있다. 나는 이곳의 풍경이 산과 계곡, 호수와 폭포로 되어 있다는 게 마음에 들었다.

크러모크 워터의 가장자리에는 나무 몇 그루가 금방이라도 부러질 것처럼 패어 있었다. 뾰족한 끝이 붙어 있는 두 자루의 연필 같았다.

“비버다!” 베어가 나무 쪽으로 달려가며 소리쳤다. 동생은 나무를 만져 보려고 둑 위로 몸을 숙였다.

제이가 고개를 끄덕였다. "너무 가까이 가지는 마. 넌 아직 수영 강습을 받지 않았다는 사실을 잊으면 안 돼, 베어!"

"비버 본 적 있어요? 실제로요?" 베어는 여전히 그 자리에서 물을 내려다보며 물었다.

제이는 웃으며 베어의 어깨를 잡고 부드럽게 뒤로 끌어냈다. "너도 곧 보게 될 거야, 우리가 집에 돌아왔을 때. 에너데일에도 있으니까, 봄에 비버가 수영하러 나오는 걸 볼 수 있어. 하지만 아침 일찍이나 밤늦게 보러 나가야 해."

"그렇다면 황혼성이에요." 베어가 아는 척했다.

"황혼 뭐?" 제이가 웃었다.

"동틀 무렵이나 해 질 무렵에 활발한 동물이라는 뜻이에요." 베어가 대답했다.

"대단한걸!"

"누나와 난 단어를 많이 알아요. 옛날 우리 집에 사전이 있었거든요." 베어는 이렇게 말하더니 나를 돌아보았다. "이번에 가면 책을 좀 가져올 수 있을까, 쭈 누나?"

난 눈썹을 치켜올렸다. "책 말고 집중해야 할 다른 일이 있을 것 같은데."

"우리 에너데일에도 책이 많잖아, 안 그래?" 제이가 물었다.

베어가 날 쳐다보았다.

"그럼요, 많죠." 난 예의상 이렇게 대답했다. 에너데일 사람들은 자신들의 장서에 자부심이 있다. 그들은 지식을 전승하고 아이들을 교육하기 위한 노력의 한 방법으로 주변 지역의 집들을 돌아다니며 책을 수거해, '도서관'이라고 부르는 오두막에 보관하고 있다. 마을 목수 벤이 그 도서관 오두막의 방수 처리에 특별한 노력을 쏟고 있다.

그러나 에너데일 도서관이 어떤 단어와 세계를 우리에게 제공하든, 나는 베어가 낡은 우리 사전을 그리워하는 이유를 안다. 삭막한 도시에서, 우리 사전은 지금과는 다른 과거 세계로 가는 실마리였다.

"빨리 와, 느림보들아. 속도를 더 내야 해." 아빠가 추억에 잠긴 나를 깨웠다. "점심때까지 버터미어 호수 북쪽에 도착하는 게 목표라고."

우리는 아빠를 따라잡기 위해 뛰어갔다.

"고스트가 안 보여, 쭈 누나." 나와 나란히 걷게 되자 베어가 말했다.

나는 어깨 너머로 뒤를 돌아다보았다. 하늘이 어두워지고 있었다. "오고 싶을 때 올 거야."

"우리 냄새를 맡고서? 지난번처럼?"

난 괜히 베어가 기대하게 될까 봐 어깨만 으쓱했다.

얼마 가지 않아 머리 위로 비가 떨어지기 시작했다. 아빠와 제이가 걱정스러운 시선을 주고받았다. 우리는 아무 말 없이 걸음을 재촉했다.

"여기서 멀지 않은 곳에 낡은 오두막이 있어. 그리로 가자." 비가 그칠 기미가 보이지 않자, 아빠가 소리쳤다. "겨우 첫날인데 모든 걸 흠뻑 적실 필요는 없겠지."

우리는 곧 슬레이트 지붕을 한 오두막에 도착했다. 오두막 옆면에 덜걱거리는 배수관이 붙어 있었다. 아빠는 무거운 돌 밑에서 열쇠를 꺼냈다.

나는 놀란 눈으로 아빠가 문을 여는 것을 지켜보았다.

"이런 피난처가 몇 군데 있어." 아빠가 설명했다. "쓸 만한 물건들을 찾아 멀리까지 돌아다녀야 할 때 필요하거든."

우리는 안으로 몰려 들어가 젖은 외투를 벗었다. 오두막에서는 축축한, 빈집 냄새가 났다. 바닥에는 나방들이 죽어 있고, 문이 열리며 들어온 공기에 먼지가 춤을 추었다.

제이가 불 지필 준비를 했다. "뜨거운 열기가 곧 몸속에 퍼질 거야. 나는 뼈까지 젖었어."

그는 낡은 부엌 찬장을 열고 성냥갑을 꺼냈다. 제이도 여기와 본 적이 있는 게 분명했다.

"이런 집이 몇 군데나 있어요?" 내가 물었다.

"꽤 있어." 아빠가 불 앞으로 와서 앉으며 대답했다. "하지만 이런 피난처를 이용하는 건 거의 끝이야. 하루만 가면 우리가 평소에 다니던 범위를 벗어나게 될 테니까."

제이가 마을 사람 누군가가 싸 준 빵을 돌렸고, 우린 폭풍이 지나가길 기다리며 허겁지겁 그 빵을 씹어 먹었다.

* * *

비가 그치고 다시 출발할 때, 땅은 흠뻑 젖어 있었다. 우리는 부츠를 신은 발로 힘겹게 진흙을 헤치고 나아갈 때 나는 소리를 단어로 만들었다. 쩍쩍, 철벅철벅, 꿀꿀, 치덕치덕.

진흙땅을 걸어가는 건 몹시 지치는 일이었다. 얼마 가지 않아 난 베어의 손을 잡아 주어야 했다. 베어는 내 팔에 매달려 질질 끌려왔다.

"그러지 마, 베어." 내가 소곤거렸다. "이제 겨우 시작인데…."

동생이 얼굴을 찡그렸다.

"무지개 좀 봐!" 나는 구름 속에서 나타난 여러 색깔의 띠를 가리켰다. "무지개 끝에 뭐가 있는지 알지?"

"무지개 끝에 보물 항아리가 묻혀 있다는 건 그냥 이야기일 뿐이야." 베어는 투덜거렸지만, 걸음을 조금 빨리했다.

무지개는 어두운 하늘로 사라졌다. 보물 항아리는 발견할 수 없었지만, 두 번째 피난처에 무사히 도착할 수 있어서 우리 모두 고마움을 느꼈다.

"이만하면 첫날치고 꽤 걸은 것 같구나." 우리가 몸을 숙여 안으로 들어갈 때 아빠가 말했다. "우리가 속도를 높일수록 추적당할 가능성이 줄어들어. 혹시 이 지대를 감시하는 사람이 있을지도 모르니까."

아빠는 아예 정착지들을 피해 경로를 잡았다. 사람들은 도시를 벗어나 야생으로 나오지는 않는다. 진드기 병이 너무 위험하니까. 대신 정찰 드론을 내보낸다. 나는 길을 걷는 동안 예전에 겪었던 불안감이 문득문득 되살아나 하늘을 올려다보곤 했다. 어디선가 익숙한 위이잉 소리가 들리는 것 같았지만, 하늘엔 무심한 새들뿐이었다.

제이가 다시 불 피우는 일을 맡았고, 아빠가 저녁 식사를 나누어 주었다. 우리는 넣어 올 수 있는 만큼 최대한 많은 식량을 챙겼지만, 전체 여정에 필요한 음식을 다 가져올 수는 없었다. 그러니 사냥도 해야 할 것이다. 아빠와 제이는 둘 다, 새나 토끼 사냥을 위한 공기총을 가지고 있었다.

우선 상하기 쉬운 음식부터 먹기 시작했다. 오늘 밤은 에너데일 특식으로, 갖은 채소를 곁들인 쇠고기 스튜였다. 금속 팬에 담아 난롯불에 끓인 음식을 아빠가 에나멜 그릇에 덜어 주었다.

아빠가 내 몫을 건네주며 한쪽 눈을 찡긋했다. “맛있게 먹어, 주니퍼. 오늘 아주 잘했어.”

“고마워요” 하고 대답하는데 목이 메었다. 단순히 스튜에 대한 감사 인사가 아니었다. 지난번 우리 남매의 여행과는 너무 달라서였다. 이번엔 여행 경로를 미리 파악해서 언제 멈추고 언제 다시 출발할지 결정해서 알려 주는 사람이 있다! 우리가 배를 곯지 않을 것이고 안전할 것이라는 걸 확신한다!

하지만 스스로를 속이지는 않겠다. 우리가 살던 도시에 도착하면, 이 모든 안전이 사라지리라는 것도 난 알고 있다.

* * *

언제나 첫날이 중요하다. 첫날이 어땠는지에 따라 그다음 며칠이 결정된다. 우리는 꼭 필요할 때만, 아빠가 알고 있는 빈 집에서 쉬었다. 그 외는 젖은 땅에서 발 디딜 곳을 찾느라 고개를 숙인 채 그저 걷기만 했다. 하늘은 여전히 어둡고 험악했다.

걷는 속도는 나한테는 괜찮았다. 나는 다시 지난번 여행의 리듬을 되찾았다. 모든 걸 온몸으로 느꼈고, 다리가 아프고 발에 물집이 잡혀서 고통스러웠지만 동시에 만족스러웠다.

베어는 걷는 속도에는 그다지 신경 쓰지 않았다. 속도를 맞추기가 힘들어서가 아니라, 다른 하고 싶은 게 많아서였다. 베어가 뭔가를 발견하고 혹은 뭔가 있다고 생각해서 경로에서 벗어날 때마다, 아빠는 차분하게 대처하려고 애썼다. 제이도 고마웠다. 그는 베어의 말 상대가 되어 주고 우리와 단어 게임도 같이 했다. 가끔 제이와 베어가 게임을 하는 동안, 나 혼자 조용히 생각에 잠길 수 있었다.

오늘은 둘이서 까마귀 소리에 대한 단어를 지어내고 있었다. 까마귀 떼가 시끄러운 소리를 내며 땅에 내려앉아, 부리로 땅을 헤치며 지렁이나 벌레를 찾는 모습. 고요한 공기 속으로 요란하게 울려 퍼지는 까악까악, 까옥까옥, 깍깍 소리.

우리는 거의 빈틈이 없이 식물로 뒤덮여 있는 넓은 지역을 지나갔다.

아빠가 '농장'이라고 말했다. 난 지면에서 솟아오른 푸른 언덕을 이리저리 유심히 바라보았다. "저기, 저 오래된 석조 건물이 농가야." 아빠는 과거 세계에 대해 우리에게 가르쳐 줄 기회를 놓치지 않겠다는 듯 말을 이었다. "그리고 저게 외양간이고. 궂은 날씨에 동물들이 저리로 피했을 거야."

전체 외관이 뚜렷이 드러나진 않았지만, 어쩐지 내 눈엔 이끼와 담쟁이덩굴, 아직 새잎을 틔우지 않은 줄기 사이로 모든 게 보이는 것 같았다. 농가 앞에는 녹슨 금속 구조물, 그네나 철봉일 것 같은 게 놓여 있다. 아이들은 거기에서 놀다가 위층 어느 침실에서 잠이 들었겠지.

"지구는 모든 것을 회복하고 있어." 아빠가 말했다. "페른은 아마도 다른 세계를 보게 될 거야."

"그러면 사람들이 도시 밖으로 나올 수 있겠네요." 나는 아빠가 잊지 않도록 덧붙였다. "백신이 효과가 있다면 말이에요."

아빠는 아무 말 하지 않았다. 그런 일이 가능하다고 생각하는지 혹은 그게 좋은 일이라고까지 생각하는지는 알 수 없었다. 나 역시 쉽게 가늠이 되지 않았다. 만약 우리가 하룻밤 사이에 그 질병을 없애 버릴 수 있다면 그래서 모든 사람이 안전해진다면, 물론 우린 당연히 그렇게 할 것이다. 하지만 그게 이 자연에는 어떤 의미일까? 새나 동물, 곤충에게는 무슨 의미일까?

농장을 지나, 우리는 양쪽에 상점들이 늘어서 있는 오래된 길을 따라 마을로 들어갔다. 상점들은 유리창이 깨져 있거나, 멀쩡한 가게도 담쟁이덩굴과 이끼로 덮여 있었다. 유령 마을이다. 석조 건물인 교회에는 시계탑이 있는데, 이 마을의 시간이 정확히 언제 멈췄는지 나타내고 있었다. 8시 5분. 교회 옆에 있는 묘지에는 무덤을 표시하는 석판들이 놓였고, 작은 초롱불같이 생긴 설강화가 둘러싸고 있었다.

"유명 작가들이 이곳에 묻혀 있어. 윌리엄 워즈워스와 도로시 워즈워스." 아빠가 말했다. "두 사람은 오빠와 여동생이야."

우리는 교회 묘지를 돌아다니며 그들의 이름을 찾아보려고 했지만, 이끼와 들장미 덩굴이 묘비를 뒤덮고 있었다. 몇몇 높다란 묘비에 새겨진 단어 몇 개만 겨우 알아볼 수 있을 뿐이었다. 많은 사랑을 받은 천사. 편히 쉬길.

슬픈 곳임이 틀림없었지만, 베어는 죽어서 어딘가에 누워 있어야 한다면 여기가 아주 좋은 장소라고 선언했다. 계곡 중간, 좌우로 푸른 산과 보라색 산이 펼쳐져 있고 시냇물이 흐르는 소리가 들린다.

제이가 윌리엄 워즈워스가 수선화에 관해 쓴 시를 소리 내어 외웠다. 제이는 땅속에서 겨울을 나고 올라온 수선화의 녹색 줄기를 우리에게 보여 주었다. "이곳은 곧 수선화로 노랗게 덮일 거야." 그가 쾌활하게 말했다.

마을 끝에는 호수가 있었다. 한 쌍의 백조가 헤엄치고 있었고, 그들의 우아한 몸이 수면에 반사되어 비쳤다. 유령 마을의 유령 물새 같았다. 우리는 그 호수에서 흘러나오는 강을 따라 또 다른 호수까지 계속 걸었다.

베어가 뒤에서 날 툭툭 쳤다. "누나가 다친 곳이 여기야."

폐허가 된 돌담을 따라 풀이 무성하게 자란 길을 걷고 있을 때였다. 난 깜짝 놀라 뒤를 돌아보았다.

"여기가 거기라고? 난 생전 처음 오는 곳이라고 생각했는데." 덫에 발이 낀 사고가 났던 날 이후 며칠간은 사실 기억이 잘 나지 않는다. 그때 나는 몹시 열이 올라 정신이 흐릿했었다.

"맞아." 동생이 호수 건너편을 가리키며 말했다. "저기가 동굴이 있던 곳이야."

우리가 있는 곳에서는 잘 보이지 않았지만, 베어가 가리키는 바위투성이 언덕에 동굴 입구가 있을 거라는 생각이 들었다. 헤스터를 처음 만난 곳. 헤스터는 나에게 두 번째 삶의 기회를 준 은인이다.

"너희 둘, 괜찮지?" 아빠가 걱정스러운 표정으로 우리를 돌아보았다.

베어와 난 고개를 끄덕였다. 우리 둘 다 동굴에서 지냈던 날들에 관해서는 이야기하고 싶지 않았다. 내가 죽음의 문턱에 다다랐던 그때 동굴 밖에서는 눈이 내리고 있었지.

8 임상시험

에티엔

바이러스 전문 병원에 가서, 마스크를 받고 손에는 톡 쏘는 냄새가 나는 소독젤을 뿌렸다.

"몇 분 정도 기다려야 할 겁니다." 접수창구 직원이 말했다. "아파서 결근한 직원이 있어서요."

난 옆자리 환자와 간격을 두고 플라스틱 벤치에 앉았다. 엄마 나이쯤 되어 보이는 그 여성 환자는 마스크를 쓴 채 나를 보고 온화한 미소를 지으며 물었다. "잘되고 있어요? 임상시험 말이에요."

"그런 것 같아요." 누군가 같은 경험을 하는 사람과 이야기를 하고 싶었다.

막 본격적인 이야기를 시작하려는데 접수창구의 남자가 내 말을 끊었다. “대화 금지입니다.” 그가 벽에 붙은 포스터를 가리키며 딱딱한 말투로 말했다. 포스터에는 선으로 그린 사람 옆얼굴이 있는데, 입에서는 비말이 뿜어져 나오고 있었고 그 위에 빨간색으로 커다랗게 ‘X’가 그어져 있었다.

옆자리 여성 환자가 마스크 밖으로 입에 손가락을 갖다 대고 웃었다. 그녀는 행복해 보였다. 몸속에서 항체가 증식해 제대로 작용하고 있다고 믿는 것 같았다.

나는 한참을 기다렸다. 대기실 공기는 답답하고 소독약 냄새가 났다. 마침내 누군가가 약간 휘청거리며 나왔고, 옆자리 여성이 들어갔다. 그녀는 행복한 표정 그대로인 채 나타났고, 이제 내 차례였다.

실험실 연구원은 부직포로 된 완전 방역복을 입고 있었다. 고글에 김이 서려 그 사람의 눈이 제대로 보이지는 않았지만, 늘 만나던 연구원이었다.

명찰에 ‘린다: 채혈전문의’라고 씌어 있었다. 나는 린다를 따라 방으로 들어갔다.

언제나처럼 린다는 피를 뽑을 때 혹시라도 실신할 수 있으니까 딴 데를 보라고 말했다. 그리고 언제나처럼 난 그 지시를 무시하고, 내 몸에서 빠져나간 붉은 액체가 유리 시험관 안에 가득 차는 것을 지켜보았다.

“지난번 혈액은 어땠어요?” 내가 물었다.

린다가 상냥한 미소를 지었다. “그건 내 소관이 아니어서.

난 샘플만 전달할 뿐이에요."

난 조바심이 나서 인상을 찌푸렸다. "하지만 시험 참가자들은 지금쯤 알아야 하지 않나요? 효과가 있는지 없는지 말이에요. 저한테 면역이 생기고 있는지 어떤지요."

"솔직히 그런 일은 없는 것 같아요."

"어떻게 알아요?"

린다가 어깨를 으쓱했다. "그랬다면 저 사람들이 더 흥분했겠죠." 린다는 문밖 하얀 복도를 따라 나 있는 다른 문들을 가리켰다. "임상시험이 성공적이었다면 운영 책임자인 헨더슨 씨가 더 난리를 피웠을 거예요. 이번 시험이 처음은 아니에요. 임상시험이 정말로 성공할 거라고 기대하는 사람은 없어요."

린다가 장갑 낀 손으로 다른 시험관을 만지작거렸다.

"잠깐만요!" 내가 말했다. "이미 두 병 뽑았잖아요."

린다가 잠시 동작을 멈추었다. "아, 네." 그러고는 옆에 있는 서류를 다시 확인하고 나서 말했다. "이번에는 두 병 더 추가하라고 되어 있네요."

린다는 내 이름과 시민등록번호가 적혀 있는 종이를 보여주었다. 거기에 시험관 4개라고 선명하게 쓰여 있었다.

"왜 그런 거예요?"

린다가 어깨를 으쓱했다. "실험을 좀 더 많이 해야 하나 봐요. 이 정도 양은 괜찮을 거예요. 집에 돌아갈 때 누구 같이 갈 사람 있어요?"

"아뇨. 혼자 왔는데요." 이제 약간 겁이 났다. 피가 빠져나가는 팔에서 맥박이 뛰는 게 느껴지는 것 같았다.

"그럼, 집에 갈 때 조심해요." 린다가 다음 시험관을 연결하며 말했다.

당장이라도 일어나고 싶었지만, 아직은 팔이 묶여 있는 상태였다.

린다가 날 안심시키려는 듯 장갑 낀 손을 내 팔에 갖다 댔다. 위생 장갑을 낀 손가락에서 인간의 온기가 느껴졌다. 린다가 힘주어 내 팔을 잡았다. "이 정도 양은 괜찮을 거예요. 인간의 몸은 정말 놀라워요. 혈액은 다시 생성되니까. 그리고 에티엔의 혈액검사 결과는 내가 추적해 볼게요. 어쨌든 이렇게 피를 많이 뽑고 있으니. 헨더슨 씨와도 이야기해 보죠. 그는 포르샤 스틸에게 직접 연락할 수 있는 사람이에요."

"정말요?"

"헨더슨 씨는 그 사실을 완전 자랑스러워하죠. 우리가 이 도시의 가장 우수한 바이러스 연구소라고요." 린다는 혼자 고개를 끄덕이더니 자세를 고쳐 앉았다.

나는 얼굴을 찌푸렸다. "최근에는 병에 걸린 사람이 많아서 더 바빠지셨겠어요?"

"안타깝게도 모두 다 검사할 수 있을 만큼 장비가 충분치 않아요." 린다가 잠시 말을 멈추었다. 정말로 슬퍼 보였다. "일단 그 병에 걸리면, 환자가 할 수 있는 일은 별로 없어요. 아무리 검사를 해 본들 소용없죠." 그녀의 얼굴이 흐려졌다.

"또 다른 질병이 퍼진 것일 수도 있다는 얘기가 있던데." 나는 물러서지 않았다. "검사를 하지 않으면 다른 질병이 아닌지 어떻게 알아요?"

린다가 몇 번 눈을 깜빡였다. "어디서 그런 얘기를 들었어요?" 이제는 뭔가 의심하는 듯한 목소리로 물으며, 대기실로 통하는 문을 바라보았다.

"그냥 어디선가 주워들었어요." 난 곧바로 대답했다. 진실을 얘기해서 엄마를 곤경에 빠뜨릴 생각은 없었으니까.

린다가 네 번째이자 마지막 시험관을 분리하고 내 팔을 묶은 채혈대를 풀었다. "자, 다 됐어요. 기분이 어때요?"

"조금 어지러워요." 솔직한 심정이었다.

"집에 가서 쉬어요. 물 많이 마시고요." 린다는 내 질문이 멈춰서 확실히 다행이라고 여기는 것 같았다. 나는 조심스럽게 자리에서 일어섰다.

대기실로 돌아가는 길에 누군가가 스쳐 갔다.

"에티엔 군." 누군가 부르는 소리에 뒤돌아보았다. 순간, 혐오감이 온몸을 휘감았다.

"마치 유령이라도 본 것 같은 얼굴이군." 늙은 애벗 교장이 재미있다는 듯 눈을 번득이며 말했다. "어쨌든 자네가 약속을 잘 지키는 것 같아 다행일세. 마침내 시민의 의무가 뭔지 알게 된 것 같군."

나는 거의 쓰러질 뻔했다. 교장의 등장에 소름이 끼쳤지만, 내 머리는 그가 왜 여기 있는지 이해하지 못했다. 평소보다 피를 많이 뽑아서 좀 어지럽긴 했지만…. 도대체 애벗 교장은 병원에서 뭘 하는 걸까?

"끝났으면, 그만 가도 돼." 그가 목청을 가다듬더니, 몸짓으로 밖으로 나가는 문을 가리켰다. 애벗 교장은 내가 건물을 나갈 때까지 현관에 서 있었다.

허둥지둥 길을 걸어 모퉁이를 돌 때까지, 줄곧 등 뒤로 그의 시선이 느껴졌다.

9 어느 가족의 죽음

주니퍼

하루 또 하루 별일 없이 꾸준히 흘러갔다. 나무들은 싹을 틔우고 연둣빛을 드러낸 채 눈부신 새 빛으로 세상을 물들이고 있었다. 우리는 꽃이 피기 시작한 가시자두 관목 숲을 걸어갔다. 무리 지어 피는 별 모양의 꽃이 달콤한 향을 풍겼다.

제이는 우리에게 다른 식물들도 알려 주려고 애썼다. 이미 꽃을 피운 설강화와 겨울 아코나이트라는 별 모양의 노란 꽃 말고도, 땅속에서 올라오는 다른 식물의 새싹과 덩굴도 보여 주었다. 노란 수선화뿐만이 아니었다. 제이는 블루벨이나 암소파슬리, 숲바람꽃이 어디서 피어날지도 가르쳐 주었다.

"돌아오는 길에는 그 꽃들을 전부 볼 수 있을 거야." 그가 말했다. "기대해."

"누나가 전에 내 방에 꽃을 그려 주었어요." 베어가 제이에게 말했다. "블루벨도 있었지, 쭈 누나?"

"그림을 그리는 줄은 몰랐는걸." 제이가 내게 말했다.

"주니퍼는 제 엄마를 닮았어." 아빠가 돌아보지도 않고 말했다.

"그림을 안 그린 지 한참 됐어요." 난 얼굴을 붉혔다. 그림을 그리는 건 소중한 일과였다. 심지어 에너데일로 오는 길에도 그림을 그렸다. 왜 그런지는 모르겠지만 요즘에는 그림을 그리고 싶은 기분이 들지 않았다.

"누나가 다시 그림을 그리면 좋겠는데." 베어가 말했다.

난 아무 말도 하지 않고, 풀밭 속 발 디딜 곳을 찾으며 길에만 정신을 집중했다. 달팽이를 밟으면 안 되니까. 자칫 잘못하면 들장미 덩굴에 걸려 넘어질 수도 있다.

"언젠가 때가 되면 다시 시작해." 제이가 말했다. "에너데일에는 예술가가 더 필요해."

나는 손을 내저었다. 앞으로 벌어질 일들을 생각하면, 예술이니 그림이니 하는 얘기를 한다는 게 바보 같았다.

땅거미가 지기 시작했고, 서쪽 어딘가에서 늑대들이 울부짖는 소리가 들렸다. 아빠와 제이는 걱정스러운 눈길을 주고받았다. 어쨌든 두 사람에게는 엽총이 있으니까, 경고 사격을 하면 늑대들을 쫓을 수 있지 않을까. 그러면 우리 말고 좀 더 쉬운 사냥감을 쫓아가겠지. 하지만 늑대들이 울부짖는 소리에는 무언가 마음을 움직이는 게 있다. 그 소리를 들으면 어딘가 따뜻한 데로 파고들고 싶어진다.

아빠가 도시 근처를 지나가는 경로를 피했기에, 우리는 해안가 쪽으로 좀 더 가까워졌다. 나는 지평선 너머로 바다를 기대했지만, 언제나 산 너머 또 산이었다. 다행히 우린 언덕 아래 나지막하게 웅크리고 있는 농가를 발견했다. 머리 위에서는 갈매기들이 날카로운 소리로 울부짖었다.

아빠는 배낭을 현관 계단에 내려놓고 주머니칼을 꺼내 자물쇠를 만지작거렸다.

“문을 따려는 거예요?” 베어가 소리쳤다.

“진작에 우리 피난처가 있는 안전한 지역을 벗어났어.” 제이가 베어와 내게 말했다. 그의 목소리에 약간의 긴장감이 묻어났다.

“얘들아, 너희는 여기서 기다리렴.” 아빠가 상체를 조금 구부려 안으로 들어갔다. 제이가 뒤따랐고, 베어와 난 우리 배낭 위에 앉아 집 안에서 울리는 두 사람의 발소리를 듣고 있었다. 잠시 후 두 사람이 밖으로 나왔다. 아빠가 고개를 가로저었다. “다른 곳을 찾아봐야겠다.”

“하지만….” 베어가 뭐라고 불평을 하려는 듯 입을 열었다.

난 동생의 손을 잡았다. “자, 곰돌아. 여긴 그냥 적당하지 않은 거야. 더 좋은 장소를 찾으면 돼.”

아빠와 제이의 얼굴을 보니, 피가 다 빠져나간 듯 무척 창백했다. 분명히 뭔가 문제가 있는 집이었다.

우리는 계속 걸었고, 베어는 다리가 아프다는 불평도 하지 않았다.

잠시 후 아빠가 말했다. "오늘 밤은 너희 방법을 써 볼까? 텐트를 치는 거야. 어때? 텐트를 여기까지 지고 왔으니 써먹어야지."

"나도 거들 수 있어요." 베어가 곧바로 응답했다. 동생은 지난 여행에서부터 제대로 된 텐트에서 자고 싶어서 안달을 냈었다.

"좋았어, 꼬마 친구." 제이가 말했다.

* * *

나중에 난 제이를 졸라, 그 농가에서 무슨 일이 있었는지 들었다. 새로 친 텐트 옆에서 모닥불을 피우고, 아빠가 엽총으로 사냥한 토끼를 요리하고 있을 때였다. 아빠는 베어를 데리고 화장실로 쓸 구덩이를 파러 가고 없었다.

"안에 사람들이 있었죠?" 그런 건 묻는 게 아니라는 걸 알지만, 어쨌든 물어볼 수밖에 없었다.

제이의 눈빛이 흐려졌다. "사람들이 있긴 했지. 침대에 누워 죽어 있었어. 온 가족이 다 함께." 그는 흐느낌을 삼켰다.

"아이들도 있었어요?"

"아이가 셋이었어. 하나는 아주 작은 아기였고, 엄마 품에 안겨 있었지. 해골뿐이었지만."

나는 제이가 묘사하는 장면 때문에 공포감에 사로잡혀 농가가 있던 쪽을 돌아보았다. 페른과 윌로우가 떠올랐다.

제이의 얼굴에 걱정이 가득했다. "괜한 얘기를 한 것 같다. 너희 아빠는 네가 몰랐으면 하셨거든."

"괜찮아요, 우릴 그렇게까지 보호하지 않아도 돼요." 나는 얼굴에 흘러내린 머리카락을 쓸어 넘기며 말했다. 땋은 머리가 많이 풀렸다. "아마도 베어는 그래야겠죠. 하지만 전 아니에요. 아빠한텐 말하지 않을게요."

"그 집 사람들은 왜 도시로 가지 않았을까?" 제이가 막대기로 모닥불을 쑤석거리며 중얼거렸다. "여기 있다가 죽는 것보다는 도시로 가는 게 나았을 텐데."

"그럴 만한 시간이 없었는지도 모르죠. 아니면 도시로 들어가려고 했는데, 이미 사람들로 꽉 차서 못 들어갔을지도요. 아니면 가는 도중에 감염돼서 도시에서 들어오지 못하게 막았을지도 몰라요. 그래서 집으로 돌아와 자신들의 침대에서 죽을 수밖에 없었던 거죠." 온갖 가능한 장면들이 끝도 없이 머릿속에 떠올랐다. 올라가 말한 대로다. 누구에게나 슬픈 사연은 있는 법이다.

아빠와 베어가 불빛 속으로 다시 들어왔다. "토끼가 다 익었나?" 아빠가 소리쳤다. "타는 냄새가 나는 것 같은데."

제이가 깜짝 놀라 일어섰다. “어이쿠, 내가 낮잠을 잤나 보네.”

“낮잠이 아니라 초저녁잠이에요.” 베어가 바로잡았다.

“네 말이 맞네.” 제이는 웃으며 모닥불에서 토끼를 꺼내, 고기를 자르기 위해 깔아 놓은 나뭇잎 위에 얹었다.

“귀여운 토끼를 먹고 싶지는 않아.” 베어가 입을 삐죽였다.

“여긴 토끼가 아주 많아.” 아빠가 베어를 달랬다. “그리고 너희들 다리에는 단백질이 필요해. 지금처럼 오래 걸으려면 말이야.”

“고스트가 가져다주었을 때랑 느낌이 달라. 그때는 괜찮았어.” 베어가 날 올려다보았다. “고스트는 오지 않겠지?”

나는 고개를 끄덕였다. 우리 둘 다 며칠 동안 고스트 얘기를 꺼내지 않았지만, 어쨌든 베어의 짐작이 맞는 것 같다. 우리 스라소니의 흔적은 보이지 않았다.

“우리가 에너데일에 돌아가면 고스트가 기다리고 있을 거야.” 나는 베어가 내 눈물을 보지 못하도록 토끼 고기 쪽으로 몸을 돌렸다. 고스트 때문에 우는 건 아니었다. 때로는 모든 것이 압도적인 무게로 한꺼번에 들이닥친다. 이미 일어났던 일들과 우리가 계획하고 있는 온갖 일들이 모두 다 함께.

나는 이미 여러 날 전에 떠나온 에너데일을 생각했다. 베어가 수집한 돌과 씨앗, 깃털이 가득한 우리 오두막이 영화의 장면처럼 떠올랐다. 호수의 섬과 마을 운영위원회가 열렸던 공터와 매일 물을 길으러 가던 강도. 내 머릿속에서 그 장면들은 이미 빛바랜 사진 같다. 그건 먼저 처리해야 할 일이 있어서일 것이다. 도시로 다시 들어가는 일이 남아 있었으니까.

아빠가 나 대신 직접 외할머니를 모시러 가겠다고 했던 말이 머릿속에서 맴돌았다. 내가 아닌 다른 사람에게 그 일을 맡겨도 되는 걸까? 그런 위험을 떠넘겨도 괜찮을까?

나는 베어와 한 텐트를 썼다. 에너데일로 올 때 가져온 우리 낡은 침낭에 폭 파묻힌 채 나란히 누워서 잠을 잤다. 다시 땅에 등을 대고 누우니 편안했다. 마치 어머니 대지가 우리를 안고 얼러 주는 것 같았다.

10 균열

에티엔

뭔지 알 수 없는 소리에 눈을 떴다. 벌떡 일어나 창밖을 바라보는데, 유리창에 물방울이 맺힌 게 보였다. 비! 거실을 가로질러 뛰어가 길을 내려다보았다.

왜 하늘을 가리는 차양이 펴지지 않았지? 장치가 고장 났나? 밖에서는 통행금지 사이렌이 울리고, 찢어질 듯 시끄러운 소리가 스피커에서 터져 나왔다. 진드기 트럭이 협박성 메시지를 뱉어 내고 있었다.

"밖으로 나오지 마십시오. 보안 위반 발생. 오염 경보 발동."

엄마는 이미 출근하고 없었다. 사이렌이 울리기 전에 집을 나섰을 것이다.

다른 창문에도 사람들의 놀란 얼굴이 보였다. 진심으로 두려워하는 표정에 눈이 휘둥그레져 있었다.

나는 트럭이 지나가기를 기다렸다가, 계단을 뛰어 내려가 건물 밖 보도로 나갔다.

팜하우스 옆에 야윈 모습이 보였는데, 마치 춤을 추듯 가볍게 흔들렸다.

"애니 로즈!"

"에티엔이구나!" 애니 로즈는 단번에 내 목소리를 알아차렸다. "비가 와! 우리 도시에 말이야, 에티엔!" 애니 로즈가 환하게 웃었다.

"미끄러워요." 나도 웃으며 애니 로즈에게로 걸어가는데 낯선 느낌에 깜짝 놀랐다. 내 머리에서 흘러내린 물이 이마로 뚝뚝 떨어졌다.

애니 로즈가 내 쪽으로 손을 내밀었다. 거의 그 손을 잡을 뻔했지만, 순간적으로 무언가가 내 안에서 발동했다. 내 주변에 장벽이 둘러쳐져 있는 것이나 마찬가지다. 아무도 그 이상 다가오면 안 된다. 몇 주 전부터 그랬다.

"거리를 유지해야 해요." 내가 말했다. "그 병 때문에…."

애니 로즈가 손을 내저었다. "오늘은 상관없어. 이거 징조 아니니? 하늘이 열리고 있잖아. 우리가 얘기한 것처럼 말이야."

"하늘이 열리고 있어요." 애니 로즈의 말을 되풀이하며 나는 책에서 본, 펼친 면을 꽉 채우고 있던 밤하늘의 둥근 호를 떠올렸다.

가까이에서 보니, 애니 로즈는 예전보다 더 쇠약해진 것 같다. 흰 머리카락이 머리에 찰싹 달라붙어 있었다.

"안으로 들어가요. 흠뻑 젖으셨어요."

"비 조금 내린다고 겁이 난 거니?" 애니 로즈가 장난스럽게 말했다.

"비 때문이 아니에요." 나는 조금 께름칙한 기분이 들었다. "단지 안의 다른 사람들 때문에요. 우리를 지켜보고 있어요."

"우리의 레인 댄스를 질투하는 거야." 애니 로즈는 놀리듯 말했다.

"그럼 그 말을 안 믿으시는 거죠? 오염 위험이 있다는 말 말이에요."

애니 로즈가 비웃었다. "이 정권이 말하는 것 중에 진실이라곤 한 마디도 없다니까. 게다가 이 도시는 깨끗한 물이 더 필요해." 애니 로즈는 잠시 멈췄다가 말을 이었다. "하지만 넌 나이에 비해 현명한 아이야. 우리가 이렇게 비를 즐기는 모습을 보이는 건 좋지 않겠지." 애니 로즈는 손을 내밀어 마지막으로 손바닥에 비를 맞은 뒤, 집 안으로 들어가기 위해 돌아섰다.

"들어가자." 애니 로즈는 나에게 따라오라고 손짓했다. "너하고 이야기하고 싶었어. 참 오랜만이구나, 에티엔."

나는 주저했다. 백신 임상시험에 등록한 뒤로 애니 로즈를 피해 왔다. 몇 주 동안 주니퍼네 아파트나 심지어 팜하우스에조차 들어간 적이 없었다. 주니퍼가 떠날 때, 할머니를 보살펴

드리겠다고 했던 약속을 어긴 셈이다.

"에티엔." 애니 로즈가 재촉했다. "아픈 건 아니지?"

"아니에요. 근데 3주쯤 전에 샘 아저씨네 식물원에서 진드기한테 물린 적이 있어요. 물린 자국은 금방 가라앉았지만…."

"네가 감염됐다면 지금쯤은 확실히 증상이 나타났을 거야." 애니 로즈가 진지하게 말했다. "그게 뭔지는 모르지만, 어쩌면 그들이 너한테 준 게 실제로 효과가 있나 보다. 그거 한 가지라도 제대로 했으면 좋겠다. 자, 어서 들어와. 몇 주 동안 젊은 애들이 너무 그리웠어."

부엌에서 애니 로즈가 내게 마른 수건을 건넸지만, 난 사용하지 않았다. 피부에 닿은 빗물이 뭔가 생기를 주는 것 같았다.

"단순히 차양이 고장 난 걸까요?"

애니 로즈는 나무 의자에 앉았다. "네 생각은 어떤데, 에티엔?"

"태업(의도적으로 일을 게을리하는 노동쟁의 행위-옮긴이)인지도 몰라요." 내 머릿속에 떠오른 생각을 그대로 말할 수 있어서 좋았다.

애니 로즈가 고개를 끄덕였다. "라디오에서는 시민 불복종이라고 부르더라."

"맞아요." 나는 기대에 찬 목소리로 말했다. "폴캣이에요."

"폴캣이라." 애니 로즈는 무척 재미있다는 표정이었다. "야생성이 살아 있는 이름이군!"

"근데 폴캣이 뭐예요? 저는 그냥 만들어 낸 단어라고 생각했어요."

"베어의 옛날 책을 뒤져 보면 나올 거야. 그 애라면 잘 알 텐데." 애니 로즈의 얼굴에 슬픔의 빛이 나타나는가 싶더니 순식간에 사라졌다. "폴캣은 몸이 가늘고 긴 작은 동물이야. 페럿이나 족제비와 비슷한 재미난 동물이지."

난 잠자코 있었다. 애니 로즈의 말이 외국어 같았다.

애니 로즈가 날 툭툭 쳤다. "물론 넌 이런 동물 이름을 하나도 모르겠지. 이런 내 정신 좀 봐." 애니 로즈는 일어나서 개수대 위에 놓인 주전자 쪽으로 갔다. 민트 차를 만들려는 것이다. 할머니는 팜하우스 여기저기에 민트를 심었다. 차를 만들면서 애니 로즈가 말을 이었다.

"폴캣은 허리가 길고 날씬한 육식동물이야. 토끼를 잡아먹었으니까 아마 사나웠겠지. 하지만 토끼보다 몸집이 아주 큰 건 아니었을 거야. 그리고 폴캣은 야행성이었어."

"희망은 밤에 찾아온다." 내가 숨죽여 말했다. "반란군의 구호예요!"

"근데 이제는 그들이 질병을 퍼뜨린다는 비난을 받고 있다는 얘기를 들었어." 애니 로즈가 말했다.

"엄마는 그게 진드기 병이 아니라 콜레라인 것 같대요."

애니 로즈는 내 말에 입술을 꾹 다물었다. "그게 훨씬 말이 되는 것 같구나. 그리고 포르샤 스틸은 당연히 그런 정보가 알려지지 않기를 바라겠지. 자기들이 떠드는 내용과는 사뭇 다를 테니까. 그들은 여전히 자신들이 우리를 안전하게 보호하고 있다는 말을 우리가 믿어 주길 원해."

"말도 안 돼요." 내가 울먹였다. "게다가 제가 참여하고 있는 임상시험도 의미가 없는 것 같아요. 저한테는 아무 얘기도 해 주지 않아요. 제가 할 수 있는 일이 있었으면 좋겠어요."

"에티엔, 무슨 생각을 하는 거니?"

아무것도요, 이렇게 대충 얼버무리려고 했지만, 그 말은 내 혀끝에서 사라져 버렸다. 애니 로즈에게는 진실해지고 싶게 만드는 무언가가 있다.

"모든 일이 이런 식으로 돌아가는 것에 전 진짜 질렸어요."

애니 로즈가 심각한 표정으로 고개를 끄덕였다.

"말이 되는 건 하나도 없지, 에티엔. 하지만 너 자신의 안전을 생각해야 해. 전에도 문제가 된 적이 있었잖니."

"하지만 정말로 더는 아무 일도 못 하게 되면 어떡해요? 소중한 사람들이 계속 사라져도 아무렇지 않은 척하며, 평생 죽은 듯이 지낼 순 없어요. 진짜 세상과는 동떨어진 채 여전히 이 도시에 갇혀서 말이에요. 매일매일 크기가 줄어드는 상자에 갇힌 기분이에요." 내 말은 점점 빨라졌고, 예쁘고 다채롭고 아늑한 부엌의 벽들이 내 주위로 점점 다가오는 기분이 들었다.

"오, 이런." 애니 로즈는 내 쪽으로 다가오더니, 두 팔로 날 감싸안았다. "에티엔, 얘야, 숨을 천천히 쉬어 보렴."

나는 오래전부터 벽에 걸려 있던 그림을 가만히 바라보았다. 어린아이가 에너데일을 그린 그림이다. "나도 주니퍼랑 베어와 함께 갈 수 있었으면 하고 얼마나 바랐다고요." 목이 메었다. 눈물 때문인지 화가 나서인지, 나도 잘 모르겠다. "이젠 항체도 생겼을 거예요. 실제로 진드기에 물렸는데, 이렇게 멀쩡한 걸 보면요, 애니 로즈. 완전 괜찮아요."

"국경 경비대가 여전히 활동하고 있어." 애니 로즈가 주의를 주었다. "예전만큼은 아니지만 그래도 여전히 총소리도 들려. 너도 들리지."

"네." 내가 속삭이듯 말했다.

"때가 올 거야. 그날이 다가오고 있는 게 느껴져. 변화가 곧 찾아올 테니, 우린 그저 인내심만 가지면 돼."

"제가 얼마나 더 기다릴 수 있을지 모르겠어요."

밖에서 삐걱거리는 소리가 들렸다. 지나치게 오래 사용해 녹슨 기계들이 다시 작동하기 시작했다. 차양이 펼쳐져 하늘을 덮었다.

희망이 또다시 우리에 갇힌다.

11 신호

주니퍼

"얘들아, 이제 출발해야 해." 아빠가 소리쳤다. 아빠는 이슬에 젖은 텐트를 배낭에 쑤셔 넣으며 안달을 냈다.

베어는 나무를 자세히 들여다보고 있었는데, 분명히 아빠 말을 듣지 않고 있었다. 난 동생을 재촉하기 위해 뛰어갔다.

"이것 봐, 누나! 나뭇가지 고리야." 베어가 말했다.

나는 쓰러진 통나무 위로 올라섰다. 풀줄기를 둥글게 엮은 고리에 얇은 분홍색 리본이 묶여 있었다. 나는 까치발을 하고 나뭇가지 쪽으로 손을 뻗었다. 베어가 곧바로 내 손에서 그걸 채갔다.

"쭈!" 동생이 눈을 반짝이며 수선을 피웠다. "그 사람들 맞지? 캠 형이랑 쿼니!"

"어쩌면." 내가 주저하며 덧붙였다. "하지만 다른 사람들도 이런 표지를 사용할 수 있어. 아니면 아주 오래된 것일지도 몰라." 게다가, 우리 옛 친구들을 우연히 만난다는 건 실제로 일어나기에는 너무 좋은 일이야. 하지만 난 마지막 이 말은 입 밖에 내지 않았다. 동생은 몹시 흥분한 것 같았다.

"이건 절대 오래된 게 아니야." 베어가 풀줄기 고리를 다시 내게 건넸다. "그리고 이건 퀴니의 리본이야, 확실해." 동생의 말투는 격렬할 정도였다. "난 느낄 수 있어."

"그걸 어떻게 알아?" 난 잠시 눈을 감고 손바닥에 놓인 그 풀 다발의 무게를 느껴 보았다. 물건이 감정을 간직할 수 있을까? 물건이 그걸 만든 사람의 작은 조각을 간직할 수 있을까? 캠과 퀴니가 내가 서 있는 바로 이 자리에 서 있는 모습을 그려 보았다. 캠은 나보다 좀 더 높은 가지에 손이 닿았겠지.

하지만 그건 너무 동화 같은 얘기다. 현실일 수가 없다.

"거기 뭐가 있어?" 우리가 왜 안 오는지 궁금했던 아빠가 다가왔다.

"친구들이 남긴 신호예요."

베어의 말에 아빠가 의아하다는 듯 나를 쳐다보았다.

난 어깨를 으쓱했다. "우리가 에너데일로 갈 때 만났던 사람들 얘기예요. 헤스터 아줌마네 사람들이요. 그 사람들은 길을 다닐 때 이런 식으로 메시지를 남겨요. 다른 사람들이 뒤따라올 수 있게 하거나, 돌아갈 때 길을 잘 찾기 위해서죠. 베어랑 저는 이 고리가 그 사람들 거였으면 하고 있었어요." 난 동생을 보았다. "그럴 리는 없어, 베어."

동생은 실망한 것 같다. "하지만 헤스터 아줌마가 그랬잖아, 쭈 누나. 봄에 우리를 찾아오겠다고."

"그래, 에너데일로 온댔지. 근데 우린 지금 멀리 떠나 있잖아. 게다가 봄이 되려면 아직 멀었어."

베어가 고개를 저었다. "그래도 난 답을 남겨 놓을래." 동생은 땅에 털썩 주저앉아 고사리 줄기를 집어 들었다. "우리가 왔다는 걸 알 수 있게 말이야."

아빠가 얼굴을 찌푸렸다. "그건 별로 좋은 생각이 아닌 것 같은데. 어떤 사람이 발견할지도 모르고. 만약 누군가 최근에 여기 왔다면…."

"그 사람들은 우리 친구예요." 베어가 입을 삐죽댔다.

"그 사람들이 맞는지는 알 수 없어." 내가 다시 말했다. "아빠 말이 맞아, 베어. 우린 조심해야 해. 바이올렛 일을 생각해 봐." 에너데일을 찾아가는 도중에 만났던 그 여자를 떠올리자, 나도 모르게 몸이 움츠러들었다. 바이올렛은 오래전에 도시에서 야생으로 내보낸 사람이었다. 면역이 있는 사람들을 대상으로 질병 저항성을 확인하는 실험을 위해서였다. 하지만 도시는 그녀를 잊어버렸고, 다시 받아 주지 않았다.

바이올렛은 우리가 도시를 떠나고 싶어 했던 만큼이나 도시로 돌아가고 싶어 했다. 그 여자는 베어를 먼저 인질로 잡은 뒤, 나까지 꾀어 붙잡으려고 했다. 우리 남매를 갖다 바치고 그 대가로 도시로 되돌아가려던 것이었다.

"그 아줌마가 만든 건 아니야." 베어가 말했다. "이건 아주 예쁘잖아."

"나쁜 사람들도 얼마든지 예쁜 걸 만들 수 있어." 내가 설득 조로 말했다.

"그게 무슨 해가 되지는 않을 것 같아." 제이는 베어가 고사리 줄기로 둥근 고리를 엮는 것을 바라보며 부드럽게 말했다. 동생은 노란 별 모양의 겨울 아코나이트 꽃 몇 송이를 고리에 꽂았다.

아빠는 혀를 끌끌 차는 게, 분명히 못마땅해하는 것 같았다. 하지만 내 동생은 쉽게 설득할 수 있는 성격이 아니다. 베어는 나무를 타고 올라가 아래쪽 가지에 두 개의 작은 고리를 걸어 놓았다.

그런 다음 우린 다시 길을 떠났다.

12 차가운 분노

에티엔

노스엣지에서의 일과를 마치고 돌아오는 길에, 나는 며칠 전에 내렸던 비를 떠올리며 그 일의 의미가 무엇인지 생각에 잠겼다.

오늘 식물원을 나설 때 샘이 동전 몇 개를 더 얹어 주었다. 최근에 일을 아주 많이 해서 주는 팁이라고 했지만, 사실은 아저씨가 날 불쌍히 여겨서 주는 거였다. 어쨌든 난 그 돈을 받았다. 오래된 잡화점 엠포리엄에 가면 그 돈으로 뭔가 엄마의 기운을 북돋아 줄 선물을 살 수 있겠지.

그런데 엠포리엄에 가서 보니, 가게는 불이 꺼져 있고 유리창에 안내문이 붙어 있었다.

안내문을 읽으려 다가가는데, 가슴이 철렁했다.

오염된 장소로 확인되었음.

그런 다음 작은 글씨로 이렇게 적혀 있었다.

시의 명령에 따라 폐쇄됨.

모든 물건은 처분될 예정임. 출입을 금함.

현장 감시 작동 중.

시에서 지켜보고 있음!

마지막 줄은 더 굵은 글씨로 쓰여 있었고, 포르샤 스틸의 얼굴 이미지가 거칠게 찍혀 있었다. 흑백임에도 그 여자의 눈은 찌르는 듯 날카로웠다.

주위를 둘러보았다. 사람들 몇이 주변 상황은 아랑곳없다는 듯 바삐 지나갔다.

어떤 여자가 내 옆에 멈춰 섰다. “며칠 동안 문이 닫혀 있었어.” 그녀는 다른 사람들 눈에 띄는 게 걱정스러운 듯 주변을 힐끗 둘러보고 조용히 말했다.

“전 몰랐어요.” 나는 안내문을 다시 돌아보며 중얼거렸다. “보통은 이 길로 다니지 않아서요.”

“바니랑 아는 사이야?” 그녀가 물었다.

“그렇게 잘 알지는 못해요.”

“시 공무원들이 왔었어.” 그녀는 잠시 머뭇거리더니 이렇게 말했다. “질병 위반 행위를 조사한다고 했어. 그들은 바니의 거래 허가증을 취소했고, 가게를 즉시 폐쇄하고 모든 걸 처분하라고 했어. 바니는 안에 있을 거야.” 그녀는 슬픈 듯 코를 훌쩍거렸다. 오랜 세월 동안 그녀는 바니의 가게에서 어떤 보물들을 발견했는지 궁금했다.

나는 유리에 얼굴을 대고 안을 들여다보았다. 가게 뒤쪽으로 사람 크기만 한 그림자가 움직이고 있었다.

"이 시대의 상징이지. 걱정해 봐야 무슨 소용이 있겠니." 그 여자는 다시 한번 코를 훌쩍이더니 외투의 지퍼를 올렸다. 그러고는 작별 인사도 없이 성큼 걸어갔다.

그냥 갈까 하다가 아저씨 혼자서 자기 보물 창고를 비우는 모습을 생각하니 가슴이 아팠다.

문은 낡고 무거웠지만 소리 없이 열렸다. 기름칠이 잘되어 있었다. 나는 혹시 지켜보는 사람이 없는지 텅 빈 거리를 마지막으로 한 번 더 살펴보고 안에서 문을 닫았다.

어둑한 가게 안에서는 퀴퀴한 먼지를 둘러쓴 오래된 물건 냄새가 났다. 일부 선반은 이미 비어 있었다. 반쯤 차 있는 다른 선반들 아래에는 남은 물건을 싸기 위한 상자가 쌓여 있었고, 문 옆에는 십여 개쯤 되는 검정 쓰레기봉투가 쟁여져 있었다.

나는 선반들 사이로 난 미로 같은 길을 지나갔다.

바니가 꽃병을 싸서 발치에 있는 상자에 조심스럽게 내려놓고 있었다. 내가 들어오는 소리를 듣지 못한 것 같았다.

"바니 아저씨." 나는 그를 놀라게 하고 싶지 않아서 조용히 불렀다.

허리를 굽힌 아저씨의 모습은 자기가 들고 있는 꽃병만큼이나 위태로워 보였다.

하지만 내가 바로 옆에까지 다가가도록 아저씨는 내 소리를 듣지 못했다.

"아, 너로구나." 나를 올려다보는 얼굴에 안도감이 퍼져 나갔다.

"저 기억하세요?" 내가 미심쩍어하며 물었다.

"기억하지. 내 꼬마 친구 베어랑 같이 왔잖아."

그가 나를 알아본다는 사실에 감동해서 난 미소를 지었다. "네, 맞아요. 저도 베어 친구예요."

"그 애는 탈출했다면서?" 바니가 말을 이었다. "그 소식을 듣고 정말 기뻤어."

"주니퍼도요, 둘이 같이 떠났어요." 나는 그에게 좋은 소식을 전하고 싶은 절절한 마음에 덧붙였다. "그 애들은 이제 저 밖 야생에 있어요."

바니는 고개를 끄덕이고는 다시 분류 작업으로 돌아갔다. 다음 꽃병은 파란색과 흰색에, 연기와 불을 내뿜는 용이 그려져 있었다.

"다 어디로 가져가는 거예요?" 내가 물었다.

바니는 자기가 뭘 하고 있던 건지 기억이 나지 않는다는 듯 잠시 손에 든 꽃병을 가만히 바라보았다. "시의 명령이야. 완전히 비워야 한대. 위험하다는 거야. 진드기가 숨어 있을 수 있으니까. 사람들이 병에 걸리는 감염원이 될 수도 있겠지." 그의 얼굴이 슬픔으로 일그러졌다.

나는 믿기지 않아서 바니를 빤히 쳐다보았다. "말도 안 돼요. 그냥 물건이잖아요. 사람들에게 해를 끼칠 수는 없어요."

바니가 재빨리 선반을 둘러보았다. 그러더니 아주 낮은 목소리로 속삭였다. "박제 동물도 있어. 여우랑 오소리, 올빼미."

"그것들은 죽었잖아요." 내 목소리는 조금 더 강해졌다. "죽은 박제 동물에는 진드기가 없을 거예요, 아저씨. 그 병을 옮기는 건 진드기예요."

"그 동물들이 해충을 끌어들였을지도 몰라. 시 공무원들이 그렇게 말했어." 뭔가에 홀린 듯한 눈빛으로 그가 말했다.

"바보 같은 소리예요! 이 도시에는 최근까지 해충을 끌어들일 설치류라고는 전혀 없었어요. 아무것도 없었다고요. 아저씨네 가게는 좋은 곳이에요. 사람들이 소중히 여기고 사랑하는 곳이라고요." 나는 침을 꿀꺽 삼켰다. 너무 빨리 말하느라 목이 메었다. 포르샤 스틸이 바니를 희생양으로 삼아서는 안 된다. 잔인하고 부당한 일이다.

문 앞에서 갑자기 발소리가 나더니, 우리 쪽으로 가까이 다가왔다.

나는 바니에게서 떨어져 오래된 책들이 꽂혀 있는 책장 뒤로 숨었다.

"당신 아직 여기 있는 거야?" 남자 목소리가 들렸다.

바니가 대답하는데 떨림이 느껴졌다. "하루 이틀 정도 더 필요합니다. 그러면 전부 상자에 담아서 드릴 수 있을 것 같네요. 정말입니다."

"시간이 없어. 오늘이 기한이라고 이미 말했잖아. 쓰레기 수거차가 대기 중이야." 그 남자가 대답했다. 거짓말이 아니었다. 밖에서 트럭 엔진이 돌아가는 소리가 들렸다.

"제대로 포장하지 않으면 물건이 상해요." 바니가 허둥거렸다. "이 꽃병 중에는 아주 값비싼 것도 있습니다. 잘 싸야 해요."

그 남자가 웃었다. "내 말을 못 알아듣는군. 이것들은 전시장으로 가는 게 아니야. 대부분 시 외곽에 있는 매립지로 갈 거라고." 남자가 다시 웃음을 터뜨렸다. 그가 혐오스러웠다.

바니가 가쁜 숨을 쉬었다. "하지만 이 물건들은 특별해요! 대체할 수 있는 게 아닙니다. 예술품과 골동품, 악기, 소설 작품은 모두 보호를 받아야지요. 우리의 세계고, 역사예요."

나는 책장 틈새로 살펴보았다. 그 남자는 바니가 감정을 드러내자 당황한 것 같았다. 손가락으로 바니를 가리키긴 했지만 목소리는 이제 조금 부드러워졌다. "여봐, 누군가가 이 물건들을 볼 수 있다 해도 당신한테 이로울 건 없어. 뒤돌아볼 틈도 없이 훈련원으로 끌려갈 테니까. 내 충고를 들어. 지금 당장 떠나서 다시 돌아오지 마. 다행히도 이곳의 물건들은 더는 당신의 골칫거리가 아니야. 우리가 전부 처리할 테니까."

바니는 비틀거리며 뒷걸음질 쳤다. 그는 가게 안을 정신없이 이리저리 둘러보았다. 잠시 바니가 날 찾는 것 같았는데, 나는 숨어 있는 곳을 들키지 않으려고 슬그머니 뒤로 물러났다. 바니는 내가 여기 있다는 사실조차 잊어버린 듯했다. 그저 모든 것을 마지막으로 한 번 더 보고 싶어 하는 것 같았다.

"그럼 외투와 모자를 챙겨 오겠습니다." 바니의 조용한 목소리가 들렸다. 여전히 공손한 말투였다. 그에게는 내 속에서 소용돌이치는 분노 같은 건 흔적도 없었다.

"잘 생각했어." 남자는 안도한 것 같았다. "물건은 우리가 트럭으로 옮길 거야. 오늘은 일정이 겹쳤어. 얼른 그 낡은 팜하우스도 처리하러 가야 한다고."

헉! 팜하우스라고? 뭔가 잘못된 게 틀림없다.

남자가 내 소리를 들었나 보다. "여기 누가 또 있어?" 그가 신경질적으로 뒤를 돌아보며 물었다.

"아니, 없습니다." 바니가 이제는 짜증을 내며 말했다. "저 공고가 붙은 뒤로는 아무도 들어온 적 없어요."

"좋아." 남자가 고개를 끄덕였다. "그럼 당신은 그만 가 봐. 여기는 우리가 맡을 테니까."

* * *

나는 가게 뒤편 골목으로 빠져나온 뒤 마구 달렸다. 중심가로 꺾어지는 모퉁이를 급히 돌다가 마주 오던 커플과 부딪힐 뻔했다. 그들은 기겁하며 길을 비켜 주었다.

"죄송해요." 뒤돌아 소리친 뒤 나는 계속 달렸다. 팜하우스에 도착할 때까지 잠시도 멈추지 않았다.

"애니 로즈! 애니 로즈!" 나는 큰 소리로 부르며 안으로 달려 들어갔다. 애니 로즈는 은색 앞치마를 입고 손에 물뿌리개를 들고 있었다. 내 쪽으로 걸어오면서 식물들 사이로 물을 뿌렸다.

"에티엔, 무슨 일이니? 왜 이렇게 숨이 차?"

나는 곧장 애니 로즈에게로 다가갔다. "있잖아요, 대비를 해야 해요. 저 좀 전에 엠포리엄에 갔었는데, 거기 물건을 다 치우고 있었어요."

"저런, 불쌍한 바니." 애니 로즈가 고개를 떨구었다.

"그게 다가 아니에요." 내가 숨을 헐떡이며 말했다. "이제 여기로 올 거예요. 팜하우스가 다음 목표예요. 이 식물들요!"

나는 내가 얼마나 끔찍한 말을 하고 있는지 애니 로즈가 제대로 이해하기를 기다렸다. "그들이 이곳을 파괴할 거예요, 애니 로즈. 틀림없어요."

애니 로즈가 눈을 깜빡였다. 할머니는 여전히 물뿌리개를 기울이고 있었지만, 더는 물이 나오지 않았다. 투명한 구슬 같은 물방울이 초록색 잎사귀에 맺혀 있었다.

가슴이 철렁했다. "그들이 올 걸 이미 알고 계셨죠?"

애니 로즈는 아무 말도 하지 않았다.

"왜 저한테 말씀 안 하셨어요?" 내가 울먹였다.

애니 로즈는 물뿌리개를 내려놓고 내게로 다가와 손을 내밀었다. "그랬다 한들 너와 내가 뭘 할 수 있겠니, 에티엔?"

"그래도 식물 몇 개는 빼낼 수 있었을 거예요." 나는 열정적으로 주변을 둘러보았다. "지금이라도 몇 개는, 작은 화분 몇 개는 위층 저희 아파트로 가져갈 수 있어요." 아니, 큰 것들을 먼저 구해야 할까? 여기 있는 선인장 중 일부는 애니 로즈보다도 나이가 많다. 상처가 나고 흠이 파이고 휘어졌지만 살아남았다. 이 선인장들을 쓰레기 수거차에 집어 던지도록 내버려둘 수는 없다.

애니 로즈의 손이 내 손을 감쌌다. "에티엔, 화분을 너희 아파트로 가져가면 안 돼. 너무 위험해. 만약 너희 집에 두었다가 들키면, 넌 진짜로 아주 곤란해질 거야."

"전 상관없어요!" 너무 화가 났다.

애니 로즈가 쉿 하고 손가락을 입에 댔다. "무조건 우기지만 말고. 너 자신을 위하지 않겠다면, 너희 엄마를 생각해."

밖에서 자동차 엔진 소리가 커지더니 첫 번째 트럭의 그림자가 나타났다. 트럭의 진동이 느껴질 정도였다.

"이제 집 안으로 들어가자." 애니 로즈가 차분하게 말했다.

"싫어요, 그럴 순 없어요." 도무지 믿을 수가 없어서, 난 숨죽여 울부짖었다. 이곳을 잘 돌보겠다고 주니퍼와 약속했는데…. 주니퍼와 베어는 팜하우스를 사랑했다. 여기는 그들에게 안전한 장소였다. 내게도. 팜하우스가 파괴되는 걸 그저 지켜볼 수는 없다.

바니의 가게에 왔던 남자가 팜하우스에 들어섰다. 남자는 타일이 깔린 통행로를 걸으며, 손을 뻗어 양쪽에 있는 녹색식물들을 훑었다. 감히 어떻게 이 식물들을 만질 수 있는 거지? 그가 나를 보더니, 눈을 가늘게 떴다.

"에티엔." 애니 로즈가 다가오는 남자의 발소리를 알아차리고 조용히 내게 말했다. "지금 당장은 이럴 수밖에 없어. 영원히 이런 모습은 아닐 거야. 하지만 이게 우리 현실이야. 우리한테 가장 중요한 일은 살아남는 거란다."

"그렇지 않아요. 그건 악한 거예요." 나는 주먹을 꽉 쥔 채, 이를 악물고 겨우 내뱉었다. 당장이라도 달려들 듯 내 몸의 모든 근육이 잔뜩 긴장했다.

애니 로즈가 슬픈 표정으로 고개를 저었다. "너는 여기서 나가는 게 좋겠다. 지켜볼 만한 일이 아니야."

"혼자 계시게 할 순 없어요." 식식거리며 내가 말했다. 무슨 일이 벌어질지 혼란스러웠다. 내 속에서 소용돌이치는 분노와 억울함을 어떻게 해야 할까? 머릿속에서 어떤 생각이 삐져나왔다. 이런 일이 일어나도록 내버려두어서는 안 된다.

더 많은 트럭이 도착하면서 밖에서 들리는 엔진 소음이 더 요란해졌다. 두 번째, 세 번째 남자가 팜하우스로 들어왔다. 그들은 손에 쇠지레를 들고 있었다.

"할 수 있는 일은 아무것도 없어." 애니 로즈가 단호한 어조로 다시 말했다. "나랑 사우스엣지 산책이나 가자꾸나. 여긴 이 사람들에게 내버려두고. 패악을 부리려면 얼마든지 그러라고 해. 우리는 에너지를 아껴서 더 중요한 일을 해야지. 그 일을 위해 견딜 수 있어."

첫 번째 남자가 이젠 타일 바닥에 금속 구두코를 쿡쿡 찧으며 안달을 냈다. "그만 나가시죠. 이건 위험한 작업이에요." 그가 투덜거렸다.

애니 로즈가 코웃음을 쳤다. "위험하다고?" 그러더니 할머니는 마지막으로, 퇴비와 녹색 마법으로 더없이 향기로운 팜하우스의 공기를 깊게 들이마셨다. "이곳은 오랫동안 나를 버티게 해 주었어. 당신들의 통치자들은 끔찍한 짓을 저지르고 있는 거야. 마지막으로 남은 아름다운 곳을 파괴하다니."

그 남자는 어색하게 발을 움직였다. "명령은 명령이오. 포르샤 스틸님이 직접 내린 지시란 말이오."

애니 로즈는 포르샤 스틸이라는 이름을 듣자 움찔했다. 할머니는 손을 뻗어 내 팔을 잡고, 내 쪽으로 고개를 끄덕였다. "그만 산책하러 나갈까, 에티엔?"

나는 할머니와 팔짱을 끼고, 주니퍼와 베어가 도망칠 때 깨트린, 유리 대신 플라스틱을 끼워 놓은 창문을 지나 밖으로 나갔다. 건물 입구에는 남자들 몇이 더 숨어 있었다. 우리는 당황한 듯한 표정의 그 남자들과 대기 중인 트럭들을 지나쳤다. 쇠창살로 된 트럭의 적재함은 바니의 보물들로 이미 반쯤 차 있었다.

우리 뒤로 유리가 부서지고 깨지는 굉음이 들려왔다. 애니 로즈가 옆에서 몸을 떨었고 난 할머니를 더 힘주어 부축했다. 내 시선은 우리 앞에 길게 뻗은 회색 보도에 단단히 고정되어 있었다.

13 재회

주니퍼

우리는 또 다른 산악 지대를 벗어나, 봉쇄된 어느 도시의 외곽을 걷고 있었다. 그런데 난데없이 나와 베어의 이름이 공중에 울려 퍼졌다.

우린 깜짝 놀라서 뒤돌아섰다. 아빠는 겁을 내며 한발 물러나, 우리를 가까이 끌어당겼다. 우리 뒤로, 한 무리의 사람이 조랑말과 작은 마차를 이끌고 다가오고 있었다.

흰색 조랑말이 우리를 향해 구보를 시작했는데, 등에 탄 사람이 양손을 쳐들고 마구 흔들었다. 나는 그 말타기 기술을 알아보았고, 기쁨과 안도감, 놀라움으로 웃음을 터뜨렸다. 베어 말이 맞았다. 퀴니 일행이었다. 퀴니가 선두에서 사람들을 이끌고 있었다. 퀴니 뒤로 조랑말을 탄 캠이 큰 소리로 휘파람을 불며 인사를 건넸고, 만프리와 다니, 라치가 역시 조랑말을 타고 뒤따랐다. 헤스터는 보이지 않았다.

"아는 사람들이니?" 아빠가 물었지만, 그런 질문은 할 필요가 없었다. 이미 퀴니가 조랑말에서 뛰어내려 베어의 목을 감싸안았으니까. 베어의 얼굴에는 순전한 기쁨이 퍼졌다.

"네가 어떻게? 믿을 수가 없어!" 내가 깜짝 놀라 소리쳤다. 퀴니 역시 뜻밖의 만남에 몹시 흥분해 내게로 몸을 던졌다.

캠이 자기 여동생 곁으로 다가왔다. 키는 퀴니보다 한참 컸지만 똑같이 빛나는 눈에 활짝 웃는 표정이었다. 캠은 베어를 잡고 빙글빙글 돌렸고, 동생은 즐거워 어쩔 줄 몰라 하며 깔깔거렸다.

그런 다음 캠은 내 겨드랑이에 팔을 끼우고 나도 빙글빙글 돌렸다. "캠!" 나는 숨이 턱까지 차서 비명을 질렀다. 공중에 발이 뜬 채 둥글게 원을 그리며 도는 사이 난 양 볼이 빨갛게 달아올랐다. 정말 오랜만에 느껴 보는 가볍고 행복한 기분이었다.

"정말 반가워!" 캠이 감격한 듯 말했다.

"우리도! 보고 싶었어." 발이 다시 땅에 닿았을 때 내가 말했다. 우리 넷은 신이 나서 서로 어깨동무하고 펄쩍펄쩍 뛰었다. 아빠와 제이는 한발 물러나서 우리를 지켜보았다. 제이는 우리의 애틋한 재회에 결국 큰 소리로 웃음을 터뜨렸다.

"도대체 우릴 어떻게 찾아냈어?" 나는 여전히 꿈속에 있는 듯한 느낌이었다. 마치 동화 속 소원이 이루어진 것 같았다.

"북쪽에 있는 사람들한테서 연락을 받았어." 캠이 말했다. "우린 에너데일로 가는 길이었거든. 너희가 잘 지내는지 보려고. 그런데 북쪽 사람들이 아이 두 명이 끼어 있는 네 명의 도보 여행단을 봤다는 거야. 아이 둘은 어두운색 곱슬머리의 여자애랑 남자애라고 했고. 그런 사람이 많진 않지!"

"형네 표식을 봤어!" 베어가 외쳤다. "그럴 줄 알았어! 형일 줄 알았다고! 누난 내 말을 믿지 않았지만." 동생이 원망하는 눈빛으로 나를 보았다.

캠이 나에게 눈짓을 했다. "믿음이 좀 부족했네, 주니퍼. 우리가 올 거라고 했잖아?"

"하지만 우리가 어디 있을지는 몰랐잖아." 내가 어물쩍 대꾸했다. "우린 다른 길로 갈 수도 있었다고!"

"그게 우리 특기지. 누가 돌아다니고 있는지 본능적으로 안다니까." 다니가 다가와 내 어깨를 따뜻하게 감싸안으며 말했다. "너희 둘을 다시 만날 줄은 몰랐어."

라치가 나를 끌어안은 채 허리를 굽혀 베어의 뺨을 다정하게 꼬집었다. "그럼 가족을 만났구나! 정말 잘됐어!"

내가 고개를 끄덕였다. "네. 이분이 저희 아빠예요." 나는 아빠를 손짓해 부르고 자랑스럽게 아빠의 팔짱을 꼈다. "그리고 여기는 제이예요. 제이도 에너데일 출신이에요. 아빠, 제이, 이 사람들이 우리가 말한 그 방랑자들이에요. 라치와 다니, 만프리 씨예요." 이렇게 소개하는데, 어찌나 소란스러운지 정신이 없었다. 어른들은 서로 악수를 청하고 열렬히 손을 흔들었다.

"그리고 여기는 캠과 퀴니고요."

"우리의 가장 친한 친구예요." 베어가 즐겁게 끼어들었다.

아빠가 미소를 지었다. "여러분 모두에게 큰 빚을 졌어요. 지난해 여러분의 도움이 없었다면 제 두 아이는 살아남지 못했을 겁니다."

라치가 손사래를 쳤다. "누구라도 그렇게 했을 거예요."

"헤스터 아줌마는 어디 계셔?" 갑자기 생각나서 내가 물었다.

"아, 엄마는 늘 가던 중간 기착지에 계셔." 캠이 말했다. "우리가 먼저 출발한 거야, 그렇지 퀴니?"

헤스터가 캠과 퀴니의 친엄마는 아니지만 둘은 헤스터를 엄마라고 부른다.

"애들이 조르고 또 졸랐지." 라치가 웃으며 말했다. "헤스터는 젊은 애들은 젊은 애들의 속도로 달리게 해 주자고 하셨어. 헤스터는 자기 다리가 겨울잠에서 완전히 깨어나려면 좀 더 풀어 주어야 한대."

"어디로 가시는 겁니까?" 만프리가 아빠에게 물었다.

아빠는 나더러 설명하라는 몸짓을 했다.

"돌아가요, 우리가 살던 도시로요." 나는 캠의 시선을 외면하며 대답했다.

만프리가 깜짝 놀라 고개를 저었다. "겨우 탈출해 놓고 도대체 왜 이런 짓을 하는 거야? 거긴 지금 반란이 일어나고 있는 데다, 질병이 창궐하고 있다고. 갈 만한 곳이 아니야."

"우리 할머니가 아직 거기 계세요." 내가 힘겹게 침을 삼키며 말했다. "그리고 우리 친구도요. 그들을 버릴 순 없어요."

만프리가 다시 고개를 저었다. "너무 늦었어. 해피엔드는 기대하기 힘들어. 상황이 정말 안 좋아."

다니가 베어를 눈짓으로 가리키며 만프리의 팔을 잡았다. "나중에 얘기하자. 어쩌면 우리가 도움이 될 수 있을지도 모르니까."

어쨌든 베어는 듣고 있지 않았다. 동생의 관심은 온통 퀴니와 조랑말들에 쏠려 있었다. 베어는 자기가 무척 좋아했던 조랑말 돌풍을 쓰다듬었다.

"근데 너희 엄마는 어디 계셔?" 캠이 물었다. "에너데일에 남아 계신 거야?"

"엄만 돌아가셨어." 난 목소리를 떨지 않으려고 조심했다.

"아, 저런, 정말 안됐다." 캠의 얼굴에 괜한 질문을 했다 싶은 표정이 가득했다. "너희들이 엄마를 만났을 거라고 생각했는데. 난 진짜 그랬을 줄 알았어."

"우린 괜찮아." 내가 말했다. "나쁜 일도 일어나는 거니까. 하지만 에너데일은 좋아. 헤스터 아줌마가 말한 것처럼 아주 좋은 곳이야."

"그렇다면 다행이야. 거기까지 가느라 정말 고생했잖아. 에너데일이 너한테 잘 맞는가 보다." 캠은 뒤로 살짝 물러나더니 나를 다시 훑어보았다.

나는 당황해서 얼굴이 빨개진 채, 머리를 쓸어 넘겼다.

"넌 정말로 행복할 자격이 있어." 캠이 다시 말했다. 그의 얼굴이 기쁨으로 환하게 빛났다. "겨우내 다들 너희 소식을 궁금해했어. 한번 찾아가 보면 좋겠다고 생각한 건 쿼니만이 아니었어. 헤스터 엄마도 너희 둘이 괜찮은지 알고 싶어 했거든. 물론 나도 그랬고."

우리가 어떻게 지내는지 궁금해했을 헤스터를 생각하자 마음이 따뜻해졌다.

"새 친구도 사귀었어?" 캠이 물었다. "에너데일에서 말이야."

"약간." 내가 말했다. "어린아이들이 있어서 베어한테는 좋아, 내 또래는 없지만. 그래도 아빠의 새 아내인 윌로우 아줌마는 정말 좋은 사람이야." 나는 어른들과 이야기하고 있는 아빠를 건너다보았다. "여동생도 생겼어. 아직 갓난아기야, 페른이라고."

"아기라고! 우아!" 캠은 그러더니 고개를 갸웃했다. "그런데도 끔찍한 그 도시로 돌아간다는 거야?"

"가야 해. 애니 로즈를 구해야 하거든."

"하지만 너도 사람들이 하는 말을 들었겠지?" 캠이 심각해진 표정으로 물었다. "너희 도시에 대해서 말이야."

"조금은." 내가 대답했다. "도시 하늘에 새 떼가 나타났다고 들었어."

캠이 천천히 고개를 끄덕였다. "그리고 탈출한 사람들도 있대. 나도 본 적 있어."

"아픈 사람들이었어?" 나로서는 새로운 소식이 간절했다.

"몇 명은." 캠이 잠시 멈췄다가 말을 이었다. "하지만 우리가 본 사람들은 떠나기 전부터 아팠다고 했어. 그 사람들 얘기로는 지금은 아픈 사람이 더 많아졌을 거래. 그게 산불처럼 번지고 있다는 거야. 듣기로는…." 캠은 말을 멈추고 베어를 건너다보았다. 하지만 동생은 여전히 조랑말에 정신이 팔려 있었다. "약이 다 떨어져서 병원 안치소에 시체가 쌓여 있대. 도시를 탈출할 때 잔뜩 쌓인 시체 가방을 지나쳤다는 사람도 있었어."

두려움이 엄습했다.

"그럼 더 빨리 가야 해. 빨리. 베어랑 난 이미 너무 많은 걸 잃었어."

"우리가 같이 가 줄게." 캠은 내 말을 이해했다. 나는 너무나 고마워서 다시 한번 그를 끌어안고 싶었다. 하지만 같이 가 달라고 부탁할 수는 없었다.

"안 돼. 너랑은 상관없는 일이야."

캠이 어깨를 으쓱했다. "우리가 더 빨리 데려다줄 수 있잖아."

대답하려고 입을 막 여는데, 베어의 날카로운 목소리가 내 말을 막았다.

"황조롱이야!" 베어가 하늘을 가리키며 소리쳤다. 우리 머리 위에서 새 한 마리가 날개를 활짝 펴고 꼬리 깃털을 펄럭이며 맴돌고 있었다. 동생은 깜짝 놀라 고개를 뒤로 젖혔다. "뭐 하는 거지?"

"저건 라모나야." 캠이 별일 아니라는 듯 말했다. "너희를 보러 온 거야."

"라모나?" 베어가 소리를 지르며 캠과 나에게로 달려왔다.

"라모나는 캠의 황조롱이야." 퀴니가 자랑스럽게 말했다.

"우린 길 잃은 것들을 줍는 습관이 있어서 말이야." 캠이 한쪽 눈을 찡긋하며 말했다. 그러고는 두꺼운 가죽 장갑을 끼더니 주먹을 내밀었다. 캠이 몇 걸음 앞으로 나서자, 그가 조용히 명령을 내린 건지 아니면 그냥 손만 내민 건지 모르겠지만, 그 새가 꽂히듯 아래로 내려왔다. 비록 캠의 주먹이 아니라 머리에 내려앉고 말았지만.

"라모나!" 퀴니가 소리쳤다.

"괜찮아, 아직 배우는 중이니까, 그렇지 라모나?" 캠은 손을 뻗어 새가 장갑으로 옮겨 갈 수 있게 도와주었다. 그는 어깨에 메고 있던 가죽 가방에서 고기 한 조각을 꺼내 라모나에게 먹였다.

베어는 바로 눈앞에 나타난 살아 있는 맹금류를 자세히 보기 위해 주춤주춤 다가갔다. 새는 작지만 완벽하게 균형 잡힌 형태에, 머리는 연한 회색이고 몸은 반점이 있는 갈색 깃털로 덮여 있었다. 라모나는 부리로 캠이 주는 고깃덩이를 받아서 꿀꺽 삼켰다.

"형이 잡았어?" 베어가 물었다.

"우리 기착지 중 한 곳에서 다친 걸 발견했어." 캠이 말했다. "철삿줄 같은 데 걸려서 버둥거리고 있더라고. 헤스터 엄마가 날개를 치료해 주었는데, 몇 주 동안 아예 날지도 못했어."

"그러면 이제 이 새는 형 거야?" 베어가 부러움을 숨기지 않고 물었다.

"지금은 그래." 캠이 무심하게 말했다. "아직은 나하고 좀 더 지내야 해. 아무래도 라모나가 이 세상에 대해 잘 모르는 것 같아서 말이야. 그렇지, 라모나?"

"처음엔 직접 다 손으로 먹였다니까." 퀴니가 말했다. "온갖 걸 다 먹였어."

캠이 고개를 끄덕였다. "자기 스스로 먹이를 잡을 수 있게 가르치는 중이야."

기다렸다는 듯이 라모나가 날개를 펴고 날아올랐다.

"어떻게 하면 다시 돌아와?" 베어가 물었다.

"아주 멀리 가지는 않아." 캠이 말했다. "라모나는 이제 나와 먹이를 연결해서 생각하거든."

"이리 와서 조랑말 타 봐, 베어!" 퀴니가 동생의 팔을 잡아끌었다. "어떻게 타는지 기억나?"

베어가 간절한 눈길로 나를 바라보았다.

"타 봐, 베어." 내가 웃으며 말했다. "퀴니한테 우리 오두막이랑 고스트가 돌아왔다는 얘기도 해 주고. 새로 사귄 친구들이 어떤지도 이야기해 줘."

퀴니가 앞장서서 베어를 데려갔다. "난 서커스 묘기도 배웠어." 자신만만한 퀴니의 목소리가 고요한 공기 속으로 퍼졌다. "이제 돌풍의 등에 올라설 수도 있다고."

* * *

"자, 이제 캠프를 차릴까요?" 라치가 말했다. "같이 식사해요."

"글쎄요." 아빠가 불안한 표정으로 말했다. "우린 갈 길이 멀어서요."

라치가 미소 띤 얼굴로 아빠 팔에 손을 얹었다. "아이들이 함께 있게 해 주세요. 서로 많이 보고 싶어 했잖아요. 여기는 아이들이 별로 없어요. 친구랑 같이 놀 기회를 주세요."

아빠가 마지못해 고개를 끄덕였다. 제이 역시 휴식도 하고 새로운 사람들도 사귈 수 있을 거라는 기대로 기뻐하는 표정이었다.

우리 일행이 음식 준비를 거들겠다고 했지만 다니와 라치는 아예 들으려고도 하지 않았다. 그들은 그저 우리가 쉬면서, 앞으로의 계획과 백신에 관해 말해 주기를 바랐다. 그들은 아빠에게 실제로 백신이 있다는 사실을 못 미더워했다.

"진짜라면 모든 게 바뀔 겁니다." 만프리가 조용히 말했다. "만약 그게 효과가 있다면요." 만프리는 '만약'을 강조했다.

"오랫동안 우리가 간절히 바랐던 일이에요." 라치의 말이었다. "그 병으로 죽은 사람들을 생각하면…."

만프리가 고개를 끄덕였다. 하지만 그의 눈빛에선 얼핏 두려움이 비쳤다. 백신 이야기를 할 때 아빠와 길에게서 나타났던 바로 그 눈빛이었다.

더 많은 사람이 야생에 나오면 방랑자들의 삶의 방식은 위협받게 될 것이다. 그런 날이 오면 눈에 띄지 않게 이리저리 옮겨 다니며 사는 사람들은 어떻게 될까? 그리고 자연계에는 어떤 영향이 있을까?

남쪽으로 가는 우리 여정에 동행하면 어떨까 하는 이야기를 꺼낸 건 퀴니였다. "베어와 주니퍼를 또다시 내버려두고 갈 순 없어. 이제 막 만났는데." 그 애가 간청했다. "게다가 우린 그 지역을 훨씬 더 잘 알잖아."

"안 됩니다." 내가 뭐라고 말하기도 전에 아빠가 먼저 어른들에게 말했다. "여러분 모두에게 너무 큰 위험이 될 겁니다."

만프리가 어깨를 으쓱했다. "며칠 정도는 기꺼이 동행할 수 있습니다. 도시 근처까지는요."

"아니, 안 됩니다. 안 될 말입니다." 아빠의 눈길이 조랑말과 마차로 향했다. 나는 아빠의 마음을 읽을 수 있었다. 아빠는 불안한 것 같다. 조랑말과 마차가 움직이면 관심 끌 일이 많아질 것으로 생각했을 것이다.

"우리는 빠르답니다." 라치의 말에 난 그녀를 쳐다보았다. "그리고 필요할 때는 숨어 있죠." 라치는 아빠가 무슨 생각을 하는지 잘 아는구나 싶었다.

나는 힘차게 고개를 끄덕였다. 이런 상황에서 옛 친구들과 며칠 함께 지내는 것보다 더 좋은 일은 없을 테니까.

"제발, 아빠!" 베어가 졸랐다. "또다시 헤어지게 만들지 마요."

아빠는 고민이 되는 듯 제이를 쳐다보았다.

"괜찮은 생각인데요." 제이가 말했다. "이분들 같은 동행이 있으면 든든하죠."

나는 고마운 마음에 그에게 미소를 보냈다. 더는 아빠의 반론이 들리지 않았다. 내일 우리는 함께 남쪽으로 떠날 것이다.

14 위기

주니퍼

캠과 퀴니, 어른 셋이 우리와 동행하자, 새로운 에너지가 솟았다. 조랑말이 우리 가방을 대신 져 줘서 어깨를 파고드는 배낭끈에서 벗어날 수 있었다. 캠과 퀴니는 눈으로 덮인 해변에 관해, 갑작스러운 강풍에 바다로 뻗은 곶에 쳐 놓은 텐트가 날아가 버린 이야기를 들려주었다. 아빠는 만프리와 뒤처져 걸으며 먼 남쪽 지방과 웨일스의 삶에 관해 깊은 대화를 나누었다.

우리는 그동안 지나왔던 곳보다는 좀 더 평탄한 지대로 접어들었다. 무수히 많은 유령 마을과 주택단지를 지나쳤다. 낡은 공장과 거대한 창고, 부서진 태양광 패널이 즐비한 들판, 아주 높고 구불구불한 롤러코스터와 그 위에 녹슨 채 버려진 유령 기차가 있는 오래된 놀이공원도 지나갔다. 고장 난 터빈의 날개가 불길하게 매달려 있는 풍력발전기 아래를 지나 강철 격자로 지은 철탑을 따라갔다. 어떤 구조물들은 리와일드(재자연화) 같은 건 아무 영향이 없다는 듯 여전히 하늘 높이 솟아올라 있었다.

다음 날 아침, 우리는 오래전에 버려진 대도시의 스카이라인이 보이는 지점을 지나갔다. 고층 건물들 위로 새들이 물결처럼 모양을 만들었다 바꾸었다 하는 게 보였다. 찌르레기 떼였다. 회색빛 도시 구조물들을 바라보는데, 눈앞이 뿌예졌다. 아파트 건물 중 일부는 50층은 되어 보였다.

"엄청난 규모네요." 제이가 말했다. "사람도 너무 많고 건물도 너무 많았어요."

"대단한 흔적을 지구에 남겼지요." 만프리가 영 못마땅하다는 듯 말했다.

캠이 눈살을 찌푸렸다. "그런 식으로 비난만 할 순 없어요. 여기도 한때는 누군가의 집이었어요." 캠이 나를 옹호해 주는 것 같아서 가슴이 뭉클했다. 우리는 층층이 쌓인 가장 가까운 고층 건물을 가만히 바라보았다. 엄청나게 많은 사람이 이곳에 살고 있었겠지. 그 사실이 내 마음을 뒤흔들어 놓았다.

대도시를 지나 다시 고원지대로 들어서자 안도감이 몰려왔다. 컴브리아(아름다운 호수와 들판이 있는 잉글랜드 북서부 지역-옮긴이)의 험준한 산과는 비교할 수 없지만, 푸른 언덕을 보니 기분이 산뜻했고 마음이 놓였다.

우리는 모닥불 주위에 모여 앉았다. 늦은 시간이라 절로 눈이 감겼다. 베어와 퀴니는 이미 침낭에 파묻혀 코를 골고 있었지만, 나와 캠은 어른들과 함께 깨어 있었다. 우리는 이야기를 나누기도 하고 중간중간 다니의 파이프 연주와 라치의 노래를 들었다.

갑자기 나뭇가지가 부러지는 소리가 나더니, 나무 사이로 하얀 얼굴이 유령처럼 다가왔다.

만프리의 손이 자동적으로 총을 잡았다. 그때까지 나는 그가 총을 가지고 있었는지조차 몰랐다. 다니는 벌떡 일어나 침입자에게서 우리를 떼어 놓으려는 듯 나와 캠 앞을 막아섰다.

"안 돼! 멈춰요! 우리 사람이오!" 아빠가 놀란 목소리로 외쳤다. 아빠는 황급히 자리에서 일어나 만프리의 총신에 손을 올렸다. "이건 필요 없소. 우리 마을 사람이오. 괜찮아, 로칸."

그러자 젊은 남자 하나가 나무 앞으로 나섰다. 그는 자신이 일으킨 소란과 자신을 겨눈 총기에 놀란 듯 몸을 떨고 있었다. 나는 그를 바로 알아보았다. 에너데일 사람이 맞았다.

"드디어 찾았네요!" 그가 숨을 헐떡였다. "며칠 동안 걸어왔어요. 따라잡을 수 있을지 확신하진 못했는데."

"도대체 우리를 어떻게 따라잡았어?" 놀란 제이가 물었다.

"어떤 날은 밤새 걸었어." 로칸이 말했다. "게일의 지피에스를 따라오고 있었는데, 자꾸만 신호가 끊겼어. 희망을 품고 그냥 계속 걸었지, 뭐." 로칸은 여전히 숨을 헐떡이며, 아빠를 쳐다보았다.

"무슨 일이야?" 아빠가 다그쳤다. "페른은 아니겠지? 페른에게 무슨 일이 생긴 거야?"

나는 황급히 아빠 곁으로 갔다.

로칸이 고개를 저었다.

"로칸!" 아빠가 소리쳤다. "말을 해!"

"페른은 괜찮아요, 게일. 아기는 당신이 떠났을 때랑 똑같아요. 문제는 윌로우예요." 로칸이 잠시 말을 멈추고 숨을 돌렸다. "윌로우가 아파요. 열이 있는데, 고열이에요."

"윌로우?" 아빠가 말했고, 나도 따라 그 이름을 되뇌었다. 윌로우는 아프면 안 돼. 나는 우리를 배웅해 주던 윌로우의 모습을 떠올렸다. 고작 열흘 전쯤이었다.

"그 병이야?" 아빠가 로칸에게 한 걸음 다가서며 물었다. 나란히 선 두 사람은 체격이 몹시 대조적이었다. 아빠는 키가 크고 어깨가 넓으며, 헝클어진 검은 머리카락이 대걸레 같았다. 로칸은 작고 다부진 몸집인데, 지금은 몸을 떨기까지 했다.

내 속에서 공포의 동굴이 입을 벌렸다.

"로칸!" 아빠가 다시 소리를 질렀다.

"그건 몰라요." 로칸이 말을 더듬었다. "여러분이 떠난 직후에 시작됐어요. 윌로우는 당신을 데리러 가는 걸 반대했지만, 로지가 우겼어요. 그러다가 윌로우의 상태가 나빠졌고, 로지는 당신이 윌로우에게 약속을 했다고 말했어요."

"맞아." 아빠가 이를 악물었다. "나는 더는 요행을 바라지 않기로 했어. 그때 이후로는…."

나는 아빠와 눈이 마주쳤다. 엄마 일 이후로는. 아빠 생각을 짐작할 수 있었다.

"로지는 켄달에서 의사를 불러와야 한다고 판단했어요." 로칸이 계속했다. "로지가 직접 가겠다고 했지만, 마을 운영위원회는 켄달 쪽에서 알아볼 수 있는 사람이 가야 한다고 주장했어요."

"아빠가 가야 해요." 나는 즉시 이렇게 말했다. 윌로우에게 아빠가 가장 필요할 때, 아빠가 아줌마 곁에 없는 건 나 때문이다. 내가 아빠를 이렇게 만들었다. 아빠가 집에서 멀리 떠나 있게 된 이유는 바로 나였다.

"주니퍼 말이 맞아요." 제이가 말했다.

아빠가 고개를 끄덕였다. "전에 켄달에 의사를 찾으러 간 적이 있었어. 윌로우가 임신 초기일 때 음식을 전혀 먹지 못했거든. 나를 기억할 거야."

"그럼 돌아가야 해요." 제이가 말했다. "다른 방법이 없어요."

나는 이끼를 뚫고 어린 양치식물이 돋아나기 시작한 부드러운 흙 속으로 발을 밀어 넣었다.

"아빤 돌아가세요." 내가 말했다.

아빠의 얼굴이 어두워졌다. "그게 무슨 소리냐?"

"아빠는 아줌마를 돌보러 가셔야 해요. 하지만 전 계속 갈 거예요. 거의 반쯤 왔잖아요."

"주니퍼!" 아빠가 고개를 절레절레 흔들었다. "너 혼자 갈 순 없어. 나중에 봄이 되면 다시 오자. 그러면 돼."

"아니, 안 돼요." 나는 조용히 그러나 고집스럽게 말했다.

아빠는 곤혹스러운 듯 손을 내저었다. "선택의 여지가 없어. 우리가 간다고 해도 외할머니를 도시 밖으로 모시고 나올 수 있을지 장담할 수 없어. 우리가 도시 안으로 들어갈 수 있을지도 불확실한 일이야."

나는 내 생각을 바꾸지 않을 것이다. 되돌아갈 순 없다. 이미 이렇게나 멀리 왔는데, 지금은 그럴 수 없다. "할머니랑 에티엔을 두고 그냥 돌아가진 않을 거예요."

아빠는 화난 것 같았다. "무슨 말을 하는 거냐? 내 말 들어, 주니퍼! 윌로우한테는 우리가 필요해!"

"하지만 제가 돌아간들 무슨 도움이 되겠어요? 제가 윌로우 아줌마를 낫게 할 순 없잖아요." 나는 눈물을 닦아 내며 더욱 단호하게 말했다. "저도 누구 못지않게 아줌마가 건강하길 바라요. 아시잖아요. 저 역시 아줌마를 사랑해요, 아빠."

"물론 그렇겠지." 아빠는 이제 흐느끼는 목소리다. 아빠가 힘없이 이마를 문질렀다.

"하지만 애니 로즈는요, 아빠." 내가 계속했다. "할머니는 탈출을 도와줄 사람이 필요해요. 백신도요. 그리고 에티엔도 마찬가지예요."

아빠가 지친 듯 한숨을 쉬었다. "말했잖아, 주니퍼. 백신은 아직은 실험 단계라 아무것도 보장할 수가 없다고."

손가락으로 귀를 틀어막고 싶었다. 다시 듣고 싶지 않았다.

"아무것도 없는 것보다는 낫잖아요? 그래서 우리가 이만큼 걸어온 거고요. 아빠! 인제 와서 제가 돌아갈 거라는 생각은 하지 마세요!"

아빠는 어쩔 줄 모르는 표정이었다. 나는 아빠가 원하는 대로 해 주고 싶었지만, 이 여행에는 너무 많은 것이 걸려 있었다.

만프리가 아빠 곁으로 다가와서 어깨를 토닥였다. "우리가 주니퍼랑 같이 가겠습니다. 도시까지 갈 수 있어요. 필요하다면 제가 직접 데리고 들어갈 수도 있고요."

"잘됐어요." 라치가 노래하는 듯한 목소리로 말했다.

난 모두에게 고마워서 눈물이 날 것 같았다.

"주니퍼에게 동행이 부족하지는 않겠어요. 그러니 주니퍼는 돌아가지 않아도 되겠죠. 그렇지, 주니퍼?" 라치가 나에게 미소를 지었다.

아빠는 지친 듯 고개를 떨구었다. "주니퍼, 이분들이 기꺼이 동행해 준다면 그래도 괜찮겠지. 하지만 베어는…."

"베어는 아빠랑 같이 가야죠." 우리 텐트를 힐끗 쳐다보며 내가 잘라 말했다. "베어를 잘 챙겨 줄 거지, 제이?"

제이가 심각한 얼굴로 나를 보더니, 고개를 끄덕였다.

아빠는 비로소 마음이 놓이는 듯했다. "모두 고맙습니다.

인제 그만 자고 내일 아침 일찍 출발합시다."

우리 텐트 쪽으로 가는데 캠이 날 따라왔다. "괜찮니? 윌로우 아줌마 일은 안됐다."

"너무 걱정 안 해도 될 거야." 나는 짐짓 대수롭지 않게 말했다. "아줌마는 괜찮을 테니까. 강한 사람이거든." 나는 윌로우에게 아무 일도 없을 거라는 사실 말고는 아무것도 믿지 않을 것이다. 그렇기에 윌로우가 아프다는 생각은 하지 않을 작정이다. "그래도 아빠는 아줌마에게 돌아가는 게 옳아. 그리고 베어도 데려가야 해."

캠이 눈살을 찌푸렸다. "베어는 싫다고 할 텐데."

"싫어도 할 수 없지, 어쩌겠어? 베어 걱정은 안 해."

"나도 너랑 같이 갈게." 캠이 말했다. "약속해."

"고마워, 캠." 나는 다시금 뺨을 타고 흘러내린 눈물을 닦으며 말했다. "또다시 나를 구해 줘서."

* * *

아침에 나는 아빠가 베어에게 소식을 전하도록 일부러 멀찌감치 물러나 있었다. 아빠가 무슨 말을 하는지는 들리지 않았지만, 베어가 머리를 좌우로 크게 흔드는 모습은 분명히 볼 수 있었다. 동생은 내게로 달려와 두 팔로 내 허리를 와락 껴안았다. "누나랑 떨어지지 않을 거야!"

"베어, 얘야." 아빠가 뒤따라왔다.

"아빠가 시키는 대로 안 한다고." 베어는 설움이 복받치는 듯 울음을 터뜨렸다.

아빠가 지원을 요청하듯 나를 바라보았다.

"아무도 원한 건 아니지만, 어쩔 수 없잖아." 나는 베어에게 맞춰 몸을 낮추었다. "도시는 인제 상황이 훨씬 더 안 좋을 거야. 얼마나 끔찍했는지 우린 알잖아?"

베어는 이끼 낀 땅을 힘주어 밟고 섰다. "그러니까 더욱더 내가 누나랑 같이 있어야 한다고. 누나한테 위험한 일이 생기면 어떡해?"

"캠이 나랑 같이 갈 거야. 그리고 모두 다." 내가 말했다. "게다가 어쨌든 나 자신은 내가 잘 돌볼 수 있어."

"못 할 때도 있잖아." 베어가 가만히 나를 쳐다보았다. 동생은 예전 그 동굴로 돌아가 있는 것 같다. 내 발은 퉁퉁 부어 썩어 가고 있었고, 정신마저 오락가락하고 있었지.

나는 고개를 저었다. "그런 일은 다시는 일어나지 않을 거야."

동생은 더는 듣지 않겠다는 듯 눈길을 돌렸다.

누군가 내 어깨에 손을 올렸다. 캠이 내 옆에 무릎을 굽히고 앉았다. "정말이야, 베어. 내가 네 누나 옆에 꼭 붙어 있을 거야. 반드시 너한테 주니퍼를 다시 데려다줄게."

캠은 검지로 자신의 가슴을 상하좌우로 긋는 동작을 했다.

"그리고 퀴니는 너희 도시 가까이로는 절대 데려가지 않을 거야. 사실 좀 있으면 퀴니도 더는 안 가."

"싫어!" 베어가 소리쳤다. 동생도 캠이 내 편을 들면 자기가 이길 수 없다는 걸 안다. "이건 불공평해!"

옆에 선 아빠에게서 절박함이 느껴졌다. 아빠는 한시바삐 떠나고 싶을 것이다. 나는 베어에게 얼굴을 들이밀었다. "불공평한 건 너야, 베어. 윌로우 아줌마가 아프다고! 이건 현실이야. 때로는 시키는 대로 해야 할 때도 있어!"

베어의 온몸이 풍선을 터뜨린 것처럼 안으로 쪼그라들었다. 마치 내가 풍선 한가운데를 바늘로 깊숙이 찌른 것 같다.

나는 시무룩해진 동생을 두 팔로 껴안았다. "부탁이야, 베어. 시간 끌지 마. 아빠는 의사를 데리러 가야 해. 윌로우 아줌마에게는 의사가 필요하잖아."

베어는 고개를 들고 이마를 덮은 곱슬머리를 쓸어 넘기더니, 나에게서 몸을 빼 자기 가방을 가지러 갔다.

나는 천천히 한숨을 내쉬었다. "먼저 가 있어, 우리 곰돌이."

"둘 다 데려올 거지?" 동생이 여전히 시무룩하게 말했다. "애니 로즈랑 에티엔 형아 말이야. 약속할 수 있어?"

"그럼, 약속해." 나는 캠의 시선은 무시한 채 고개를 끄덕였다. 캠은 내가 불확실한 일을 약속한다는 사실을 잘 알았기에 나를 빤히 쳐다보았다.

"윌로우 아줌마에게 사랑한다고 전해 주세요." 내가 아빠에게 말했다.

"그러마."

"페른에게도요." 나는 눈물을 닦으며 덧붙였다.

"할머니, 에티엔과 함께 너도 곧 돌아오게 될 거야." 아빠가 힘주어 말했다.

"조심하세요. 그리고 베어를 부탁해요." 나는 코를 훌쩍거렸다.

아빠가 나를 꽉 안았다. "이제 네가 약속해다오, 조심하겠다고. 만프리 곁을 떠나지 않겠다고. 그리고 쓸데없는 위험을 감수하지 않겠다고. 만약 이번에 할머니를 모셔 오지 못하면, 다음에 다시 시도하면 돼. 어쨌든 가장 중요한 건 너야, 주니퍼."

아빠가 나를 더 꽉 껴안았고, 나는 아빠 가슴에 안겨 울음을 터뜨렸다.

아빠와 베어가 멀어지는 모습을 지켜보는데, 내 마음속의 풍선이 터져 버린 것 같았다.

15 폴캣

에티엔

하루하루가 흐릿하게 지나갔다. 매일 밤 나는 노스엣지에서 팜하우스가 '있었던' 아파트로 돌아온다. 우리 아파트 단지 뒤로는 들쭉날쭉한 완충 지대의 경계선이 이어지고 있다. 만약 희망에 날개가 달렸다면, 단박에 날아가 버렸을 것이다.

하지만 팔에 난 진드기에 물린 빨간 자국은 사라졌고, 나는 여전히 여기 있다. 살아서. 심지어 건강하게. 면역이 생긴 걸까? 그렇다면 그걸 유용하게 쓸 방법을 찾아야 한다.

나는 학교 가는 길모퉁이, 눈에 띄지 않는 곳에서 기다렸다. 수업이 끝난 뒤 세레나가 어린 여동생들의 손을 잡고 보도를 따라 깡충깡충 뛰어오고 있었다. 세 자매는 노래를 흥얼거렸다. 세 자매의 행복한 리듬을 방해하는 것 같아 죄책감이 들었다. 그때 세레나가 뒤를 돌아보았다. 자신을 지켜보는 내 눈길을 느꼈나 보다. 세 자매의 노래가 갑자기 멈췄다.

"괜찮아, 에티엔?" 세레나가 물었다.

나는 고개를 끄덕이며, 슬그머니 그들 곁으로 다가가 나란히 걸었다. 세레나의 동생들은 땅바닥을 내려다보며 느릿느릿 걸음을 옮겼다.

"팜하우스 얘기 들었어." 세레나가 말했다. "너희 아파트도 거기지? 주니퍼네 집이 거기였잖아?"

"응, 주니퍼네 할머니 애니 로즈가 거기 식물 재배사였어."

"상황이 점점 나빠지고 있대. 아르테미스가 그랬어." 세레나가 손으로 입을 가렸다. "못 들은 척해." 그녀는 이나야와 하니야 쪽을 돌아보았다. "너희도 그 이름은 절대로 말하면 안 돼, 알지? 절대 안 돼!"

겁에 질린 세레나의 두 동생이 고개를 끄덕였다.

"절대 말 안 해, 언니." 이나야가 노래하듯 대답했다.

이나야는 마치 내가 위험인물이기라도 한 듯이 경계의 표정을 지었다. 나는 죄책감으로 입이 떨어지지 않았다. 세레나의 가족은 이미 너무 많은 일을 겪었다. 내가 세레나에게 뭔가를 요구하는 것은 부당해 보인다. 하지만 다른 누구를 찾아갈 수 있을까?

"너랑 할 얘기가 있어." 내가 세레나에게 말했다. "제대로."

세레나는 내 말의 심각함을 알아챘다. 무언가를 생각하는 듯 세레나가 눈을 가늘게 떴다. "동생들은 저기 모퉁이까지만 데려다주면 돼. 엄마는 일하러 가고 없지만, 잠깐은 얘들끼리 있어도 괜찮을 거야. 그렇지?"

"엄마가 집에 왔을 때 언니가 없으면 불같이 화를 낼 거야." 이나야가 어두운 표정을 지으며 잘라 말했다.

세레나가 어깨를 으쓱했다. "친구들이랑 숙제하러 학교로 돌아가야 했다고 말씀드려."

"거짓말쟁이." 이나야가 말했다.

세레나가 이맛살을 찌푸렸다. "아빠를 위해서야, 알지?" 세레나는 동생들에게 열쇠를 건넸다.

막내 하니야가 세차게 고개를 끄덕이더니, 이나야의 팔을 잡아당겼다. 자매는 함께 길을 따라 뛰어갔다.

"우린 좀 더 걸을까?" 세레나가 말했다. 하지만 동생들이 열쇠를 돌려 안전하게 안으로 들어갈 때까지 세레나는 제자리에 서서 여전히 동생들만 바라보았다.

"나랑 같이 있는 게 다른 사람들 눈에 띄면 이로울 게 없다는 건 나도 알아." 내가 미안해하며 말했다.

세레나는 동생들이 없으니 걸음이 빨라졌다. "너 자신을 너무 과대평가하는 것 같은데. 넌 아직 아무 짓도 안 했잖아." 세레나가 머리를 뒤로 쓸어 넘기며 나에게 한쪽 눈을 찡긋했다.

나는 침을 꿀꺽 삼켰다. "폴캣 말이지? 너도 거기 소속이야?"

"그 이름을 함부로 입에 올리면 안 돼." 세레나는 직접적인 대답을 피했다.

"지난주에 비가 내리는 걸 봤어." 내가 말했다.

세레나가 싱긋 웃었다. "모두가 봤지. 하지만 그건 시작에 불과해."

"나도 거기 들고 싶어." 내가 졸랐다.

"내가 결정할 일은 아니야. 하지만 말은 해 볼 수 있지. 네가 확고하다면, 에티엔."

세레나는 길 끝에서 멈춰 섰다.

"난 확고해. 돕고 싶어."

세레나가 고개를 끄덕였다. "그럼 나중에 봐. 다만 학교에는 절대 오지 마. 내 동생들은 몰라야 하니까. 연락할게."

* * *

이틀 뒤, 나는 우리 구역의 마지막 길이 끝나고 위험지역인 워렌이 시작되는 곳에서 기다리고 있었다. 나는 대벌레 무덤에 들렀다 가려고 조금 일찍 집을 나섰다. 하룻밤 사이에 또 한 마리가 죽어서 먼저 간 대벌레 옆에 묻어 주었다. 유리 상자에는 이제 두 마리밖에 안 남았다.

세레나가 늦는 바람에 가슴이 점점 조였다. 나에게 연락한 뒤 세레나에게 무슨 일이 생겼으면 어떡하지?

지나가는 사람들이 나를 이리저리 훑어보았다. 워렌이 시작되는 곳에서 기다리고 있는 게 수상해 보였겠지. 워렌은 도시의 다른 지역과는 다르다. 범죄율도 높고 위험한 일도 많다. 심지어 포르샤 스틸의 경비대조차 무서워하는 곳이다. 어쨌든 다들 그렇게 말했다.

어디선가 갑자기 세레나가 나타났다. 세레나는 눈을 비비며 계속 걸어갔다. 나는 그 옆으로 발걸음을 옮겼다.

"사람들 다 보는 데서 그렇게 서 있으면 안 돼." 세레나가 나지막이 주의를 주었다.

"어디서 기다려야 할지 몰랐어. 거기서 만나자고 했잖아."

"눈에 띄지 않는 곳에 있었어야지. 머리를 써, 에티엔." 세레나가 날카롭게 말했다.

나는 묵묵히 세레나의 발걸음을 고대로 따라 디디며 좁은 골목으로 들어섰다. 건물들이 우리 위로 비스듬히 기울어져 있었다. 구석에는 쓰레기가 쌓여 있고, 하수구에서는 암모니아 냄새가 났다. 나는 아무렇지 않은 척 평범하게 보아 넘기려고 애썼다.

"미안해." 가까운 건물들 사이로 매어 놓은 빨랫줄 아래로 지나가려고 허리를 굽혔을 때 세레나가 갑자기 말했다. "그렇게 쏘아붙이려던 건 아니었어. 그냥 엄마랑 싸워서 그래."

나는 놀라서 눈썹을 치켜올렸다.

"아침에 나오다가 엄마한테 붙들렸어. 못 나가게 막더라고." 세레나의 얼굴에 휘몰아치는 감정이 그대로 드러났다. "엄마는 내가 동생들까지 위험에 빠트릴 거래."

세레나에게 무슨 말을 해야 할지 모르겠다.

"하지만 뭐라도 해야 하잖아, 안 그래?" 세레나가 계속했다. "일어나야 해. 아니면 영원히 이곳에 갇힐 거야. 우리 삶이 끝날 때까지. 그리고 내 동생들은 그런 세상밖에 모를 거야."

나는 세차게 고개를 끄덕였다. 나도 그 절망감을 아니까. 그 공허함도.

"우리 아빠도 이해할 거야. 난 알아." 세레나가 말했다.

우리는 다른 길로 들어섰다. 방금 지나온 것보다 더 좁고 어두웠다. 워렌은 우리 도시에서 면적은 가장 작지만, 인구는 우리 구역의 다섯 배쯤 될 정도로 인구 밀도가 높았다. 위층의 어느 방에선가 아기가 울었고, 우리 앞에는 한 할머니가 허리를 굽힌 채 하수구 쪽에 대고 기침을 하고 있었다. 젊은 여성이 가던 길을 멈추고 할머니의 등을 토닥여 주었다. 우리는 다음 골목으로 접어들었다.

갑자기 세레나가 걸음을 멈추고 나를 돌아보았다. "저기, 그분이 좀 센 건 알지? 아르테미스 말이야."

나는 침을 꿀꺽 삼켰다. "진짜 멋진 여성이라고 네가 말했지."

세레나는 뭔가 생각하는 듯 눈을 굴렸다. "맞아. 하지만 그렇다고 해서 그분이 널 두 팔 벌려 환영할 거라는 뜻은 아니야. 아르테미스는 매우 조심해야 하거든. 현재 포르샤 스틸의 최대

적이니까."

거리 아래쪽 환풍구에서 갑자기 강한 바람이 나왔다. 입과 코를 막고 싶을 정도였다.

"환자가 아주 많아졌어." 불쾌한 냄새에 세레나가 말했다.

"콜레라?" 내가 긴장해서 물었다.

세레나는 어깨를 으쓱했다. "그게 뭐든 간에 많이 퍼졌어. 최선을 다하고는 있지만, 이곳은 전력 부족 상태가 더 심각해. 대다수는 물을 끓일 수도 없어."

슬픔이 내 안에 가득 차올랐다. 당연히 반란은 이곳에서부터 시작될 것이다. 워렌은 늘 결핍 상태였기 때문에 사람들의 요구도 그만큼 절박했다.

"전에도 아르테미스에게 누군가 데려간 적 있었어?" 긴장 때문인지 배가 땅겼다.

"믿을 만한 사람이 없었어." 세레나는 까마귀처럼 생긴 검은 새가 그려져 있는 건물의 꼭대기를 가리켰다. 워렌에는 다른 지역보다 그라피티가 훨씬 더 많다.

"어떻게 될지 알지?" 세레나가 말했다. "만약 잡히면 말이야."

훈련원이 머릿속에 떠올랐다. 어떤 사람들은 그곳을 무덤이라고도 불렀다.

세레나가 뚫어져라 나를 쳐다보았다. "너한테 강요하는 건 아니야. 네가 여기서 바로 돌아서서 걸어 나간다고 해도 뭐라고 하지 않을게, 에티엔. 널 비난하진 않을 거야."

나는 숨도 쉬지 않고 대답했다. "들어가고 싶어. 나도 일원이 되고 싶어. 너처럼 폴캣이 될 거야."

두려운 느낌조차 들지 않았다. 살아 있다는 느낌이 차올랐다. 모든 공허하고 우울한 날들을 견디며, 바로 내가 기다려 온 순간이었다.

* * *

우리는 회색 건물 측면에 위태롭게 붙어 있는 철제 계단을 올라갔다. 1층은 빨래방이었는데, 하얀 세탁기가 줄지어 시끄럽게 돌아가고 있었다.

"다른 통로도 있어." 비상구를 이용한다는 사실에 내가 놀란 걸 눈치채고 세레나가 말했다. "하지만 처음이니까 네가 온다는 걸 사람들에게 알려 주려고."

"절대로 모를 수가 없겠다." 내가 긴장한 채 말했다. 높이 올라갈수록 계단 소리가 더 크게 울렸다. 우리는 맨 꼭대기 층 복도로 들어갔다. 양쪽으로 방문이 즐비했고, 오고 가는 사람들로 떠들썩했다.

누군가가 나와서 세레나를 맞이했다. 그 사람은 나를 대충 훑어보고는 우리에게 복도에 앉아서 기다리라고 했다. 한참을 기다린 후, 마침내 한 여성이 복도로 나왔고, 세레나는 벌떡 일어나 약간 우스꽝스러운 몸짓으로 경례를 했다. 그러고 나서 내 팔을 잡고 그 여성 앞으로 나를 밀었다.

세레나의 경의 표시가 재미있었던 듯 여성의 입꼬리가 올라갔다.

아르테미스가 분명했다.

생각했던 것보다 젊고 좀 작아 보였다. 지도자처럼 보이지는 않았다. 하지만 사실 지도자가 어떤 모습이어야 하는지는 나도 잘 모르겠다. 확실한 건, 포르샤 스틸 같은 가짜 미소와 냉정한 눈매는 아니었다.

"올 거라는 얘기는 들었어요. 에티엔, 맞죠? 얘기할 만한 곳을 찾아봅시다." 우리는 그녀를 따라 복도 계단을 내려가 작은 방으로 들어갔다.

열린 창문으로 거리의 소음이 흘러 들어왔다. 밖에서는 아이들이 놀고 있고, 맞은편 건물에서 누군가 외치는 소리가 들렸다. 세레나와 나는 긴장한 채, 방 한가운데에 있는 철제 의자에 앉았다. "그래서 우리를 어떻게 도와줄 수 있나요?" 아르테미스가 나에게 직접 물었다.

"전 임상시험에 참여하고 있어요." 내가 대뜸 말을 꺼냈다. "그게 효과가 있는지는 모르겠지만…."

아르테미스가 손을 들어 내 말을 막았다. "병원에 우리 정보원이 있어요. 검사 결과는 모두 정상으로 나왔어요, 에티엔. 이제 면역이 생겼다고 말해도 될 것 같아요."

나는 지난 몇 주간 복용한 온갖 치료제와 진드기에게 물린 것을 생각하며 침을 삼켰다. 효과가 있다는 건 알았다. 느낄 수 있었다. 하지만 이해가 안 되는 게 있다.

"그런데 그들은 왜 아무 일도 하지 않는 걸까요? 모두가 기다린 게 바로 이거잖아요!"

아르테미스가 입술을 꽉 다물었다. "이 정권은 치료제를 원한 적이 없어요."

"무슨 말인지 모르겠어요." 내가 말했다.

아르테미스는 목구멍 깊이 헛기침을 하더니, 창문가로 가서 밖을 내다보았다. 이제 아이들의 비명과 웃음소리가 더 크게 들렸다. 아르테미스가 돌아서서 나를 보았다. "현재의 상황을 유지함으로써 이익을 보는 엘리트 집단이 있어요."

나는 인상을 찌푸렸다. "그럼 왜 굳이 임상시험까지 한 걸까요?"

"그래야 필요할 때 야생으로 나갈 수 있으니까요. 그들에겐 야생이 약탈의 대상이에요." 아르테미스의 눈이 반짝였다. "최근에 에티엔의 피를 뽑아 가는 이유도 바로 그 때문이에요."

"하지만 그건 옳지 않아요. 질병이 퍼지는데도 모든 사람을 이렇게 도시에 가둬 두다니요. 심지어 사람들이 죽어 가고 있잖아요." 분노가 치밀었다.

"끔찍할 정도로 잔인하죠." 아르테미스가 말을 이었다. "하지만 바로 그런 곳에서 사람들이 살아가요. 그래서 우리가 있는 거고, 맞서 싸우는 거예요. 세레나 말로는 에티엔이 마지막 남은 식물 재배사들과 연락할 수 있다고 하던데요?"

"우리 집이 팜하우스 위층이에요. 거기 식물 재배사인 애니 로즈를 잘 아는데, 얼마 전에 포르샤 스틸 정권이 팜하우스를 파괴했어요." 나는 세레나를 힐끗 쳐다보았다. 분명히 아르테미스에게 그 이야기를 전했을 것이다.

아르테미스가 천천히 고개를 끄덕였다. "그 소식을 듣고 슬펐어요. 하지만 노스엣지의 실습생이죠? 거긴 아직 남아 있으니까."

나는 고개를 끄덕였다. "네, 거긴 아직 괜찮아요. 그곳 식물 재배사인 샘 아저씨가 포르샤 스틸 정권과 타협을 했어요. 그 분을 설득하기는 쉽지 않을 거예요."

아르테미스는 내 대답은 아랑곳하지 않았다. "그래서 당신이 필요한 거예요, 에티엔. 세레나가 그러던데 폴캣이 되고 싶다고요?"

"맞아요!" 나는 곧바로 대답했다.

아르테미스가 고개를 끄덕였다. "지난주에 비 온 거 봤죠? 그 비에 대해 고마움을 표할 친구가 바로 여기 있는데."

"바로 너였구나!" 나는 옆에 있는 세레나를 돌아보며 외쳤다. "왜 말 안 했어!"

세레나가 손가락을 입술에 갖다 댔다. "폴캣의 비밀. 우리 동네를 좀 씻어야 할 것 같아서 말이야!"

나는 다시 아르테미스를 바라보며 진지함과 용감함을 적절히 섞은 표정으로 내 임무를 기다렸다. "뭐든 할게요. 필요한 일은 뭐든지요."

잠시 침묵이 흘렀다. 심지어 밖에서 놀던 아이들 소리도 끊겼다.

아르테미스가 의자 하나를 끌어왔다. 그녀는 의자를 거꾸로 해 등받이에 몸을 기대고 나를 바라보았다. "그대가 식물을 심어 주었으면 해요, 에티엔."

"식물을 심어요?" 나는 어리둥절한 표정으로 마주 보았다.

"에티엔이 밖에다 식물을 심어 주면 좋겠어요." 아르테미스가 계속했다. "콘크리트 사이로, 흙을 팔 수 있는 곳이라면 어디든, 외진 곳에다가요. 우리는 리와일드가 도시에서도 일어나길 바라고 있어요."

나는 아르테미스의 말을 이해하려고 애썼다. "네, 그런데 그건 반란에 참여하는 건 아니잖아요? 고작 씨앗 몇 개 뿌리는 일로는요. 저는 그 이상도 할 수 있어요."

아르테미스는 당황한 듯이 보였다. "싸움을 원하는 거예요? 혹시 어떤 폭력 같은 거?"

"아니, 아니에요." 내가 재빨리 말했다. 그녀가 나에 관해 어떤 말을 들었을지 궁금했다. "저는 그저 변화를 일으키고 싶을 뿐이에요. 두렵지 않아요." 심장이 얼마나 세게 두근거리는지 아르테미스가 들었을지도 모르겠다.

"에티엔이 하는 일이 변화를 일으킬 거예요. 확실해요." 아르테미스의 말투가 친절해졌다. "사람들은 더는 살아 있는 생명체에 익숙하지 않아요. 너무 오랫동안 자연을 적으로 여겨 왔기 때문에 두려워하죠. 자연을 탓하기도 하고요. 그런 사람들의 마음과 생각을 바꾸는 일도 폴캣의 중대한 임무예요."

"내가 비를 내리게 한 것처럼 말이야. 또 그라피티 예술가들은 도시 곳곳에 야생 생물을 그림으로 그려. 그런데 살아 있는 식물은 더더욱 야생적이잖아." 세레나가 기대에 찬 표정으로 나를 바라보며 거들었다. "네가 이 일에 가장 적임자라고 생각했어."

"할게. 당연히 해야지." 나는 세레나가 나를 믿어 주어서 뿌듯했다.

"여전히 위험한 일이에요." 아르테미스가 경고했다. "만약 잡히면요."

"그럴 일은 없어요." 나는 눈도 깜빡이지 않고 대답했다. 이미 머릿속으로는 대벌레들을 묻어 준 완충 지대 부근 등 후보지들을 떠올렸다.

문 두드리는 소리가 들렸고, 아르테미스는 나와 세레나에게 눈짓을 했다. 우리 면담 시간이 끝났다는 의미였다.

16 행운의 산토끼

주니퍼

우리는 조용히 걸었다. 흥분한 목소리로 떠드는 베어의 질문과 해설이 없으니 빈자리가 훨씬 크게 느껴졌다.

퀴니는 자신의 놀이 친구이자 최고의 관객이 가 버렸으니 짜증이 났을 만도 한데, 드러내 놓고 항의하지는 않았다. 퀴니는 행렬 뒤 자신의 작은 조랑말 위에 앉아 있었다.

"그런데 에티엔이랑은 무슨 사이야? 학교 친구? 사촌? 아니면…." 옛길을 따라 걷고 있을 때 캠이 물었다.

길 한가운데에는 가시나무 덤불과 쐐기풀 사이로 가느다란 아스팔트가 남아 있었다. 캠의 말로는 야생에는 이런 길이 곳곳에 숨어 있다고 했다.

"우린 한동네에 살았어. 학교도 같이 다녔고."

"근데 왜 그 친구를 꼭 구해야 하는 거야? 다른 사람도 많잖아."

"왜냐하면 에티엔은 적응을 잘 못 했거든. 베어랑 나처럼. 교장은 에티엔을 미워했어. 항상 말썽만 일으킨다고."

캠은 라모나가 사냥을 하러 날아가자, 잠시 멈춰서 기다렸다.

"그래도 막상 떠나려고 하면… 진드기가 겁나지 않을까?"

나는 어깨를 으쓱했다. "그렇겠지. 하지만 에티엔은 도시에 갇혀 있는 걸 더 두려워했어. 훈련원에 집어넣겠다는 협박까지 받았으니까."

"훈련원에 가면 어떻게 되는데?" 캠이 물었다.

나는 창문 하나 없는 그 높은 건물을 떠올리며 몸서리를 쳤다. 도시 사람들은 누구나 그랬다.

"훈련원 얘기를 꺼내는 건 금기야. 어쨌든 자세한 내용은 잘 몰라. 학교에서는 훈련원을 그럴듯한 말로 포장했지만, 결국은 '미친' 사람들의 회복이나 재활을 위한 치료 시설이라고 했어."

캠도 나처럼 몸서리를 쳤다. "사람들이 '미치는' 일이 많았어?"

쓴웃음이 났다. "도시에서는 흔했지. 그들이 시키는 대로 생각하지 않는다는 구실만 있으면 됐으니까."

새 한 마리가 우리 앞을 가로질러 날아갔다. 새들이 한창 바쁠 때다. 새들은 목청껏 노래를 부르며 둥지를 짓기 위해 나뭇가지와 이끼를 모은다. 우리가 그들의 풍경 속을 지나갈 때,

새들이 우리를 의식하지 않아서 정말 좋았다.

바위 밭에서 점심을 먹고 나서, 나는 에티엔이 준 오래된 지피에스를 꺼냈다. 배터리 잔량을 표시하는 막대기 다섯 개에 불이 들어와 있어서 마음이 놓였다. 우리가 에너데일을 출발하기 전에 아빠가 교체용 배터리를 간신히 찾아낸 덕분이다.

그런데 배터리가 방전되었을 때 초기화되었는지 화면에 영국 전체가 작은 점으로 나타났다.

"맙소사! 마치 우주에서 보는 것 같네!" 캠이 내 어깨너머로 들여다보며 말했다.

나는 캠에게 옆 나라와 대륙 전체를 보려면 어떻게 해야 하는지 직접 보여 주었다.

"한 손에 잡히는 우주로군." 그가 말했다.

나는 우리가 탈출한 뒤 혹시 우리 도시가 없어진 건 아닐까 하는 뜬금없는 걱정에, 숨을 죽이고 우리 시 이름을 입력했다. 지구상에서 지워져 버렸으면 어떡하지. 다행히 그대로 있었다. 나는 스크롤을 움직여 인구 밀집 지역과 외곽 지역이 만나는 지점을 화면에 띄웠다.

시의 동쪽, 녹색으로 표시된 지역 위에 '펜스 습지'라고 쓰여 있었다.

"여기 봐, 이거 내 이름이야." 캠이 자랑하듯 화면을 가리켰다. "캠강."

파란색 선으로 표시된 강이 도시의 북동쪽에서 들어왔다.

"캠강은 워렌을 관통해서 흘러. 진짜 토끼 굴('워렌'에는 토끼 굴의 의미가 있다.-옮긴이)이 아니야." 귀를 쫑긋 세운 캠의 표정을 보고 내가 말했다. "우리 도시의 구역 중 하나야. 사람들로 무척 붐비는 곳이지. 온갖 사건 사고가 일어나는 곳이라고 알려졌지만, 내가 갔을 땐 그 구역 사람들이 날 도와주었어."

"할머니의 유리온실은 어디야?" 캠이 물었다.

나는 손가락으로 도시 남쪽을 짚었다. "여기, 여기가 내 고향이야."

고향. 아무 생각 없이 말이 먼저 튀어나왔다.

캠이 미소를 지었다. "고향? 네 마음이 머무는 곳이라는 뜻이지? 할머니가 계신 곳 말이야."

"그런 것 같아. 할머니랑 에티엔을 구해 오면, 그곳은 아마 더는 고향이 아닐 거야."

무언가가 바위 아래 초원을 달려오다가, 우리가 있는 걸 눈치챘는지 더욱 빠르게 뛰어갔다. 갈색과 크림색이 섞인 다리로 뛰는 모습이 내게는 낯설었다.

"산토끼야." 캠이 말했다. 산토끼가 방향을 바꾸는 순간 옆모습을 볼 수 있었다. 한 쌍의 큰 귀와 길고 튼튼한 뒷다리가 눈에 들어왔다. 산토끼는 순식간에 덤불 속으로 사라졌다.

온몸에 전율이 흘렀다. 집토끼는 에너데일에서 흔하게 보았지만 산토끼는 처음이었다. 베어가 이걸 보지 못했다는 사실에 미안한 마음이 들었다.

"봤어?" 퀴니가 의기양양한 표정으로 달려오며 말했다. "이번 주 남은 날 동안 우리에게 행운을 가져다줄 거야."

"행운이라고?" 내가 물었다. "산토끼가?"

캠이 웃었다. "퀴니가 그렇게 말하면 그런 거야. 확실히 퀴니의 기분은 풀어 주었네."

우리는 해가 지기 전까지 몇 킬로미터를 더 걸었고, 숲 가장자리에 캠프를 꾸렸다.

"난 잠자리에 들 거야." 퀴니가 모닥불 주위에 둘러앉은 우리 뒤로 다가와서 말했다. "돌풍한테도 이미 먹이를 줬어." 그러더니 과장되게 하품을 했다.

"잠자리에 들 거라고?" 다니가 퀴니의 말투를 흉내 내며 말했다. "아주 품위 있어, 퀴니."

퀴니가 다니를 쳐다보며 얼굴을 찌푸렸다. "우린 벌써 여러 날 걸었잖아. 제대로 쉬지도 않고. 게다가 이젠 주니퍼 덕분에 더 빨리 가고 있다고."

캠이 나를 보며 눈을 가느다랗게 뜨고 웃었다.

나도 따라 웃었다. "잘 자요, 여왕님."

17 게릴라 정원사

에티엔

아르테미스와 만난 뒤 나는 활기를 되찾았다. 하룻밤 만에 식물을 심을 만한 장소 목록을 만들었다. 하지만 먼저 샘의 식물원에서 씨앗을 챙기고 꺾꽂이할 줄기도 골라야 한다. 담쟁이 덩굴처럼 바로 자라기 시작하는 것들로 말이다.

식물원에 들어갔을 때 샘은 아래층에 있었다. 사다리 꼭대기에 올라가 유리창을 닦느라 위태롭게 흔들거렸다.

"조심하세요!" 나는 달려가 사다리 아래쪽을 붙잡았다. "제가 할게요."

"너는 여기까지 올라온 적이 없잖아. 유리가 정말 더러워." 샘이 눈을 반짝이며 즐겁게 말했다. 샘은 팜하우스가 파괴되었다는 소식을 들은 뒤로 달라졌다. 그는 애니 로즈를 만나기 위해 몇 년 만에 처음으로 사우스엣지를 방문했다. 얼마나 끔찍한 일인지 누구보다도 잘 알았을 테니까.

샘은 자기 가족 얘기는 전혀 하지 않았다. 노스엣지가 그의 인생의 전부였다.

나는 샘이 유리창 닦는 걸 거들었다. 그가 낮은 쪽을 공략하는 사이 난 계단식 발판 사다리를 딛고 올라섰다.

유리창 가장자리에 이끼가 자라고 있었다. 나는 혹시라도 이끼가 떨어질까 봐 조심스럽게 움직였다.

"완충 지대의 벽에서도 이런 걸 봤어요." 나는 아무것도 아니라는 듯 말을 꺼냈다.

샘이 과장되게 놀란 표정을 지었다. "글리포세이트(제초제) 순찰대를 불러야지!"

그의 농담에 웃음이 터졌다.

"생각해 봤는데요." 잠시 뜸을 들이며 내가 말했다. "저기 밖에서 또 뭐가 자랄 수 있을까요? 돌보지 않고 그냥 내버려둔다면요."

샘은 잠시 침묵했다. 그는 낡은 칫솔로 금속 홈에 낀 때를 긁어냈다. "이 도시에서 말이냐?"

"네." 혹시 그의 의심을 사지나 않았을지 걱정하며 내가 조용히 대답했다.

샘은 코로 숨을 내쉬고는 미소를 지었다. "내가 좋아하는 식물을 보여 준 적이 있던가?"

나는 아니라는 뜻으로 이마를 찡그렸다. 내가 처음 이곳에 왔을 때, 샘은 좋아하는 게 많았다. 식물원 구석구석에서 늘 뭔가를 가리키곤 했다. 나더러도 허리를 굽혀 냄새를 맡거나 손가락으로 질감을 느껴 보라고 했다. 그랬던 게 지금은 아주 오래전 일인 것만 같다.

"따라와 봐." 샘이 나를 향해 손가락을 까딱거렸다. 지금은 겨울이고 정전 때문에 서리를 맞아 죽은 식물도 많았지만, 다시금 그때 기분을 조금은 느낄 수 있었다. 식물원의 마법. 여기에 들어오는 것만으로도 진짜 모험이 시작되는 것 같다.

"대박! 여기 있을 줄 알았지." 샘이 허리를 굽혀 뭔가 뽑아내며 말했다. 줄기 끝에 하얀 공 같은 게 달려 있었다.

"이건 시계란다." 샘이 말했다.

나는 의아해서 고개를 갸웃했다. 나를 놀리는 걸까?

"민들레 시계. 여기에는 백 개가 넘는 씨앗이 있는데, 각각 바람에 실려 어디론가 날아가기를 기다리고 있지."

샘이 입으로 바람을 불자 씨앗이 내 얼굴로 날아들었다.

"씨앗이 다 날아가 버리겠어요!" 가슴이 철렁했다. 그런데 내가 찾던 게 바로 이거였다.

"멀리 날아가는 게 바로 이 씨앗들의 사명이거든. 그래서 민들레 씨앗이 매력적이지."

"근데 이 씨앗이 도시에서도 자랄 수 있어요? 유리온실 밖에서도요?" 나는 정말 궁금한 질문을 꺼냈다.

샘이 고개를 끄덕였다. "물론이야. 한동안 제초제가 닿지 않은 곳을 찾아내기만 하면 싹을 틔울 거야. 잡초는 온갖 식물 중에서도 가장 생명력이 강하고 끈질기거든. 어디서든 살아남을 수 있어." 그의 얼굴에 그림자가 드리웠다. "하지만 도시 환경은 이곳과는 달라. 여기는 안전한 항구라고 할 수 있지. 이 씨앗들은 온실 안에서라면 어디서든 자리를 잡고 노란 햇살 같은 꽃을 키울 수 있어. 그게 우리가 할 수 있는 최선이야, 에티엔."

쥐 한 마리가 타일 바닥을 종종거리며 바로 우리 앞을 지나갔다.

"조심하셔야 해요." 내가 샘에게 말했다. "지난번에는 저도 진드기에 물렸어요."

샘은 황급히 일어서더니 묘한 눈빛으로 나를 바라보았다.

"저는 병에 걸리지는 않았어요. 하지만 아저씨는 다르잖아요."

그가 천천히 고개를 끄덕였다. "너 정말로 그걸 믿는 게로구나. 네가 하는 그 임상시험 말이야."

나는 타일 바닥을 딛고 있는 발에 힘을 주었다. "전 가끔 면역을 느낄 수 있다고 상상하곤 해요. 전기 같은 게 흐르듯 내 몸을 흐른다고요. 날 보호해 주는 거죠."

샘의 눈이 반짝였다. 경멸이나 동정일 수도 있겠지. 어쩌면 희망의 눈빛일 수도 있다. 그가 내 어깨를 두드렸다.

"그래, 넌 그럴 자격이 있어, 에티엔. 몸조심해야 해, 알지?

질병이 유일한 적은 아니니까."

"네, 알아요." 내가 조심스럽게 대답했다.

"어쨌든." 샘이 한숨을 쉬었다. "나는 그만 가 봐야겠다."

나는 유리온실의 통로를 헤집고 다니며 민들레 시계가 더 있는지 찾아보았다. 그 밖에도 담쟁이덩굴, 별꽃, 광대나물 같은 다른 식물도 조금씩 채집했다. 그런 다음 샘의 씨앗 보관 상자에서 씨앗 두 봉지를 슬쩍해 내 가방에 숨겼다.

나는 식물원을 조금 일찍 나서서 대벌레 묘지로 향했다. 식물을 심기에 가장 좋은 곳이라고 생각한 장소다.

골목 끝 담 위에 여우 한 마리가 서서 노란색 눈으로 나를 빤히 쳐다보았다. 나는 헉하고 숨을 들이마셨다. 목덜미의 털이 곤두섰다.

"네가 왜 여기 있는 거지?"

여우의 몸이 긴장으로 팽팽해졌고 붉은 갈색 털 아래 근육이 움찔거렸다.

여우는 제 어깨 너머로 뒤를 돌아보며 완충 지대로 돌아가는 경로를 살피는 듯했다.

"그래, 그게 너의 본능이야. 돌아서서 도망치고 싶을 거야."

여우는 그대로 담장 위에 1, 2초쯤 더 있다가 순식간에 사라졌다. 몸이 떨렸다. 지난주에는 비둘기더니 이젠 여우까지. 야생이 이미 도시로 스며들고 있었다. 폴캣이 이 체제 속으로 침투한 것처럼 말이다.

나는 완충 지대의 벽을 따라 걸으며 흙이 조금이라도 눈에 띄기만 하면 씨앗을 뿌렸다. 그리고 손톱 밑에 진흙이 끼이든 말든 손가락 끝으로 땅을 파서 내가 가져온 작은 녹색식물을 위한 자리를 만들었다.

리와일드 운동이 마침내 우리 도시에 들이닥쳤고, 나도 그 일부가 되었다. 재자연화를 이루기 위해.

* * *

빙빙 돌아가는 세탁기들을 지나 빨래방 안쪽에 있는 작은 사무실로 들어가니, 벤치에 앉아 있는 종업원이 보였다. 그 여자는 탁자에서 동전을 세고 있었다.

"우리 게릴라 정원사, 잘 지냈어요?" 종업원이 물었다.

나는 엿듣는 사람이 없는지 세탁기들 사이로 뒤를 돌아보았다. 이곳에 오는 사람들 모두가 폴캣은 아니다. 오히려 대다수는 더러운 옷을 세탁하러 오는 손님이다. 오늘은 빨래방 문가에 앉아 있는 남자 한 명밖에 없었다.

"에이브는 걱정할 필요 없어요." 내 시선을 따라, 자신의 낡은 신발을 내려다보며 힘없이 앉아 있는 노인을 힐끗 쳐다보고 종업원이 말했다. "기력이 조금이라도 남았으면 우리 조직원이 되었을 거예요."

발소리가 들리고 위층으로 통하는 문이 열렸다. 아르테미스가 빨래방 사무실로 들어왔다. 아르테미스는 잠시 시간이 흐른 뒤에야 내가 누군지 알아보았다. 그녀는 긴장한 듯 입술을 깨물었다. "에티엔? 여긴 웬일이에요?"

"물이 필요해서요."

아르테미스는 사무실 출입문 쪽으로 가서 내가 그랬던 것처럼 잠시 빨래방을 둘러보았다.

"프로젝트는 어떻게 돼 가고 있어요?" 그녀가 내 쪽으로 돌아서며 물었다.

"괜찮은 것 같아요." 나는 보고할 게 좀 더 있었으면 하고 바랐다. 지금은 씨앗 중 겨우 몇 개만 싹을 틔웠을 뿐이다. "비가 좀 더 필요해요."

아르테미스가 고개를 끄덕였다. "안타깝지만 하늘에서 비가 내리게 하는 것은, 아무리 실력이 좋아도 세레나의 능력으로는 불가능해요."

나는 미소를 지었다.

"여기 샐리가 에티엔이 필요로 하는 걸 해결해 줄 수 있을 거예요." 아르테미스는 내 물병을 채울 수 있는 금이 간 세라믹 개수대를 가리켰다. "하지만 여기 오래 있진 마세요. 우리 사람들이 많이 모여 있는 건 안전하지 않으니까요. 거리 순찰대가 여기저기 냄새를 맡고 다니고 있어요. 그들은 우리가 뭔가 일을 벌일 거로 의심하고 있어요." 아르테미스는 서둘러 빨래방 출입구로 가다가 에이브 옆에서 잠시 멈췄다. 그녀는 노인에게 안부를 묻고 그의 처진 어깨에 손을 얹었다.

아르테미스가 나갈 때 샐리는 작게 탄성을 내질렀다. "아르테미스에게 행운이 있기를. 갇힌 영혼들은 너무 오래 기다렸어요."

나는 무슨 뜻인지 궁금해하며 샐리를 쳐다보았는데, 그때 또 다른 사람이 빨래방에 들어왔다. 나는 아르테미스의 경고를 떠올리며 밖으로 나갔다. 빨래방에 대한 의심을 불러일으키고 싶지는 않았다.

식물을 심을 적당한 장소를 찾아서 워렌의 거리를 한참 동안 돌아다녔다. 여기는 모든 게 다닥다닥 붙어 있어서 쉽지 않았지만, 어쨌든 틈새와 구석에다 씨앗을 뿌렸다.

내가 심은 식물들의 이름은 낯설고 약간 구식이었다. 물망초, 타임, 아기의 눈물, 초롱꽃, 페니로얄 등등. 샘은 어제 내가 더 많은 씨앗을 선별하고 갈색 종이봉투에 집어넣는 걸 도와주었다.

샘은 나한테 그 씨앗들을 어디다 쓸 건지 대놓고 물어보지는 않았지만, 충분히 짐작했을 거라고 생각한다.

나는 주택단지 밖의 갈라진 보도 틈새에다 씨앗을 뿌렸다.

샘이 가장 좋아하는 민들레를 골랐다. 그는 민들레가 해, 달, 별을 모두 닮았다고 했다. 둥근 달 혹은 별을 닮은 백 개의 씨앗. 꽃을 피웠을 때는 노란 햇살처럼 빛난다고 했다.

어떤 아이가 달려오더니 의심스러운 눈빛으로 나를 쳐다보았다. "뭐 하는 거야?"

"식물을 심어." 미처 생각하기도 전에 반사적으로 대답이 나갔다. 갑자기 즐비한 아파트 창문 아래에서 내가 얼마나 눈에 띄는지 깨달았다. 서둘러야 한다.

"마법의 콩이야?" 남자아이가 가까이 다가오며 물었다.

"어쩌면."

"《잭과 콩나무》에 나오는 것처럼?" 아이가 계속 물었다.

"아마 그럴 거야." 나는 아이를 실망시키고 싶지 않아서 얼렁뚱땅 대답했는데, 아이가 그 이야기를 알고 있어서 놀랐다. 《잭과 콩나무》는 베어가 가장 좋아하는 이야기 중 하나였다. 아마도 이야기 속에 등장하는 거인 때문이었을 것이다.

나는 물병 하나를 꺼내 씨앗 위에 부었다.

위쪽 발코니에서 누군가를 부르는 목소리가 들렸다. 반응으로 볼 때 이 아이를 부르는 것 같았지만, 남자아이는 꼼짝하지 않았다.

"내가 뭘 했는지 말하면 안 돼." 나는 조금 긴장해서, 모종삽을 가방 속에 숨기며 말했다.

"언제쯤 자랄까?" 아이가 물었다.

나는 어깨를 으쓱했다. "얼마나 많은 빛과 물을 받을 수 있느냐에 따라 달라."

"내가 도와줄까?" 아이의 눈이 커졌다. "물 주는 일을 할 수 있어."

아이를 부르는 여자의 목소리가 점점 커졌다.

"안 돼." 내가 단호하게 말했다. 아이는 낙담한 듯 한 걸음 뒤로 물러섰다. "위험해. 네가 잡히기라도 하면… 어쨌든 물 주는 건 하지 마."

그 애는 시무룩한 표정이었다. 아이는 아주 왜소했다. 잘 먹어야 할 텐데. 내가 심고 있는 게 진짜 마법의 콩이면 좋겠다.

"헨리!" 이제는 한껏 짜증이 난 목소리다. 아이는 뒤돌아서 뛰어갔다.

나도 자리에서 일어나려는 순간, 누군가가 뒤에서 내 목덜미를 낚아챘다. 어깨에 멘 배낭이 벗겨졌고, 손목에는 금속 수갑이 채워졌다.

"뭐예요? 전 잘못한 게 없는데요!" 심장이 두근거렸다. 이렇게 공개된 장소에서 씨앗을 심고 돌아다닌 나 자신에게 화가 났다. 어쩌면 이렇게 멍청할 수가?

나를 붙잡은 건 거리 순찰대원이었다. 아직 어려 보였다. 혹시 그가 나를 동정할 수도 있지 않을까.

"제발요! 그냥 장난친 거예요!"

"그런 것 같지 않은데." 어린 순찰대원이 말했다. "이건 위험한 물건이야." 그가 씨앗 봉지가 들어 있는 내 열린 가방을 가리켰다. 그는 두려운 듯 가방과 거리를 유지했다.

"그건 가져가세요. 하지만 부탁이에요." 내가 애원했다. "제발 저는 좀 봐주세요. 다신 안 그럴게요."

"너 같은 놈들이 질병을 퍼뜨린다고. 너는 나와 함께 가야겠어."

"하지만 전 아무것도 퍼뜨리지 않았어요. 식물은 아무런 해도 없어요."

내 말은 그에게 아무 소용이 없었다. 아파트 위층에서 내려다보는 사람들의 시선이 느껴졌다. 고개를 들어 올려다보았다. 사람들은 겁먹은 표정이었지만 동시에 냉정해 보였다. 이런 광경을 처음 보는 건 아니겠지. 그리고 그 사람들에게 나는 아무도 아니다. 아무것도 아닌 존재다.

세레나, 샘, 애니 로즈, 주니퍼, 베어. 이름들이 내 머릿속을 스쳐 지나갔다. 그리고 엄마.

엄마, 내가 무슨 짓을 한 걸까요? 이 일이 엄마를 무너뜨리고 말 거다.

곧 검은색 승합차가 도착했고, 나는 차 안으로 떠밀려 들어갔다.

18 Q

주니퍼

아침 햇살이 텐트 안으로 들어왔다. 밖에서는 새들이 지저귀고 고함도 들린다. 나는 침낭에서 뛰쳐나와 텐트 자락을 열고 밖으로 나갔다.

"망할 자식. 가 버렸어!" 캠이 나를 보고는 말했다.

"누구? 퀴니? 가 버렸다고?" 나는 캠에게로 달려가며 큰 소리로 말했다. "어디서 라모나를 날리고 있는 것 아닐까?"

캠이 이마를 문질렀다. "아니, 이걸 봐. 그 애가 돌풍을 타고 갔어."

그는 나에게 구겨진 종이를 건넸다. 나는 베어를 찾으러 가. 따라오지 마. 날 못 찾을 테니까. 하지만 기다리고 싶으면 기다려도 돼. Q.' 퀴니는 Q 자 위에다 가시나무 관을 그려 놓았다.

캠은 잔뜩 짜증이 난 표정으로 어깨를 으쓱했다. "그래, 우리가 널 잡으러 가지 않을 거라고 생각했어, 퀴니?" 그가 눈을 부라렸다. "만프리가 이미 뒤쫓아 갔어."

"아." 나는 어떻게 반응해야 할지 몰라 어색하게 대답했다.

"물론 퀴니를 찾기는 힘들 거야. 시간상으로는." 캠이 말했다. "그 애는 밤새도록 달려갔을 테니까."

"어떡해." 나는 어젯밤에 퀴니가 자러 간다고 과장해서 떠들던 모습을 떠올렸다. 그 애가 뭔가 꾸미고 있었다는 걸 왜 눈치채지 못했을까?

"나쁜 계집애!" 캠이 투덜거렸지만, 그다지 걱정하는 것 같지는 않았다. 그는 쓰러진 통나무 위에 앉아 다리를 쭉 뻗었다.

나는 얼굴을 찡그린 채 그를 보았다.

"기다리는 게 좋은 점도 있네!" 캠이 말했다. "이렇게 여유로운 아침은 오랜만이야."

다니와 라치는 점심거리를 잡기 위해 낚싯대를 들고 강으로 내려갔고, 캠과 나는 모닥불 옆에 앉아 이야기를 나누었다. 라모나가 우리 머리 위를 맴돌았다. "우리가 황조롱이랑 말이 통하면 좋을 텐데." 캠이 라모나를 올려다보았다. "퀴니를 찾기에 라모나만큼 좋은 위치가 없잖아."

"퀴니가 진짜로 베어를 데려올 거라고 생각하는 건 아니지?" 내가 물었다.

캠이 어깨를 으쓱했다. "진짜 잘 모르겠어. 퀴니는 마음만

먹으면 폭풍 같은 힘을 발휘하니까."

"그래, 하지만 아빠가 베어를 보내 주진 않으실 거야. 어제 봤잖아."

캠은 잠자코 있었다. 그는 며칠 전에 발견한 예리한 부싯돌로 나뭇가지를 깎고 있었다. 캠은 그 부싯돌이 석기 시대의 유물일 거라고 단정했다. 우리 조상 중 누군가가 칼이나 창의 날로 썼을 거라고.

"이거 봐, 우리가 잡았어!" 다니가 덤불을 헤치고 빈터로 돌아와 방금 죽은 물고기 두 마리를 내밀었다. "갓 내장을 손질한 검은송어야. 정말 아름답지?" 다니의 열정에 바짝 뒤따라오던 라치가 미소를 지었다.

다니가 불 위에다 물고기를 굽고 있을 때 다시 덤불이 갈라졌다. 돌풍이 밀어붙이는 걸 퀴니가 고삐를 당겨서 겨우 멈췄다.

"우아, 이런!" 퀴니가 코를 벌름거렸다. "이야, 검은송어네! 우리가 점심시간에 딱 맞춰 도착했어!" 의기양양하게 퀴니가 말했다.

빠르게 달려온 탓에 퀴니의 뺨이 빨갰다. 베어가 그 애 뒤에 앉아 있었다. 동생이 부드러운 땅바닥에 가볍게 뛰어내렸다.

"퀴니! 진짜 해냈네!" 캠이 감탄을 숨기지 않고 휘파람을 불었다.

"베어." 나는 불같이 화를 냈다. "뭐 하는 거야?"

"아무래도 누나한테 내가 필요할 것 같아서." 동생의 얼굴에 죄책감이 떠올랐다. 퀴니에게는 그런 기색이라곤 전혀 없었다.

"주니퍼를 위해 내가 데려왔어!" 퀴니가 자랑스럽게 말하며 내게 살짝 고개를 숙여 인사를 했다.

"퀴니!" 나는 너무 황당해서 소리쳤다. "베어는 납치당한 게 아니야. 베어의 안전을 위해서였다고. 우리 도시가 어떤 곳인지 넌 전혀 몰라."

퀴니는 약간 당황한 얼굴로 손을 허리에 갖다 댔다.

"아무도 모른다고!" 나는 캠에게까지 비난의 눈빛을 보냈다. "너만 빼고, 베어! 그런데도 네가 도시로 돌아가는 게 좋은 생각인 것 같았어?"

"누나는 가잖아." 베어가 당황해하며 돌풍에게로 돌아섰다. 조랑말이 부드러운 코로 동생을 가볍게 밀었다.

나는 한숨을 쉬며 통나무에 털썩 주저앉았다. "왜냐하면 누군가는 해야 하니까. 하지만 넌 아니야, 베어. 네가 도시로 돌아간다는 생각만으로도 난 견딜 수가 없어." 목이 메었다.

만프리가 빈터에 모습을 드러냈다. "미안하구나." 그가 나에게 미안한 표정으로 말했다. "퀴니를 따라잡기에는 내가 너무 늦었어. 하지만 너희 아빠는 만났어. 아빠는 베어가 우리랑 함께 있는 걸 아셔."

만프리는 퀴니를 쳐다보지 않았다. 그는 퀴니가 자신을 이리저리 끌고 다닌 것에 분명히 화가 나 있었다. 라치가 만프리를 반기며 팔을 잡아끌었다. 두 사람은 모닥불 옆에 나란히 앉았다.

다니가 둥그런 넓은 잎사귀에 내 몫으로 하얀 생선 살점을 담아 건넸다.

"먹어, 주니퍼." 그가 부드럽게 말했다. "그리고 너 퀴니." 그가 화가 난 듯 손가락을 흔들며 말했다. "넌 선을 넘었어. 너에게는 그럴 자격이 없다고. 이건 우리가 상관할 일이 아니야." 다니는 잠시 말을 멈추고 나를 바라보았다. "하지만 베어가 이왕 와 버렸으니, 도시에 도착하면 베어는 시 경계 밖에 남아 있으면 돼. 위험에 노출될 필요는 없어."

"내가 도시 안까지 널 데리고 들어갈게, 주니퍼."

느닷없는 만프리의 제안에 라치는 아무런 반응도 보이지 않았다. 라치의 태도에서, 만프리가 이런 말을 하리라는 것을 그녀가 미리 알고 있었다는 게 느껴졌다. 두 사람이 의논했거나, 아니면 라치는 만프리가 어떤 사람인지 잘 알았겠지.

나는 단호하게 고개를 저었다. "누구하고도 같이 들어가지 않아요." 내 진심을 알 수 있도록 난 모두를 둘러보았다.

"주니퍼." 캠이 입을 열었다.

"아무 말도 하지 마." 내가 말했다. "이 문제를 많이 생각했어. 이건 다른 누구의 임무도 아닌 내 일이야. 나는 단지 네가 베어를 잘 돌봐 주기를 바랄 뿐이야. 다시는 베어가 나를 따라오지 않았으면 좋겠어." 나는 그에게 다시 한번 거절의 표정을 지어 보였다.

"주니퍼 네가 결정해." 만프리가 말했다. "하지만 내 제안은 여전히 유효해."

"제 생각은 변하지 않아요." 내가 말했다.

만프리가 신중하게 고개를 끄덕였다. "그럼 강이 도시로 들어가는 입구에서 최대한 가까운 곳까지 데려다줄게. 그 길은 예전에도 가 본 적이 있어."

"강을 통해 들어갈 수 있을까요? 워렌 쪽으로 흘러 들어간다는 건 알지만, 전 수영을 못 해요."

만프리가 고개를 저었다. "괜찮아, 우리가 널 띄워 보내 줄게. 수로에 밀수꾼들 뗏목이 있거든."

"수로요?" 캠이 물었다.

"강이 지하로 들어가는 곳이야." 만프리가 설명했다.

나는 무의식적으로 이를 앙다물고 주먹을 꽉 쥐었다. 더는 꿈이 아니다. 나는 내가 살던 도시로 돌아간다.

19 훈련원

에티엔

일종의 감방인 것 같다. 문 옆 천장에 노란색 긴 조명이 있었지만, 어두웠다. 방 안에는 철제 의자가 하나 있는데, 나는 밤새도록 그 의자에 앉아서 잠도 못 자고 생각도 제대로 못 했다. 방광이나 장을 비울 때 쓸 수 있는 양동이도 보였다.

훈련원에 갇혀 있는 게 틀림없다. 건물이 나를 압박하는 것 같다. 여기가 바로 지옥이겠지.

몇 시간 전에 그들이 나에게 물을 줬는데, 그 물을 마신 뒤로 머리가 무겁고 생각이 멍했다. 물에다 뭘 탔나?

밖에서 발소리가 들려서 나는 황급히 일어섰고, 문이 열렸다.

“널 찾아온 사람이 있어.” 간수가 말했다.

안도감으로 눈물이 날 것 같았다. 엄마. 엄마가 또다시 나를 구하러 왔다. 엄마!

그러나 엄마가 아니었다. 나의 착각이었다.

그 사람이다. 내 최악의 원수.

이보다 더 비참하게 나락으로 떨어질 수 있을까 했는데, 애벗 교장의 등장은 그 모든 걸 넘어섰다. 차가운 콘크리트 바닥을 딛고 선 내 발끝까지 강렬한 공포가 전해졌다.

그는 웃고 있었다. 교장 뒤에서 간수도 웃으며 문간에 기대어 지켜보고 있었다. 나는 의자에 다시 주저앉았다.

천장 조명이 갑자기 밝아져서 눈을 반쯤 감아야 했다.

애벗 교장이 내 앞을 서성거렸다. "에티엔 군. 자네가 내 손아귀를 벗어났나 생각했지. 드디어 우리 시를 위해 봉사하기로 하고 임상시험에 참여한 줄 알았는데, 본성을 드러냈군. 너의 야생적인 면을 억누를 순 없었겠지."

"씨앗을 심었을 뿐이에요." 나는 이를 악물고 대답했다. "그건 좋은 일이에요."

"그건 최악의 시민 불복종이야." 애벗 교장이 소리쳤다. 그는 문간에서 지켜보고 있는 간수를 힐끗 돌아보았다. 그는 늘 관객이 있는 걸 즐겼다. "나는 너의 대리인 자격으로 불려 왔어. 네 운명을 결정하는 데 참여할 거야."

"교장 선생님 말고 엄마를 불러 주세요." 내가 말했다.

"엄마를 불러 주세요." 교장이 내 말을 흉내 냈다. "엄마를 불러 주세요. 네가 하는 말을 스스로 좀 들어 봐. 유치원에서 다시 널 받아 줄 것 같은데?"

그러자 간수가 킬킬거렸다.

나는 아무 말 없이, 여기저기 갈라져 있는 더러운 콘크리트 바닥을 내려다보았다.

"물론 네가 여기서 나갈 방법이 없는 것도 아니야." 애벗 교장의 어조가 바뀌었다. "이 멋진 건물에서 나갈 뿐 아니라, 아예 저 '밖'으로 말이야!"

나는 무의식적으로 고개를 들었다.

"그럴 줄 알았어. 네가 원하던 게 그거지? 네 친구처럼 말이야. 이름이 준이던가?" 그가 내게로 몸을 기울였고, 얼굴에 그의 숨결이 느껴졌다.

"주니퍼예요." 나는 이 황폐한 곳에서 그 애 이름을 입에 올리는 게 싫어서 나지막이 속삭였다. 주니퍼가 지금 나를 보면 뭐라고 할까? 어쩌다가 잡힌 거지? 너무 부주의했다.

"맞아, 자기를 그렇게 불러 달라고 했지." 교장이 악의를 숨기지 않고 말했다. "그 애와 더 제멋대로인 그 애 남동생. 그 애들은 우리 모두를 구하는 데 도움이 될 수 있었을 텐데, 그 전에 도망쳐 버렸어. 정말 이기적이지. 반역자야." 그가 못마땅한 듯 식식거렸다.

나는 천천히 고개를 저으며 다시 바닥의 갈라진 틈을 바라보았다.

"이제는 너도 면역이 생겼지. 그런데 어제 네가 한 짓으로,

네가 그 말도 안 되는 일에 얼마나 오랫동안 연루되어 있었는지 모르겠지만, 이 도시의 구성원으로서 네가 가졌던 모든 권리는 사라졌어. 이제 너에게는 두 가지 선택지가 있어. 하나는 완충 지대 밖으로 추방되는 것."

"야생으로 갈게요." 내가 급히 말을 잘랐다. "거기에서 운에 맡기겠어요."

애벗 교장이 천천히 고개를 끄덕였다. "네가 그걸 선택할 거라고 예상했어. 단, 한 가지 사소한 조건이 있어."

그의 시선을 마주 보는데, 가슴이 무너져 내렸다. 나는 덫에 걸려든 것이다.

교장이 손을 비비며 말했다. "너를 폴캣에 소개해 준 사람의 이름이 필요해."

온몸이 아팠다. 바닥의 균열이 더 넓게 갈라져서 내가 그 속으로 기어 들어갈 수 있으면 좋겠다.

"자, 어서." 교장이 발을 굴렀다. "이름 하나면 돼. 반란군과의 연결 고리가 누구였지?"

"아무도 없어요." 내가 속삭이듯 말했다.

"뭐라고?" 애벗 교장이 으르렁거렸다.

나는 그의 눈을 똑바로 바라보았다. "아무도 없어요. 폴캣은 단 한 명도 만난 적 없어요."

교장이 천천히 고개를 끄덕였다. 그도 예상한 답변이었겠지. 나에게는 결코 탈출구가 없을 것이다. 나는 결코 야생으로 나가지 못할 것이다.

“결국 훈련원을 선택했군.” 그의 목소리가 기쁨으로 떨렸다. “요즘 들어 훈련원이 얼마나 인기가 많은지 나도 놀랄 정도야.”

내 안에서 분노가 끓어올랐다. 어떻게 이런 사람이 아이들을 책임진다는 것인가? 그는 뼛속까지 잔인한 사람이다.

* * *

내 위쪽 침상에서 다리가 쑥 나타나 흔들거리더니, 남자아이가 바닥으로 뛰어내렸다.

“좋은 아침!” 그 애가 말하는 순간 종이 울리기 시작했다.

“안녕!” 내가 조심스럽게 말했다.

나는 어떻게 행동해야 할지 몰라서 가만히 있었다. 잠에서 깨고 보니 기숙사 같은 공동 침실이었다. 한밤중에 이리로 끌려왔는데, 나 다음에 새로 들어온 사람을 조사하기 위해 심문실이 필요했기 때문이었다.

“늦으면 안 돼.” 위 침상 애가 나를 툭 쳤다. 그 애는 조끼와 바지 위에 겉옷을 걸치느라 부산하게 움직였다. 방의 다른 사람들은 이미 열린 문을 통해 밖으로 나가고 있었고, 바깥 복도 계단에서 쿵쿵거리는 발소리가 들렸다. “빨리 일어나. 안 그러면 큰일 나.”

나는 겨우 침상에서 빠져나왔다. 지금껏 겪은 것보다 더 참

혹한 일을 당하고 싶지는 않았으니까. 애벗 교장이 떠난 뒤, 나는 그 끔찍한 방에서 이틀간 혼자 지냈다. 잔인한 간수 말고는 아무도 없었다.

어젯밤 여기로 왔을 때 좀 나아질 거라고 생각했지만, 밤새도록 주변에서 다른 아이들이 뒤척이며 울고 비명을 질러 댔다. 엄마, 아빠를 부르는 소리. 두고 온 친구와 가족, 형제자매를 찾는 소리.

테이블이 가로세로로 딱딱 줄 맞춰 놓인 식당으로 들어갔다. 견디기 힘든 소음이 관자놀이를 압박했다. 달그락거리는 소리, 포크와 숟가락으로 그릇을 긁는 소리가 들렸다.

나는 배식대를 향해 느릿느릿 나아가는 줄 뒤에 가서 섰다. 식당에 꽉 들어찬 사람들의 수만으로도, 모두 얼마나 피곤하고 생기 잃은 모습인지 보는 것만으로도 공포감이 밀려왔다. 여기는 있을 곳이 못 된다. '여기는 있을 곳이 못 된다.' 하는 비명이 내 머릿속에 울려 퍼졌다. 그들은 이곳이 영원할 거라고 했다. 훈련원에 관해 누구나 다 아는 중요한 사실은, 한번 들어가면 아무도 나갈 수 없다는 것이었다.

급식 배식원을 보는 순간 나는 숨이 턱 막혔다. 엔도 선생님이 금속 배식대 뒤에 서서 음식을 그릇에 담아 주고 있었다.

선생님도 나를 보고 소스라치게 놀랐다. 엔도 선생님이 입 모양으로 내 이름을 말했다. 하지만 선생님은 곧바로 우리가 있는 곳이 어딘지 기억해 냈다.

"쉿, 침착해." 엔도 선생님이 눈을 마주치지 않은 채 속삭였다. 선생님의 목소리가 내가 기억하는 그대로여서 가슴이 먹먹해졌다. 하지만 외모는 달라졌다. 다른 사람들처럼 지치고 유령 같아 보였다.

선생님은 그릇에 음식을 담아 내게 건넸다. "한마디도 하지 마. 안 그러면 다시는 여기서 일할 수 없어." 엔도 선생님이 내 쟁반을 가리키며 숨죽여 말했다.

나는 고개를 끄덕이며 흘러내린 머리카락이 얼굴을 가리도록 내버려둔 채 줄을 따라 나아갔다. 뒤에서 엔도 선생님의 목소리가 계속 이어졌다. "여기 있어요." "자, 여기요."

선생님이 조리한 것인지는 모르겠지만, 그릇에 담긴 음식은 회색 구정물 같았고 삼키기가 쉽지 않았다.

"여기선 이걸 죽이라고 불러." 테이블 맞은편에 앉은 여자애가 말했다.

"못 먹겠어." 구역질이 나올 것 같았다.

"다른 음식은 없어." 여자애는 내가 귀찮은 듯 자기 그릇 쪽으로 고개를 숙였다.

어린아이들과 십 대 청소년들이 기계적으로 숟가락을 입에 가져가는 모습을 힐끗 쳐다보았다. 이들은 모두 여기 얼마나 오래 있었을까? 얼마나 절박하기에 이런 걸 먹는 거지?

다시 한 입 삼켜 보려 했지만, 도저히 목구멍으로 넘어가지 않았다.

위 침상 애가 나타나 나를 내려다보았다. "얼른 치우는 게 좋을 거야." 그가 말했다. 이미 종소리가 울렸고, 그 애는 남은 음식을 버리고 그릇을 쌓아 두는 곳을 알려 주었다.

"적응하게 될 거야. 아니면 굶을 수밖에 없으니까." 그 애의 말투가 조금 다정해졌다. "가자, 우리는 감자 작업이야."

이곳에서 친구가 생긴 것에 감사하며 그 애를 따라갔다.

* * *

"운동 시간!"

경비원이 훈련원 공동 침실의 빗장을 풀고 문을 활짝 열어젖혔다. 모두 자리에서 일어나 문으로 몰려 나갔다.

"체육관 같은 게 있어?" 내가 위 침상을 쓰는 조던에게 물었다.

"꿈 깨!" 그 애가 놀리듯 말했다. "하지만 보이는 게 달라. 저 위에 올라가면 훨씬 좋아."

우리는 콘크리트 계단을 쿵쿵 울리며 다 함께 속도를 높여 꼭대기로 올라갔다.

드디어 콘크리트 옥상으로 나갔다. 나는 제자리에 가만히 서 있었지만, 같이 올라간 남자애들은 옥상을 이리저리 걷기 시작했다.

옥상에도 벽이 있었다. 옥상 벽은 아래층과 같은 회색 벽돌로 되어 있고, 위는 골이 진 양철 패널로 덮여 있었다.

"드론이 들어오지 못하게 하려는 거야." 옆에 있던 조던이 실망한 내 표정을 보고 말했다. "지붕 말이야. 아니면 멍청한 사람들이 이리로 내려가려고 할지도 모르지."

나는 가만히 서 있었다. 옥상으로 몰려 올라올 때의 분위기로는 이게 주간 일정의 하이라이트인 모양이다.

"가자, 이 시간을 잘 활용해야 해." 조던이 재촉했다. "한쪽 끝에서 반대편 끝까지 서른두 걸음에 갈 수 있어."

"왜 그래야 하는데?" 나는 실망감에 목이 메었다.

우리를 올려 보내 준 경비원이 나를 관심 있게 지켜보는 게 눈에 들어왔다.

"얼른!" 조던이 그 경비원을 의식하며 내 어깨에 손을 올렸다. "우리가 여기 올라올 수 있는 건 일주일에 한 번뿐이라고." 절박한 표정을 보니 옥상에서 보내는 시간이 그에게 어떤 의미가 있는지 알 것 같았다. 조던이 여전히 내 옆을 떠나지 않았기에 나도 걷기 시작했다. 서른두 걸음을 갔다가 되돌아오고 또 다시 서른두 걸음을 걸어가는 소중한 그의 시간을 빼앗고 싶지 않았다.

우리가 걷고 있을 때, 마침 경비원이 시선을 돌린 순간, 나는 옥상 벽으로 다가가 아래를 내려다보았다. 벽돌은 부식되었고, 양철 지붕과 벽 사이에 좁은 틈이 있었다. 기다란 그 틈 사이로 건물 바깥쪽이 보였다.

틈새로 내다보자니 높이 때문에 어지러웠지만, 지그재그로 내려가는 낡은 비상 사다리가 눈에 띄었다. 이 건물에 비상 사다리가 있다는 것 자체가 말이 안 되었지만, 아래로 내려가는 내내 비상 사다리에서 건물 안으로 들어갈 수 있는 접점은 보이지 않았다. 하지만 옥상에서는 양철 지붕만 없다면 그리고 지켜보는 경비원만 없다면 비상 사다리로 나갈 수 있을 것 같다.

경비원은 실제로 졸고 있는 것처럼 보였지만, 내가 지붕 패널을 뜯어내기 시작하면 금방 깨어날 게 분명했다.

조던이 반대편으로 나를 손짓해 불렀다. 거기에도 같은 틈이 있었다. "봐, 저기 어른들이 보여."

그 애가 가리키는 곳을 내려다보았다. 훈련원 중앙에 사방이 막힌 마당이 있고, 수용자들이 직사각형 모양으로 줄을 지어 걷고 있었다. 여자들이었다. 그들은 최대한 공간을 작게 차지하려는 듯 머리를 숙인 채 몸을 잔뜩 웅크리고 있었다. 줄을 맞춰 기진맥진한 상태로 오가는 모습을 보는데, 마치 발이 자동으로 움직이는 것 같았다. 나는 몸서리쳤다. 나의 미래를 보는 기분이 들었다.

갑자기 여자들이 우르르 벽 쪽으로 물러났다. 경비원 두 명이 누군가를 양쪽에서 끼고 가운데로 데리고 들어왔다.

서른쯤 된 남자였다. 물론 이곳에서는 제 나이 그대로 보이지 않는 경우도 많으므로, 너무 빨리 늙어 버린 십 대일 수도 있다.

나는 그 남자의 말을 들어 보려고 귀를 쫑긋 세웠다. 하지만 실제로는 딱 한 마디였다. 제발요. 그는 그 말을 반복해서 하고 있었다.

여자들은 그를 피해 몸을 움츠렸다. 얼굴을 가리는 사람도 있었다. 일부는 절망적인 시선으로 그를 응시했고, 어떤 할머니는 성호를 그었다.

“어디로 데려가는 거야?” 내가 조던에게 물었다.

“밖으로.” 그가 속삭였다.

“야생으로?” 내 목소리에 순간적으로 희망이 번뜩였던 것 같다. 그러니까 그들은 실제로 사람들을 야생으로 내보내고 있었다.

“응, 하지만 그건 사형선고나 다름없잖아. 생각하지 마. 안됐지만.” 조던이 얼굴을 찌푸리고 돌아서서 다시 다른 사람들과 보조를 맞춰 걷기 시작했다. 나는 그 광경에서 눈을 뗄 수가 없었다.

성호를 그었던 할머니는 이제 소리를 질렀다. 다른 여자들이 그 할머니 주위로 모여들어 소리의 출처를 감추려 했다. 경비원들은 이미 곤봉을 손에 들고 돌아서고 있었다.

“누가 그랬어?” 경비원 한 명이 고함을 질렀다.

여자들은 고개를 숙이고 아무 말도 하지 않았다.

“누구야? 지금 나서지 않으면 오늘 밤엔 아무도 배급을 못 받을 줄 알아.”

나는 소리를 지른 할머니가 긴장해서 굳어지는 모습을 지켜보았다. 발이 얼어붙어 있는 그분의 심정을 상상해 보았다. 앞으로 나서서 자백해야 한다고 느끼지만, 너무 겁이 나서 그렇게 할 수가 없다. 그리고 다른 사람들도 할머니가 자백하기를 바라지 않는다. 그들은 오늘 또다시 누군가가 처벌받는 모습을 보고 싶지 않았다. 여자들은 할머니 주위로 더 단단히 뭉쳤다. 아무도 할머니를 내놓고 싶어 하지 않았다.

20 캠의 제안

주니퍼

우리는 산을 벗어나 다시 평탄한 지대로 들어섰다. 하지만 나는 그 고도가 그리웠다. 오르막과 내리막이 나를 보호해 주는 느낌이 들었다. 마치 내 앞에 놓인, 내가 해야 할 일을 가려 주는 것 같았다. 이제 남은 거리는 무서운 속도로 줄어들었다.

베어가 발목을 삐끗해서 나을 때까지 이틀간 조랑말 위에 앉아 있어야 했지만, 우리는 계속 걸었다.

우리가 걷는 동안 나무에 새잎이 돋아나고 풀이 자랐다. 날은 점점 길어지고 환해졌으며 새소리는 더 커지고 더 일찍 시작되었다.

"시끄럽지?" 어느 날 아침 나무의 우듬지를 올려다보고 있는데, 캠이 물었다.

내가 희미하게 미소 지었다. "어차피 잠을 잘 수 없었어."

"겁나니?"

내가 대답하려고 입을 여는데, 캠이 내 말을 막았다.

"내가 같이 갈 수 있어. 만프리가 너무 눈에 띌 것 같으면."

"아니야, 캠, 그럴 순 없어."

"진심이야. 난 연기도 잘한다고. 도시 아이 역할도 할 수 있어. 최고한테서 배웠잖아, 너랑 베어에게." 그가 한쪽 눈을 찡긋했다.

"안 돼, 캠!"

"농담 아니야. 내가 같이 갈게."

캠은 진지했다. 그의 표정에서 얼마나 진심인지가 그대로 드러났다. 너무나 끌리는 제안이었지만, 받아들일 수 없었다.

"새소리 좀 들어 봐. 정말 행복한 것 같지 않니?" 나는 화제를 돌렸다.

캠이 옆에 앉아 내 어깨를 감싸안았고, 나는 그에게 몸을 기댔다.

"너도 행복해질 거야." 그가 선언하듯 말했다. "난 알아. 이 모든 게 끝나면, 너도 행복을 찾을 거야."

다른 사람들이 일어났고, 아침을 먹은 후 우리는 다시 길을 떠났다.

하루 또 하루 새로운 해가 떠오르고 새들이 새로운 아침을 노래할 때마다, 우리는 그만큼 도시에 더 다가갔다.

21 태양의 아이들

에티엔

어두운 형체가 내 쪽으로 몸을 숙이는 기척에 잠에서 깼다. 엔도 선생님이 손가락을 자기 입술에 갖다 댄 채, 다른 손으로 나에게 일어나라는 신호를 보냈다.

나는 최대한 조용히 얇은 매트리스에서 몸을 일으켜, 시체처럼 잠든 몸뚱어리들을 지나 선생님을 따라 공동 침실 밖으로 나갔다.

계단 통로에서 선생님은 미안해하는 듯한, 아니면 이런 비참한 처지에서 만나게 된 게 당혹스러운 듯 어색한 미소를 지었다. 엔도 선생님이 앞장서서 계단을 올라갔고, 나도 선생님을 따라 몇 층 위, 비어 있는 작은 방으로 들어갔다.

선생님이 우리 뒤로 조용히 문을 닫았다.

"선생님." 내가 울먹였다.

"세상에, 에티엔. 여기서 널 보다니, 정말 마음이 아프구나. 내 학생을 여기서 볼 줄이야…." 목소리는 떨렸지만 선생님은 곧 자신을 다잡았다. "언제나 침착해야 해. 감정을 터뜨렸다가 처벌받는 걸 봤어. 위협이 되는 건 뭐든지 다 처벌하니까."

"말도 안 돼요." 나는 선생님이 절레절레 고개를 흔드는 바람에 입을 다물었다.

"여기서 말이 되는 일은 없어. 아무것도. 이 도시 전체가 그래. 나는 그걸 힘들게 배웠지. 정권이 저지르는 악행에서 학생들을 보호하기 위해 최선을 다했지만, 상황은 내가 두려워했던 것보다 훨씬 더 나빠졌어." 엔도 선생님이 짧게 숨을 들이마셨다. "주니퍼와 베어 그린, 그 애들이 어떻게 됐는지 아니?"

"도망쳤어요." 내가 조용히 말했다.

선생님의 얼굴에 안도감이 떠올랐다. "애벗 교장이 그 아이들에게 집착했지. 그냥 내버려두지는 않았을 거야."

"지금은 야생에서 잘 지내길 바랄 뿐이에요." 나는 살짝 미소를 지었다. "에너데일에서, 부모님과 함께요. 행복한 가족으로 말이에요, 엔도 선생님."

선생님이 고개를 저었다. "여기서는 날 그렇게 부르면 안 돼. 등록된 이름을 써야 해. 내 이름은 히미코야. 태양의 아이라는 뜻이지. 세상과 단절된 이곳에 갇혀 절망의 구렁텅이에 빠질 때, 내가 의지하는 건 이 이름이야. 나는 태양의 딸이며,

언젠가는 다시 태양을 볼 거라는 생각을 해."

"히미코." 나는 그 낯선 이름을 조용히 불러 보았다. 태양이 선생님을 비추고 있고, 늘 그랬듯이 햇빛 속에서 환하게 미소 짓고 있는 선생님의 모습을 상상했다. 나는 지난 몇 주간 일어났던 일을 전부 쏟아 내기 시작했다. 임상시험, 세레나와 아르테미스 그리고 내가 어떻게 폴캣이 되었는지.

"하지만 모든 게 다 헛수고였어요." 온몸에서 힘이 빠져나갔다. "여기서는 숨도 못 쉴 것 같아요. 미쳐 버릴 것 같아요."

엔도 선생님이 내 어깨를 힘주어 잡았다. "절망에 지면 안 돼. 넌 여전히 폴캣이잖니?"

나는 선생님을 올려다보았다. "네? 여기서요?"

미소 짓는 선생님의 모습에서 예전의 환한 광채가 느껴졌다. "여기에 그 사람들이 없을 거라고 생각하는 건 아니지? 너처럼, 기다리는 사람들 말이야. 아르테미스의 반란군은 밖에만 있는 게 아니야. 여기에도 있어. 내가 여기 들어왔을 때 이미 탈출 소문이 퍼져 있었는데, 네 말을 들으니 곧 일이 벌어질 것 같구나. 준비가 되어 있어야 해, 에티엔. 아르테미스가 오면, 우리가 움직여야 하니까. 최대한 많은 사람을 탈출시켜야 해."

* * *

우리는 아침 내내 주방에서 감자 작업을 했다. 감자를 씻고, 껍질을 벗기고, 얇게 써는 일이었다. 모두가 배가 고팠다. 이곳의 배급량은 겨우 목숨을 부지할 정도밖에 안 되니까. 하지만 날감자는 독성 때문에 먹을 수가 없으니 우리에게 맡겨도 안전했다.

감자에 묻은 흙을 씻어 내는데, 노스엣지의 모래흙이 그리웠다.

작업이 끝난 뒤 우리는 터덜터덜 다른 층으로 가서 어둠 속에서 기다렸다. 그게 이곳의 리듬이다. 일도 하지만 대개는 그저 기다린다. 때로는 할 일이 좀 더 많았으면 좋겠다는 생각이 든다. 적어도 여기 갇혀 있다는 사실을 잊게 해 주니까.

나는 이제 우리 차례가 되면 운동장을 최대한 이용한다. 엔도 선생님이 옳다. 나는 여전히 폴캣이고, 탈출에 대비해 체력을 길러야 한다.

한쪽 구석 환풍구 밑에 웅크리고 앉아 있는 여자애에게 계속 눈길이 갔다.

그 애는 무릎 위에 공책을 펼쳐 놓고 그림을 그리고 있었다. 다른 아이들은 카드 게임을 하거나 예전 생활 이야기를 떠들어 댔지만, 그 애는 늘 혼자였다.

내가 다가갔는데도 고개조차 들지 않았다. 나는 옆에 쪼그리고 앉아, 넋을 잃고 그 애가 그리는 그림에 빠져들었다. 공책에는 미로처럼 건물들이 그려져 있었다. 위로 올라가는 계단과 층과 층 사이를 연결하는 계단도 빼곡히 그려 놓았다.

"네가 날 보고 있는 거 알아." 잠시 후 그 애가 나지막이 속삭였다.

나는 순순히 고개를 끄덕였다. "네 그림이 마음에 들어."

여자애는 찡그린 표정이었지만, 흘러내린 머리카락 사이로 나를 올려다보았다.

"공책은 어디서 났어?"

곧바로 내가 잘못된 질문을 했다는 걸 알아차렸다. 그 애가 의심스럽다는 듯 눈을 가늘게 떴다. "무슨 말이든 했다가는…."

"날 뭘로 보는 거야? 난 밀고 같은 건 안 해." 나는 벽에 기대어 앉으며 한숨을 쉬었다. "나도 예전엔 그림을 그렸는데. 그 때가 그리워."

그 애는 다시 그림에 열중했다. "근데 여긴 어쩌다가 들어왔어?" 잠시 후 그 애가 물었다. 시선은 여전히 연필에 고정한 채였다. 연필은 길이가 짧았고 칼로 깎은 것 같았다. 저 연필로 그림을 얼마나 더 그릴 수 있을지 궁금했다. 이 안에서 또 다른 연필을 구하는 일이 쉽지는 않을 텐데.

"워렌에서 잡혔어."

"그런 끔찍한 곳에는 왜 갔는데?"

비꼬는 듯한 그 애의 말투가 예사롭지 않게 들렸다.

"씨앗을 심으려고."

"뭐? 왜 그런 짓을 했어?" 그 애가 몽당연필을 쥔 채 가만히 내 대답을 기다렸다. "그건 금지된 일이잖아?"

"맞아. 그러니까 이게 네 첫 번째 질문에 대한 답이야. 내가 왜 여기 들어오게 됐는지 물었잖아."

그 애가 잠시 인상을 찌푸리는 것 같더니, 곧 부드러워졌다. "사람들이 좋아하겠다, 씨앗이 자라면 말이야. 워렌에서는 야생을 싫어하지 않거든."

"너 워렌 출신이야?"

여자애가 고개를 끄덕이는데 눈물이 뺨을 타고 흘렀다.

"이름이 뭐야?" 지난밤에 엔도 선생님이 이름과 그 사람의 특성에 대해 들려준 이야기가 생각났다.

"에이프릴." 그 애가 소매로 눈물을 닦으며 나를 쳐다보았다.

"4월? 봄이네." 내가 부드럽게 말했다.

"이곳에는 봄이라는 게 있을 수 없겠지?" 에이프릴이 나직이 속삭였다. "이 안에서는 아무것도 살아남을 수 없어. 우리 모두 여기서 죽게 되겠지?"

"아니." 그 애의 질문에 난 어떤 책임감 같은 걸 느꼈다. 여자애는 몹시 허약해 보였다. 내 또래인 것 같은데 몸집은 초등학생 정도밖에 안 되었다. "아니, 안 죽어. 절대 안 그래."

"왜 안 죽는다는 거야?" 여자애의 눈길이 내 얼굴을 떠나지 않았다.

"왜냐하면 내가 여기 들어올 때쯤 반란이 시작될 조짐이 있었거든. 폭동이 일어날 거야."

"저들이 진압하겠지." 에이프릴이 즉시 맞받았다.

나는 고개를 저었다. "시도는 하겠지만 항상 성공하지는 못할 거야. 사람들은 이미 참을 만큼 참았어. 특히 워렌에서는."

"워렌에서는 훨씬 격렬할 거야." 여자애는 자기 고향 이야기에 허리를 곧추세우며 말했다. "내 동생도 그 일에 참여했을 거야. 반란 말이야."

"그래?" 내가 속삭이듯 말했다.

"동생 이름은 메이야. 너도 만날 수 있으면 좋겠다." 에이프릴이 깍지 낀 두 손에 힘을 주었다.

"그럴 수 있을 거야. 그들이 이곳에 도착하면."

"메이는 반드시 날 찾으러 올 거야. 금속으로 된 강철 다리로 말이야." 에이프릴은 한숨을 쉬고 하품을 하더니, 환기구에 등을 슬쩍 기대고 환기구의 금속 날 틈새에 공책을 숨겼다.

그때 종소리가 쉴 새 없이 울렸다. 이제 공동 침실로 돌아가면 문을 걸어 잠글 것이다.

* * *

하루하루가 흐릿한 채로 지나갔고 우리는 힘겹게 버텼다. 어느 날 밤, 잠자리에 들기 전 오랜만에 다 함께 샤워실에 갔다가 돌아오는데 고함이 들렸다. 나는 계단에서 걸음을 멈췄다. 그 소리의 톤이 묘하게 나를 자극했다. 그 소리에는 쾌감이 있었다. 역겹고 뒤틀린 쾌감.

고함은 우리가 지나가고 있는 층, 바로 가까운 데서 들렸다.

조던이 내 어깨에 손을 얹고 계속 올라가라는 신호를 보냈다. "에티엔, 무시해."

그때 복도를 따라 고함에 맞서는 어떤 여자애의 목소리가 들렸다. 이 정도의 억압에 맞서 자기주장을 내세우는 건 대단한 용기다. 마치 어둠 속을 비추는 한 줄기 달빛 같았다.

"가." 조던이 손으로 내 등을 떠밀었다. "네가 끼어드는 걸 아무도 고마워하지 않아."

나는 조던이 지나가도록 옆으로 비켜섰다.

조던은 고개를 절레절레 흔들었다. "바보 같은 짓 하지 마."

나는 복도로 통하는 문으로 가서 안을 살펴보았다. 이 층은 여자애들이 있는 곳이다. 그런데 여자애의 목소리가 예사롭지 않았다.

조던은 계단 맨 위 칸에서 기다렸다. 나를 두고 가고 싶지 않은 것 같았다.

"먼저 가." 내가 말했다.

"그냥 그림이에요!" 복도 저쪽에서 울먹이는 소리가 들렸다. 여자애의 목소리다. 갑자기 그 목소리가 낯설지 않았다. 공책을 가지고 있던 아이, 에이프릴이다.

긴장감에 배 속이 조여 왔다. 나는 슬며시 복도로 들어갔다. 고함은 복도 중간쯤에서 들렸다.

에이프릴의 목소리가 어두운 복도에서 실처럼 나를 이끌었다. 맑고 떨리는 목소리.

공동 침실의 방문 하나가 조금 열린 채였고, 거기 에이프릴이 있었다. 다른 아이들은 침대에 누워 이불을 머리 위까지 덮어쓰고 자는 척했다.

에이프릴은 침대 옆 바닥에 쪼그리고 앉아 한 손으로 철제 침대 프레임을 꽉 붙잡고 있었다. 마치 다가오는 타격에 맞서 몸을 지탱하려는 것 같았다. 그 애는 여전히 눈을 부릅뜨고 상대를 노려보았다.

내가 여기 들어온 첫날, 애벗 교장을 들여보내 준 그 간수였다. 그는 에이프릴의 공책을 들고 그 애 앞에 서 있었다.

"금지 행위야. 그건 너도 알고 나도 알고 모두가 다 알아." 그는 의기양양해져서 음흉한 눈빛으로 방 안을 둘러보았다. 공동 침실에 있는 다른 아이들은 얇은 매트리스 속으로 파고들기라도 하듯 잔뜩 움츠렸다. 그들이 사라지는 소리가 들리는 것 같았다.

"그냥 그림이에요." 에이프릴이 갈라진 목소리로 다시 말했다. 중간에 흐느낌이 시작되었지만 그 애는 꾹 눌러 참았다. "그림은 아무도 해치지 않는다고요."

"그야 알 수 없는 노릇이지." 간수가 소리쳤다. "도대체 이게 뭐야?"

에이프릴은 입을 벌린 채, 간수가 마치 더러운 물건이라도 되는 듯 누런 손가락 끝으로 겨우 들고 펼쳐 보이는 공책을 쳐다보았다. 그 애는 당황한 듯 고개를 저었다.

"너 이게 어디서 왔는지 알아? 이… 종이라는 것 말이야. 그리고 이것!" 그는 이제 에이프릴의 연필을 들어 보였다.

에이프릴이 또다시 고개를 저었다. 역겨운 농담이라도 하는 건가. 하지만 난 그가 무엇을 노리는지 정확히 알았다.

"나무!" 간수가 버럭 소리를 질렀다. "이 도시에 나무는 금지야!"

에이프릴은 넋을 잃고 마치 간수가 미쳐 날뛰는 괴물인 것처럼 쳐다보았다. 그것이 그의 화를 돋우었고 그는 곤봉을 에이프릴의 머리 위로 들어 올려….

그때 계단에서 내 걸음을 멈춰 세우고 에이프릴이 있는 층으로 나를 이끌었던 그 실이, 문 뒤에 숨어 있던 나를 잡아끌더니 순식간에 공동 침실 안으로 밀어 넣었다.

그리고 곤봉 아래에 있는 건 나였다. 머릿속에서 별이 번쩍거렸다. 경험해 보지 못한 차원의 고통. 그리고 오랫동안 나를 괴롭혔던 무지근한 통증을 동반한 공허함이 찾아왔다.

22 도시 잠입

주니퍼

이제 도시는 몇 킬로미터만 가면 된다. 우리는 마지막 장거리 행군을 마치고, 해가 지기 몇 시간 전, 일찍 걸음을 멈췄다.

"나머지 사람들은 여기서 기다리면 좋을 것 같아." 다니가 조용히 말했다. 나도 캠프를 만드는 일에 합류했다. 이제는 나도 그들의 방식을 안다. 텐트 자리에서 뾰족한 나뭇가지와 돌 치우기. 땔감을 모으고 가까운 강에서 물통에 물을 가득 담아 오기.

불을 피우려면 마른 나뭇가지를 찾아야 한다. 캠은 나무를 서로 맞부딪쳐서 숲속에 울려 퍼지는 소리를 듣고 옹골지게 갈라지는 마른 나무를 구별하는 요령을 알려 주었다. 떨어진 나뭇가지를 줍는 내내 베어는 내 곁을 맴돌았다.

우리는 땔나무 더미를 안고 캠프로 돌아왔다. 내가 모닥불을 피우기 위해 나무를 쌓아 올리는 동안 베어는 가만히 앉아서 지켜보기만 했다. 동생은 요 며칠 더 조용해졌고 내게서 떨어지지 않으려고 했다.

"가서 놀아, 베어."

베어는 침울하게 어깨를 으쓱했다.

"너도 가서 라모나를 날려 봐. 저기!" 나는 퀴니가 한 손에 매사냥 장갑을 끼고 고깃덩이가 들어 있는 캠의 가방을 멘 채 서성거리는 곳을 가리켰다.

동생은 뒤돌아보기는 했지만 그대로 앉아 있었다. 베어는 마음이 오락가락하는 것 같다. 나와 곧 헤어지게 될 테니 최대한 내 곁에 붙어 있고 싶지만, 그 새에 흠뻑 빠져 있는 것도 사실이다. 새를 날릴 기회를 놓치고 싶지 않을 것이다.

"누나는 뭐 할 건데?"

"쉴 거야." 나는 솔직하게 대답했다. "햇볕도 좀 쬐고. 나는 햇볕을 쬐면 충전이 되거든, 배터리처럼."

베어는 뭔가 반박하고 싶은지 입을 열려다가, 다시 한번 생각하더니 입을 다물었다.

"가서 날려 봐!" 내가 다시 말했다. "오늘 날씨가 정말 좋잖아. 최대한 누려야지."

라모나는 이제 우리 위를 선회하며 보이지 않는 기류를 타고 솟구쳤다.

"라모나가 무엇을 보고 있을지 상상해 봐, 베어." 내가 말했다. "마치 옛날 놀이공원의 롤러코스터를 탄 것 같을 거야."

동생이 달려가는 것을 보고 난 안도의 한숨을 내쉬었다. 쉬겠다는 건 거짓말이 아니었다. 나는 등을 대고 누워 내리쬐는 햇볕을 그대로 받았다.

심지어 잠시 선잠에 빠져 꿈속 세상으로 되돌아갔다. 유리 온실. 애니 로즈. 그리고 에티엔. 에티엔은 자기 방 창문 너머로 완충 지대를 바라본다. 내가 가까이 왔다는 걸 에티엔이 감지할 수 있을까? 내가 자기를 찾으러 온 걸 알까?

무언가가 내 팔을 건드려서 눈을 떴다.

캠이 나를 살살 찌르고 있었다. "주니퍼."

나는 깜짝 놀라 일어나 앉았다. "무슨 일이야?"

캠이 고개를 저었다. "아무 일 없어. 널 놀라게 하려던 건 아니었는데. 라치가 널 깨워야 한다고 해서. 안 그러면 오늘 밤에 잠을 못 잘 거라고."

틀린 말은 아니었다. 나는 캠에게 고개를 끄덕였지만, 꿈에서 빠져나오는 게 평소보다 더 힘들었다. 시간이 얼마 남지 않았다는 느낌이 강하게 들었다.

캠이 나를 일으켜 세우려고 손을 내밀었다. "너도 와서 라모나를 봐야 해. 퀴니가 새 묘기를 가르쳤는데, 퀴니랑 베어가 우리한테 보여 주고 싶대."

내가 미소 지었다. "그건 놓칠 수 없지."

* * *

해 질 무렵 우리는 모닥불 주위에 둘러앉았다. 퀴니가 만프리를 졸라, 그가 간간이 들려주곤 하던 옛이야기를 풀어놓게 했다. 옛날 고람과 기스톤이라는 거인 형제가 아름다운 거인 여인 아보나와 사랑에 빠졌다. 아보나는 둘 중 누구를 선택할지 결정하기 위해, 호수의 물을 빼내는 일을 과제로 내주었다. 기스톤이 이겼고, 고람은 내기에서 지자 몹시 화를 내며 발을 세게 굴렀다. 그 흔적이 지금껏 암석 지대에 남아 있다고 한다.

"진짜야! 한번은 퀴니가 그 발자국 안에 들어가 누운 적도 있었어!" 캠이 베어에게 말했다.

"하지만 고람은 그 뒤 슬픔을 이기지 못하고 강이 바다로 흘러드는 어귀에 빠져 죽었어." 퀴니가 슬프게 말했다. "고람의 몸은 돌로 변해 두 개의 섬이 되었지."

이야기가 끝나고, 모두 조용히 앉아 밤하늘을 올려다보았다. 수백만 년 동안 타오르고 있는 빛. 거인들이 이 땅에 살았을 때도 저렇게 빛났겠지.

별 하나가 하늘에서 미끄러져 떨어졌다. 빛줄기는 순식간에 사라졌다.

"별똥별이야!" 퀴니가 소리쳤다. "행운을 가져다줄 거야, 주니퍼! 내일을 위해."

그 애는 마치 자기가 꾸민 일이라는 듯 나를 보고 환하게 미소 지었다.

나는 아무 말도 하지 않았다. 동생을 보니, 베어도 가만히 나를 쳐다보고 있었다.

"정말 행운을 가져다주는 거야? 떨어지는 별이?" 내가 캠에게 물었다.

"그럴 수 있지." 옆에 앉은 캠이 하늘을 올려다보며 대답했다. "우리는 여행할 때면 늘 행운의 징조를 찾아. 까치 두 마리. 길을 건너는 여우. 흰 말. 근데 이제 자야 하지 않을까? 너한테는 잠이 필요해."

놀랍게도 나는 잠이 들었다. 베어 옆에서 바닥에 몸을 누이자, 야생이 나를 품에 꼭 안아 주었고 난 그대로 잠들었다.

내일, 나는 도시로 돌아간다.

* * *

반짝이는 황금빛 햇살이 텐트를 뚫고 들어왔다. 눈을 뜨자 나를 바라보고 있는 베어의 얼굴이 보였다.

"베어! 뭐 하는 거야?"

동생이 눈을 지그시 끔뻑였다. "누나를 외우려는 거야." 베어는 눈을 비볐다.

"날 외운다고?" 나는 손을 뻗어 동생을 가까이 끌어당겼다. 베어의 뜨겁고 텁텁한 숨결이 얼굴에 느껴졌다. "외울 필요 없어. 금방 돌아올 거야, 베어. 약속해."

베어가 내 품을 파고들었다. 슬픔에 목이 메었다. 입을 열면 눈물이 쏟아질 것 같아서 아무 말도 할 수가 없었다. 그래서 작별 인사를 하지 않았다. 더는 약속도 하지 않았다. 우리는 말없이 서로를 끌어안았다. 우리 둘의 심장이 함께 뛰는 소리만 쿵쿵 울렸다.

라치가 꼭 먹어야 한다고 해서 서둘러 아침을 먹은 뒤, 캠과 만프리와 함께 강으로 갔다.

"아무래도 내가 같이 가야겠어." 우리 캠프가 보이지 않게 되었을 때, 캠이 첫마디를 꺼냈다. 그의 얼굴에 고통스러운 표정이 떠올랐다.

"그건 안 돼." 내가 재빨리 말했다. "제발. 내 마음은 바뀌지 않아."

속으로는 캠의 말에 귀가 솔깃했지만, 그러면 안 된다는 걸 나는 너무 잘 알았다.

"위장 계획을 잊지 않았지?" 만프리가 물었다.

나는 심호흡을 했다. "저는 물이끼를 찾아서 돌아가는 거예요." 나는 바로 옆에 놓인, 치유 효과가 있다는 물이끼가 든 봉지를 두드렸다.

만프리가 고개를 끄덕였다. 우리는 다시 침묵 속으로 빠져든 채, 도시를 둘러싸고 있는 데드존인 완충 지대를 향해 걸어갔다.

터널 입구는 만프리가 말한 바로 그곳에 있었다. 벽돌로 만들어진 넓은 입구가 보였는데, 아래쪽으로 경사가 져 있었다. 터널 안으로 쏟아지는 물줄기가 어찌나 시끄러운지 어지러울 정도였다. 수면 위로는 낮은 공기층이 남아 있을 뿐이었다.

만프리가 벽돌 입구 가장자리에 기댔다. "네가 여기서 그만둔다고 해도 부끄러운 일이 아니야. 우리 중 누구도 그게 잘못이라고 생각하지 않아, 주니퍼."

"아뇨." 내가 단호하게 말했다. 그런 선택지는 생각조차 하지 않을 작정이다.

캠은 굳은 표정으로 잠자코 있었다. 이런 모습은 처음 보았다. 나는 캠이 긴장을 깨뜨릴 수 있는 농담이나 이야기를 풀어놓아 주기를 기대했는데, 인제 그러려고 해도 시간이 없다.

만프리가 말한 뗏목을 보자 가슴이 철렁 내려앉았다. 말이 뗏목이지 사실상 나무판자 몇 개를 모아서 못을 박아 놓은 것에 지나지 않았다.

뗏목을 테스트하기 위해 만프리와 내가 뗏목을 들어 물 위에 올려놓았다. 캠은 상관하지 않겠다는 듯 옆으로 비켜섰다.

만프리가 나무판자를 손으로 누르자 뗏목은 잠깐 물에 잠겼다가 떠올랐다.

"물이 아예 안 들어오는 건 아니네요." 내가 조심스럽게 말했다.

"나무는 물에 떠." 만프리가 말했다. "그게 중요한 거야. 네

몸무게를 물 위로 분산시켜 줄 거야."

에너데일에서 물이 따뜻해질 때까지 기다리지 말걸. 얼음같이 차가운 물이 소용돌이치는 호수에서라도 윌로우에게 수영을 가르쳐 달라고 할걸.

"터널 양쪽으로 밧줄이 있어." 만프리가 말을 이었다. "강물이 잘 흐르지 않으면 그 밧줄을 잡고 나아갈 수 있어. 요즘은 여기가 밀수꾼들이 애용하는 통로야. 이미 검증된 길이라는 뜻이지." 그가 나에게 애써 미소를 지어 보였다.

내가 뗏목 위로 오르는 동안 만프리와 캠이 뗏목을 잡아 주었다. 캠이 마침내 침묵을 깨고 입을 열었다.

"몸조심해, 주니퍼." 그가 나를 응시했다. 마치 내 얼굴을 외우기라도 하는 듯한 눈빛이었다. 그의 시선에 뼛속까지 떨릴 정도였다. 하지만 캠은 곧 익숙한 평소 눈빛으로 돌아와 싱긋 웃었다. "도시로 다시 잠입하려는 사람은 너뿐일 거야. 난 네가 해내리라고 믿어, 야생의 딸이잖아." 그는 내 손을 가볍게 잡고 마치 경의를 표하듯 허리를 굽혀 손등에 입을 맞추었다.

"베어 좀 잘 돌봐 줘." 내가 속삭였다.

"그야 당연하지." 캠이 대답했다.

"준비됐니?" 만프리가 물었다.

내가 고개를 끄덕이자 만프리가 뗏목을 밀었고, 나는 출발했다.

캠이 숨을 들이마시는 소리는 거의 고통스러운 신음에 가까웠다. 그 소리를 마지막으로, 그다음은 터널로 물이 쏟아지는 소리만 남았다.

나는 어둠 속으로 빨려 들어갔다. 새들이 지저귀는 소리와 벌레들의 윙윙 소리가 사라지고 공포가 한꺼번에 밀려와 내 가슴을 할퀴었다. 만프리와 캠에게 나를 다시 꺼내 달라고 소리치고 싶었다, 한 번만 더 구해 달라고. 혼자서는 해낼 수 없다고. 하지만 너무 늦었다. 뗏목은 물살에 휩쓸렸고, 원하든 원하지 않든 나는 그 일부가 되었다.

서서히 눈이 어둠에 적응하자 주변 형태가 눈에 들어왔다. 아래는 시커먼 물, 양옆은 회색 벽이었는데, 위로 올라가면서 아치를 이루었다. 나는 갇혔다. 마치 무덤 속에 있는 것 같다.

뗏목 옆에서 소리가 났다. 손전등을 물속으로 비추자 쥐 한 마리가 헤엄치고 있는 게 보였다. 나와 눈이 마주친 쥐가 깜짝 놀랐다.

"어이 쪼끄미, 도시에서는 나보다 널 더 질색할 텐데." 이상한 일이지만 그 생명체가 나에게 위안을 주었다. 나는 태양 에너지를 아끼기 위해 손전등을 끄고 다시 어둠 속에 파묻혔다.

강물은 빠르게 흘렀다. 아마 지금쯤이면 완충 지대 밑을 지나고 있겠지. 나는 이 어둠에서 벗어나고 싶다는 생각과 어둠이 끝없이 계속되었으면 하는 바람 사이에서 갈피를 잡을 수가 없었다. 정말로 내가 준비가 된 건지 모르겠다.

저 앞에 보이는 빛의 원이 터널의 끝이겠지. 갑자기 옆에서

깡통 소리가 났다. 깜짝 놀라 주위를 둘러보니, 양쪽 터널 벽에 종이 달려 있었다. 터널은 이곳에서부터 병목처럼 좁아졌는데, 종소리는 반대편 입구에 있는 사람들에게 무언가가 다가오고 있음을 알려 주는 방법인 것 같았다.

아니나 다를까 입구에서 한 남자가 기다리고 있었다. 흐릿한 빛에 그의 이목구비가 드러났다. 그가 나를 의심스럽게 쳐다보았다. “본 적 없는 얼굴인데. 무슨 일이지?”

온몸이 긴장되었다. 자연스럽게, 자연스럽게 행동하자고 스스로 다짐했다. “저는 어제 나갔어요. 밤새 길을 잃고 헤매다가 지금 온 거예요. 물이끼를 찾으러 갔었어요.”

“집이 워렌이야?” 내가 좀 더 가까워지자 남자가 뗏목 끝을 잡아 끌어당기며 물었다.

나는 재빨리 고개를 끄덕였다. “우리 할머니 때문에요. 할머니가 궤양에 걸려서, 엄마가 절 보냈어요.”

남자가 의심을 거두었고, 날 동정한다는 듯 고개를 끄덕이더니 뗏목을 묶기 시작했다. 그는 뭔가에 정신이 팔린 듯했다. “그럼 빨리 가 봐. 오늘 아침에는 아르테미스가 지역을 돌고 있어. 탈옥 작전을 위해 마지막으로 지지자들을 좀 더 모으려는 거야.”

그가 무슨 말을 하는지 전혀 알 수가 없었지만, 나는 기계적으로 고개를 숙이고 익숙한 일인 양 뗏목에서 뛰어내렸다. 그러고는 복잡하게 얽힌 건물들 사이로 뛰어 들어갔다.

오랜만에 보는 단단한 표면들이 나를 압도했다. 사방이 금속, 강철, 콘크리트였다. 하지만 자세히 들여다보면 나무와 동물도 있다. 물론 건물에 그려진 그림이지만. 지난번에 여기서 만났던 여자애가 생각났다. 메이라는 이름의 그 애도 건물 벽에 아주 사실적인 늑대 그림을 그렸다. 그 애가 아직 여기 살고 있을까.

그때보다 확실히 거리 예술이 더 많아졌다. 이게 반란의 모습일까? 그 남자가 말한 '아르테미스'가 누구인지, '탈옥'이 뭘 말하는 건지 궁금했다.

나는 아빠가 주고 간 포켓 나침반을 꺼내, 몰래 들여다보며 방향을 가늠했다.

가야 할 방향을 찾은 뒤, 나는 고개를 숙인 채 건물 벽에 바짝 붙어서 걸었다. 워렌에서 우리 구역으로 넘어가는 길, 팜하우스로 돌아가는 길을 찾기 위해 나는 계속 나침반을 슬쩍슬쩍 들여다보며 경로를 재조정했다.

나는 메이가 그린 늑대가 된 듯한 기분이 들었다. 우연히 도시로 들어온 짐승. 다른 사람들 눈에 내 날카로운 이빨과 큰 눈이 보이는 건 아닐까.

숨 쉬어, 숨 쉬어. 누구의 목소리인지 모르겠다. 헤스터? 윌로우? 아니면 엄마? 어쩌면 어머니 대지의 목소리인지도. 그런 건 중요하지 않다. 어쨌든 그 목소리 덕분에 정신을 차렸다. 나는 도시로 들어왔고, 여전한 아침 햇살 속에서 지난날의 기억이 되살아났다.

이제 들키지 않고 애니 로즈와 에티엔에게 가기만 하면 된다.

* * *

수많은 사람이 길을 막고 있었다. 나는 군중을 뚫고 나가려고 했지만 아무도 비켜 주지 않았다.

하는 수 없이 다른 길로 빠지려고 하는데 기적이 일어나듯 사람들이 양쪽으로 갈라졌다. 그 가운데로 빽빽하게 뭉친 사람들 한 무리가 내 쪽으로 다가왔다.

나는 군중에 떠밀려 뒤로 물러섰다. 무언가를 기대하는 짜릿함 같은 게 공기 속에 퍼졌다. 전에는 도시에서 한 번도 느껴 본 적 없는 분위기였다.

"저 사람들은 누구예요?" 옆에 있던 어떤 아주머니에게 물었다. 여자는 보도 턱 위에 서 있었는데, 얼굴에는 흥분한 기색이 역력했다.

"폴캣이지. 아르테미스가 왔어." 여자가 말했다. "사람들에게 자기 모습을 보여 주려고 왔나 봐."

또 그 이름이다. 아르테미스. 신화적인 느낌이 들었다.

여자는 나도 보도 턱 위로 올라갈 수 있게 옆으로 조금 비켜섰다. "아르테미스가 보이니? 드디어 폴캣이 가는구나."

내 시선이 향한 곳, 그리고 군중 전체가 집중하고 있는 인물은 가면을 쓰고 있었다. 검은 옷을 입고 검은 머리를 등 뒤로 길게 늘어뜨렸는데, 젊은 여성이었다. 움직이는 모습으로 알 수 있었다. 그녀는 말없이 손을 들어 군중에게 인사를 하며 지나갔다.

"어디로 가는 거예요?" 나는 궁금증을 참을 수 없어 다시 아주머니에게 물었다. 여자는 내 질문에는 관심 없다는 듯 다른 사람들처럼 아르테미스를 만지려고 손을 뻗으며 흥분한 군중 속으로 빨려 들어갔다.

나는 아주머니의 어깨를 붙들었다. "어디로 가는 건데요?"

여자가 의아하다는 듯 나를 돌아보았다. "훈련원이지 어디겠니? 우리 사람들을 빼내 와야지." 여자는 두 주먹을 굳게 쥐고 다시 지나가는 행렬 쪽으로 돌아섰다.

나는 군중 속으로 숨어들었다. 아까 남자가 말한 게 이거였구나. 탈옥. 정말로 훈련원으로 쳐들어가려는 걸까? 찌르르한 전율이 내 온몸을 관통했다. 그런데 군중 속에도 여기저기 검은 옷을 입은 인물들이 있는 게 눈에 띄었다. 그들은 분명히 워렌을 지나가는 아르테미스와 보조를 맞추고 있었다. 마치 경호원들처럼.

그중 한 명이 군중 사이로 나를 뚫어져라 쳐다보는 게 느껴졌다. 세레나? 아주 짧은 순간이었지만, 그 애가 나에게 물어보고 싶은 모든 말과 질문이 고스란히 그 얼굴에 나타났다. 군중을 헤치고 세레나에게 다가가려고 했지만, 이미 사라진 뒤였다.

갑자기 총성이 울렸고, 사람들은 사방으로 흩어져 달아났다. 경찰들이 진압 방패와 곤봉을 들고 진격해 왔다.

나는 건물 모퉁이 뒤로 몸을 숨겼다가 다른 길로 빠져나와 워렌을 벗어날 때까지 계속 달렸다. 반란 세력이 실제로 기세등등하게 행진하는 것을 보다니, 정말 놀라웠다. 하지만 봉기 때문에 내가 돌아온 단 한 가지 목적을 포기할 수는 없었다.

애니 로즈, 에티엔. 나는 두 사람의 이름을 머릿속으로 되뇌며 우리 구역으로 갔다. 마침내 예전 동네에 도착해, 가쁜 숨을 몰아쉬며 거의 무의식적으로 익숙한 건물 형태를 눈으로 찾았다. 빅토리아풍 주택단지 끝에 있는 커다란 유리온실. 내 어린 시절이 담긴 우리 집. 나는 걸음을 멈췄다. 내가 길을 잘못 들었나?

아니, 분명히 여기가 맞는데. 길은 그대로인데, 유리온실이 보이지 않았다.

우리 팜하우스가 사라져 버렸다.

23 협박

에티엔

온몸이 쑤시고 아팠다. 입안에서 피 맛이 느껴졌고 머리가 욱신거렸다. 그들이 날 제대로 두들겨 팬 것 같다.

"놈이 깨어나고 있군." 목소리가 들렸다.

"이미 끝장났을 줄 알았는데." 다른 누군가가 대답했다.

"애벗 교장에게 연락할게."

그 이름에 내 몸이 바짝 긴장했다. 나는 내가 있는 곳이 어딘지 알아내려고 노력했지만, 눈꺼풀을 들어 올릴 수조차 없었다.

"이놈에게 개인적인 관심이 있나 봐. 아마 그 학교 학생인 것 같아."

"불쌍한 놈." 두 번째 목소리가 빈정거리듯 킬킬거렸다. 그가 내 얼굴 앞에서 손뼉을 쳤고, 그 바람에 나는 눈을 깜빡이며 정신을 차렸다.

나는 의자에 기대어 앉아 있었다. 팔은 묶여 있고, 발목에는 금속 수갑이 채워져 있었다.

“누가 면회를 오셨네.” 내 앞에 있는 남자가 말했다. 이번에는 면회 온 사람이 누구인지 정확히 알았다.

“에티엔 군.” 애벗 교장이 내게로 걸어오며 말했다. “말썽 안 부리고 가만히 있는 건 도저히 못 하겠어?”

교장은 코앞까지 다가와 내 턱 밑에 손가락을 대고 얼굴을 들어 올렸다.

눈을 감는다고 그에게서 나는 악취를 피할 도리는 없었다.

“훈련원에서도 이미 너한테 넌더리를 내고 있어. 네놈은 도무지 알 수가 없군.” 그의 목소리가 가늘게 떨렸다. “문제는, 너를 어떻게 처리하느냐 하는 거야.”

나는 그를 보지 않으려 했다. 내가 무슨 말을 해도 소용없을 것이다.

“우리가 어떻게 할 건지 알려 주지.” 그가 내 얼굴에 대고 역겨운 입냄새를 풍기며 말했다. “네 혈관 속을 흐르는 피는 우리에게 금보다 더 값진 거야. 그걸 너한테서 캐내야지.”

무슨 일이 벌어질지 깨달았을 땐 이미 늦었다. 간수들이 앞으로 나서더니 폭력적이고 거친 손길로 내 팔에 채혈대를 묶었고, 나는 공포에 질렸다. 그들이 내 피를 빼냈다. 그들 중 누구도 내 목숨에는 털끝만큼도 관심이 없었다. 애벗 교장이 명령만 내리면 한꺼번에 몽땅 빼낼 수도 있다.

머리가 어지럽고 흐릿해졌다. 또다시 익숙한 공허함이 찾아왔고 나는 그 속으로 빠져들었다. 사방에 별들이 가득했다.

교장이 다가와서 내 뺨을 때렸다. "정신 차려!"

나는 가늘게 눈을 뜨고 그를 바라보았다.

"오늘은 이 정도로 끝내야겠군." 교장이 마지못한 듯 말하자, 간수 하나가 내 팔에 묶인 채혈대를 풀어 주었다. "감방으로 데려가. 내일 다시 데려와서 좀 더 뽑기로 하지."

나는 또다시 망각의 세계로 들어가는 느낌이 들었다. 좀 더 뽑는다고? 피를 얼마나 많이 뽑으면 영원히 사라지게 될까?

24 재회 2

주니퍼

건물로 가까이 다가가자 내 부츠 아래에서 뭔가 부서지는 소리가 들렸다. 내가 꾼 애니 로즈 꿈은 전부 틀렸다. 팜하우스는 산산조각이 났다. 나는 날카롭고 우툴두툴한 파편 더미 위를 뛰어갔다.

무엇을 발견하게 될까. 나는 두려움에 휩싸였다. 하지만 팜하우스와 우리 아파트를 나누던 콘크리트 벽에 난 문을 열자, 겁에 질린 목소리가 물었다. “누구요?”

“저예요.” 내 목소리에는 흐느낌과 안도의 한숨이 섞여 있었다. “저예요, 애니 로즈. 주니퍼예요!”

나는 할머니의 품에 안겼고, 할머니는 두 팔로 나를 꽉 껴안았다. 애니 로즈는 살이 빠져서 예전보다 더 마르고 약해 보였다. 그 부분은 내 꿈이 맞았다.

하지만 나를 껴안은 할머니의 손길은 언제나처럼 굳건했다.

"돌아왔구나, 네가 다시 돌아왔어." 할머니는 이렇게 되뇌었다. 그러다가 "베어는?" 하고 갑자기 물었다. 할머니의 마음속에 두려움이 차오르는 것이 느껴졌다.

"베어는 괜찮아요." 나는 숨을 몰아쉬었다. "도시 밖에서 아는 사람들과 같이 있는데, 안전해요."

"다행이구나." 할머니는 그제야 안도의 미소를 지었다. "어디 좀 보자."

애니 로즈는 이미 시력을 잃은 지 오래되었지만, 두 손으로 내 얼굴을 감싸 쥐고 마치 모든 것을 볼 수 있는 듯 나를 응시했다. 할머니의 녹색 눈동자에 내 모습이 비쳤다. 나는 좀 더 성숙해졌고 좀 더 야생적으로 보였다.

"우리 주니퍼. 이런 날이 다시 올 줄은 몰랐구나."

"애니 로즈를 여기 그냥 내버려둘 순 없었어요. 당연히 모시러 와야죠."

"너한테서 정말 좋은 냄새가 나는구나. 풀 냄새와 나무 타는 냄새." 할머니가 내 냄새를 들이마셨다. "배고프지?"

"그냥 목만 좀 말라요. 그런데 애니 로즈." 나는 빨리 끝내고 싶었다. "드릴 말씀이 있어요. 엄마는…." 감정이 울컥하면서 목이 메었다. 애니 로즈의 얼굴이 어두워졌다. 할머니는 나를 탁자 쪽으로 데려가 앉히더니 내 손을 가만히 두드렸다. "잠깐만. 숨 좀 돌리렴."

할머니는 냉장고로 가서 주전자를 꺼내 물을 한 컵 따랐다. "마시렴. 걱정 마, 안전한 물이야. 난 항상 끓여 두잖아."

화학적인 맛이 느껴졌지만 나는 무시하고 물을 들이켰다.

"에너데일까지 갔었니?" 애니 로즈가 물었다.

"네, 갔었어요."

"그 먼 길을!" 애니 로즈는 자랑스러운 듯 말했다. 할머니는 그다음에 무슨 이야기가 이어질지 이미 아는 듯했다. 할머니의 분위기에서 그게 느껴졌다.

"하지만 엄마는, 애니 로즈… 엄마는 없었어요. 이미 돌아가셨어요."

애니 로즈는 코를 훌쩍이며 고개를 끄덕였다. "아빠는?" 할머니는 평정심을 잃지 않고 물었다.

"아빠는 에너데일에 계세요." 나는 할머니에게 좋은 소식을 전하고 싶은 마음에 재빨리 대답했다. 에너데일에 관한 한 좋은 소식이 아주 많았으니까. "우리 아빠 게일. 근데 게일은 아빠의 본명이 아니에요! 아빠의 본명이 뭔지 애니 로즈는 짐작조차 못 하실 거예요."

애니 로즈는 어리둥절한 표정이었다.

"세바스찬이에요, 엄마 친구. 엄마랑 같이 달아났던 남학생 말이에요."

할머니가 헉하고 숨을 들이켰다. "세바스찬! 그럼 나도 만

난 적이 있다는 말이냐, 네 아빠를?"

"맞아요. 아빠는 정말로 좋은 사람이에요." 나는 흐느끼기 시작했다.

"그리고 네 엄마, 나의 메리언은… 언제였어?"

"베어가 태어나고 일 년쯤 지났을 때였대요."

애니 로즈는 탁자 위에 손을 얹은 채, 모든 고통과 슬픔을 견뎌 냈다.

내 말이 너무 빠르다는 걸 알면서도, 나는 백신과 우리의 탈출 계획을 속사포처럼 쏟아 냈다.

"에티엔을 불러와야겠어요. 에티엔도 데려갈 거예요. 약속했거든요…."

애니 로즈가 고통스럽게 고개를 저었다. "그 애는 위층에 없어, 주니퍼."

먹구름이 하늘을 가로지르는 것 같았다. 내 안에서 무언가가 무너져 내렸다. "왜요? 어디 갔어요?"

"잡혀갔어. 몇 주 전에."

"훈련원이군요." 숨이 막혔다. "어떡해요! 애니 로즈!"

할머니가 내 두 손을 꽉 잡고 부드럽게 흔들었다.

"거긴 안 돼요, 에티엔은 안 돼요!" 울음을 주체할 수 없었다.

에티엔이 여기 없다면 모든 계획이 어그러질 수밖에 없다. 그는 이 도시 사람들이 가장 두려워하는 곳에 갇혀 있다. 도시 한가운데 우뚝 솟아 있는 훈련원에. 애벗 교장이 했던 가장 무시무시한 협박이 마침내 현실이 되었다. 내가 너무 늦었다.

애니 로즈가 에티엔의 가슴 아픈 이야기를 들려주었다. 베어와 내가 떠난 뒤 그가 얼마나 힘들어했는지, 엔도 선생님이 사라지고 나서 학교가 얼마나 더 나빠졌는지도. 그리고 어느 날, 에티엔은 분노 혹은 체념 아니면 절망 속에서 진드기 병 임상시험에 참여했다. 나와의 약속을 어기고.

에티엔은 항체 주사가 효과가 있다고 생각했다. 노스엣지에서 진드기에 물린 적도 있었는데, 아무렇지 않았으니까.

"에티엔은 그 병을 이겨 냈군요. 하지만 모든 사람을 구하기 위해 임상시험에 자원했는데도 끌고 갔다는 말이에요?"

"경찰들 말로는 에티엔이 반란에 가담했대."

"에티엔을 빼내야 해요, 애니 로즈."

할머니가 고개를 저었다. "안 돼, 주니퍼."

"하지만 바로 그게 폴캣의 계획이에요. 워렌에서 그 사람들을 봤어요. 훈련원으로 쳐들어갈 거래요. 저도 따라가야 해요."

애니 로즈가 내 손목을 잡았다. "네가 꼭 그 일을 해야 하는 건 아니야. 아니, 너는 하면 안 돼. 너는 돌아온 것만으로도 이미 너무 위험해. 여기서 눈에 띄지 않게 숨어 있으면서 며칠이 됐든 내가 너와 함께 야생으로 나갈 수 있을 때까지 기다리자. 그때가 되었을 때, 에티엔이 우리와 같이 갈 수 있기를 바라자꾸나."

나는 애니 로즈에게 더는 반박하지 않았다. 대신 할머니를 앉히고 떨리는 손으로 아빠가 가르쳐 준 대로 백신 주사를 놓았다. 주사를 맞고 나서 할머니는 텅 빈 찬장에 있는 재료를 다 끌어모아 음식을 만들어 주었다. 나도 거들려고 했지만 할머니는 내 손가락 하나 까딱하지 못하게 했다. 옆에서 그저 에너데일 이야기만 들려주기를 원했다. 아주 사소한 부분까지 전부 다. 내 이야기를 듣는 애니 로즈의 눈에 간간이 눈물이 반짝이기도 했는데, 아마도 그곳에서 살았던 엄마를 떠올렸기 때문일 것이다.

애니 로즈는 자신의 딸 메리언이 행복한 곳에서 지내는 모습을 구체적으로 그려 보고 싶어 했다.

* * *

잠에서 깨어날 때, 마치 빨리 감기 한 영화처럼 익숙한 이미지들이 빠르게 지나갔다. 도시에 있는 내 방이었다가, 차가운 땅 위, 별들 아래에 누워 있기도 했다. 영원히 잠들 뻔했던 어두운 동굴도 나타났다. 그리고 에너데일.

아니, 맨 처음이 맞았다. 나는 진짜로 도시에 있었다.

사이렌과 사람들이 내는 소란스러운 소리가 들려왔다. 평소 같은 도시 소음이 아니라, 뭔가 다른 게 있었다. 나는 침대에서 뛰쳐나와 부엌으로 달려갔다. 애니 로즈가 문간에서 서성이고 있었다.

"무슨 일이에요?"

할머니가 왜 그러는지 영문을 알 수 없었다.

애니 로즈가 내 팔을 움켜쥐었다. 할머니는 몸을 떨고 있었다. "믿을 수가 없구나. 폴캣은… 허세를 부린 게 아니었어. 포르샤 스틸이 도시를 봉쇄하고 이렇게 오랜 세월이 흘렀는데도. 폴캣이 훈련원에 들어갔어."

숨이 막히는 것 같았다. "결국 그들이 해냈군요!"

"레아가 방금 뛰어나갔어. 아들을 찾으러 갔을 거야."

"절 깨웠어야죠. 애니 로즈, 저는…."

할머니는 이미 고개를 젓고 있었다. "안 돼, 주니퍼. 레아에게 네가 돌아왔다고 말했어. 에티엔을 빼내면 레아가 집으로 데려올 거야."

"애니 로즈." 나는 조용히 간청하는 목소리로 말했다. 밖에서 나는 소리가 점점 커졌다. 에티엔의 엄마만이 아니었다. 수많은 사람이 자신들이 사랑하는 사람을 훈련원에 보낼 수밖에 없었다. 지금이 그들을 구출할 절호의 기회일는지도 모른다.

"저도 가야 해요. 제가 도울 수 있을 거예요."

"네가 꼭 그 일을 해야 하는 건 아니야, 주니퍼. 이번 한 번만이라도 내가 널 안전하게 지킬 수 있게 해 다오. 이제 막 돌아왔잖아!" 애니 로즈가 울먹였다. 할머니의 목소리에, 이미 온갖 고난을 겪어 낸 얼굴에도 걱정이 가득했다. 하지만 애니 로즈도 기어이 내가 가리라는 걸 알았다. 에티엔을 안전하게 데려올 기회를 놓칠 수는 없으니까.

나는 이런저런 말로 최대한 할머니를 안심시켰다. "오늘은 아무도 저를 신경 쓰지 않을 거예요. 이런 사건이 벌어지고 있는 동안에는 괜찮아요."

애니 로즈는 이를 악물고 가느다랗게 숨을 내쉬었다. "다른 건 상관하지 말고 에티엔만 데려오는 거야. 그리고 무슨 일이 있어도 그 건물 안에 들어가면 안 돼. 레아 말로는 잠금장치가 해제되었다고는 하지만, 언제 다시 잠길지 몰라. 주니퍼, 네가 그 안에 갇히기라도 하면…."

"조심할게요, 애니 로즈." 대답을 채 끝내기도 전에, 내 발은 이미 날듯이 문을 나섰다.

거리에는 연기가 자욱했다. 불이다. 나는 깜짝 놀랐다. 야생에서 불은 안전하고 따뜻한 것이었고, 우리 삶에 필수적이었다. 하지만 도시에서는 달랐다. 멀리 불길이 보였다. 나는 더 빨리 달렸다.

내가 훈련원에 도착했을 때는 사람들이 이미 건물 밖으로 쏟아져 나오고 있었다. 얼굴은 시커멓게 그을렸고 연신 기침을 해댔다. 건물 밖에는 가족, 친지를 찾으러 온 사람들이 몰려들어 더 가까이 가려고 서로 밀치며 안간힘을 썼다. 이름들이 허공을 가로질러 날아다녔다.

사람도 정말 많고, 너무 혼란스러워서 뭐가 뭔지 알 수가 없었다.

누군가가 나를 붙잡았다. "주니퍼!"

에티엔의 엄마 레아였다.

"에티엔 봤니? 그 애 봤어, 주니퍼?" 아줌마는 거의 정신이 나간 듯했다.

나는 아무 말도 못 하고 고개만 저었다. 훈련원의 출입문은 활짝 열려 있었다. 점점 더 많은 사람이 빠져나오고 있었다. 경비원들이 양옆에서 들어와 몸으로 바리케이드를 만들어 출구를 막으려고 했지만, 건물 밖으로 쏟아져 나오는 인파의 압력이 너무 거셌다.

뒤에서 에티엔의 엄마가 외치는 소리가 희미하게 들렸다. 아줌마는 어느새 사람들을 구조하느라 여념이 없었다. 이미 도착한 구급차 두 대에 부상자들을 실으며 주변 사람들에게 도움을 요청하고 있었다.

훈련원을 빠져나오는 쇠약한 사람들 중 익숙한 모습이 눈에 들어왔다. 그 여성은 십 대 여자애를 거의 들다시피 팔로 감싸안고 나왔다.

나는 어렴풋이 보이는 그 여성의 모습과 자세를 내 기억 속에서 길어 올렸다. "엔도 선생님?"

그 사람이 내 쪽으로 돌아섰다. 바로 그곳에 어리둥절함과 반가움, 두려움 등등이 마구 뒤섞인 표정을 짓고 있는 선생님이 서 있었다.

"주니퍼?" 선생님은 여전히 여자애를 두 팔로 감싼 채 안아

올렸다. “넌 야생으로 갔잖아!”

머뭇거릴 시간이 없다. 한시바삐 내게 가장 필요한 것을 알아내야 한다.

“에티엔은요? 저 안에 있어요?”

엔도 선생님이 고개를 끄덕였다. 그런데 선생님의 얼굴에 떠오른 표정을 보자, 뭐라고 정확히 꼬집어 말할 수는 없었지만, 내 주변의 숨 쉴 공기가 사라져 버린 것 같았다.

“선생님!” 나는 선생님에게 거의 매달리다시피 했다.

“아, 주니퍼. 에티엔은 특별 구역 감방에 갇혀 있었는데….” 우리는 서로를 똑바로 바라보았다. “며칠 전이었어. 그들이 에티엔의 피를 뽑았어. 애벗 교장이.”

“안 돼요!” 나는 울부짖었다.

그 사람은 안 돼, 애벗 교장만은. 최악의 장소에서 나의 가장 소중한 친구 곁에 있어서는 안 되는 사람이다.

훈련원에서 빠져나오는 사람들과 이들을 통제하기 위해 더 많은 경찰이 진입하는 모습을 보며, 나는 절망적으로 고개를 저었다.

경찰들 일부는 곧장 건물 안으로 밀고 들어갔고, 다른 일부는 훈련원 밖으로 나오는 사람들의 흐름을 막아선 다음 그들을 다시 안으로 돌려보냈다. 울음소리와 비명이 들려왔다. 차차 사람들이 제압당했다.

그때 우리 뒤에서 어떤 여성이 튀어 올랐다.

"히미코." 그녀는 엔도 선생님을 끌어안으며 이렇게 불렀다. 두 사람은 안도의 눈물을 흘리며 짧게 포옹한 뒤, 엔도 선생님이 데리고 나온 여자애를 바라보았다. 그 애는 의식을 잃지 않으려고 안간힘을 쓰고 있었다.

엔도 선생님의 눈이 나와 마주쳤다. "미안해, 주니퍼. 이 아이를 연기가 없는 곳으로 데려가야겠어."

나는 다시 건물 쪽을 돌아보았다.

감방에 갇혔다고? 며칠 전에….

"주니퍼, 그러면 안 돼. 에티엔도 그건 바라지 않을 거야. 바보 같은 짓이야. 여기 감방은 끔찍한 곳이야. 그 애는 아마도 이미…."

엔도 선생님은 차마 그다음 말을 입 밖에 내지 못했다. 선생님이 뱉지 못한 그 말은 우리 둘 사이를 맴돌았다.

옆에 있던 여성이 선생님을 잡아끌며 재촉했다.

"빨리 가세요." 내가 말했다. "이러다가 다시 붙잡히겠어요."

두 사람은 여자애를 부축해 떠났지만, 엔도 선생님은 마지막까지 나를 돌아보며 절망적으로 팔을 뻗었다. 나는 건물을 향해 돌아섰다.

선생님은 정말로 내가 에티엔을 포기할 거라고 생각했을까? 그 애를 찾아서 다시 돌아왔는데?

25 탈옥 작전

에티엔

날카로운 경보음과 발소리, 고함치는 소리에 잠에서 깼다. 감방 밖에서 간수들이 서로 외치는 소리가 들렸다. "폴캣이야. 밖은 아수라장이 됐어. 폴캣이 훈련원 잠금장치를 어떻게 한 것 같아."

그 모든 소음을 뚫고 공포에 질린 외침이 들려왔다. "불이야, 불!"

물론 화재는 계획에 없었을 것이다. 어쨌든 이건 폴캣이 왔다는 뜻이다. 거의 희망을 포기할 뻔했는데…. 애벗 교장이 폭력적으로 피를 뽑아 간 뒤, 이제는 그냥 내버려두는가 했는데 어젯밤 그가 다시 찾아왔다. 또다시 내 피를 혈액병 여러 개에 담아 가져갔고, 나는 다시 이 콘크리트 감방으로 끌려왔다.

나는 감방 문을 마구 두드렸다.

밖에서는 사람들이 불이 났다고 계속 비명을 지르고, 지금은 나도 그 냄새를 맡을 수 있다. 나는 공포에 휩싸였다.

"내보내 줘, 날 내보내 달라고!" 완전히 겁에 질려 나는 문을 더 세차게 두드렸다. 젊은 경비가 문을 열어 주었는데, 그 역시 충격에 사로잡힌 얼굴이었다.

"나가!" 그가 소리쳤다. "온 건물에 연기가 가득 찼어."

"무슨 일이야?" 내가 물었다.

"폴캣이야. 그들이 불을 질렀어. 완전히 통제 불능이야."

복도로 나갔지만 어디가 어딘지 알 수가 없었다. 지난밤 두 번째로 피를 빼앗긴 뒤로 영 기운이 없다.

"이쪽이야!" 경비가 소리치며 마당 쪽을 가리켰다. 나는 밝은 빛에 눈을 깜빡였다. 훈련원을 나갈 수 있는 문이 열려 있었다. 그는 사실상 내가 탈출하도록 돕는 것이나 마찬가지였다.

"이젠 네가 알아서 해!" 경비는 내 뒤에다 대고 이렇게 소리치고 가 버렸다.

나는 일단 상황을 파악해 보려고 했다. 뭔가 잘못됐다. 몰려드는 사람들 대다수가 경비들이었다. 나는 타워 꼭대기까지 죽 이어지는 공동 침실들을 떠올렸다. 깊은 잠에 빠진 사람들. 소란 때문에 잠에서 깼더라도 문은 밖에서 빗장이 걸려 있다. 누군가가 밖에서 빗장을 벗기지 않는 한 안에서 방문을 열 수 없다. 경비들이 빗장 생각을 할 가능성이 얼마나 있을까? 나는 오로지 운이 좋아서 감방에서 나올 수 있었다.

무작정 타워로 올라가는 계단으로 뛰어갔다. 이쪽은 경보기가 꺼져 있었다. 타워는 어둠과 깊은 잠에 빠진 고요에 싸여 있었다. 하지만 매캐한 연기가 조용히 복도로 스며들고 있었다.

검은 옷에 복면으로 코와 입을 가린 사람이 눈에 띄었다. 폴캣이 훈련원 안까지 들어와 있었다.

"저 좀 도와주세요." 나는 당황했지만, 한편으로는 안도의 숨을 내쉬었다. "타워 꼭대기까지 죽 공동 침실이 있어요."

그 폴캣은 움찔하는 것 같았다. "왜 아직도 안 나오지? 연기 때문에 모든 잠금장치가 해제됐을 텐데."

"공동 침실은 아니에요." 내가 말했다. "문에 빗장이 걸려 있어서 밖에서 열어 주어야 해요."

그 폴캣 뒤로 검은 옷을 입은 또 다른 사람이 나타났고, 먼저 온 폴캣이 돌아보며 소식을 전했다. "공동 침실의 문을 열어 주어야 해. 수동 잠금장치가 있다는군."

두 번째 남자가 욕설을 내뱉으며 대답했다. "그럴 시간이 없어. 불이 제어가 안 돼. 여기가 전부 타 버릴 수도 있다고."

나는 조용히 계단으로 가서 조던과 다른 사람들이 잠들어 있는 우리 층으로 올라갔다. 그들 중 누군가는 방에 갇힌 사람들을 구하는 일을 도와줄 것이다.

26 숨겨진 진실

주니퍼

나는 경찰들과 경비들을 슬그머니 지나쳤다. 혼란 속에서 아무도 나를 알아채지 못했다. 그들은 당황한 채 어쩔 줄 몰라 하며 서로 명령과 지시를 주고받았다. 누군가가 자기네 감옥 안까지 들어올 것이라고는 예상하지 못했겠지.

나는 건물로 둘러싸여 사방이 막힌 훈련원 안마당으로 들어갔다. 그런 다음 열린 문을 통해 재빨리 타워 건물 내부로 들어갔다.

실내는 어둡고 연기 냄새가 코를 찔렀다. 나는 계속해서 숨을 쉬어야 한다고 내 폐를 일깨워야 했다.

에티엔이 정말로 여기, 이 건물 안에 있을까?

두려움이 콧구멍에, 기관지 안쪽에 달라붙었다.

옆에서 무슨 소리가 나더니 갑자기 빛이 사라졌다. 내가 들어온 문이 닫히고 빗장이 걸리는 소리가 났다.

"주변 안전을 확보해." 누군가가 밖에서 명령을 내렸다. "잠금장치를 다시 작동시킬 수가 없어. 놈들이 시스템 전체를 비활성화한 게 틀림없어!"

발소리, 울부짖는 소리. 그러더니 "안으로 들어가! 안으로 들어가란 말이야!" 하고 누군가에게 고함을 지르는 소리가 들렸다. 뒤이어 고통에 신음하는 듯한 비명과 울음소리가 더 많아졌다.

나는 모퉁이를 돌다가 누군가와 부딪쳤다.

그 사람도 걸음을 멈추고 숨을 헐떡였다. 검은 옷을 입고 복면을 한 폴캣이었다.

"주니퍼 그린?" 복면을 통해 숨이 막히는 듯한 목소리가 새나왔다. "정말 너구나! 어제는 유령을 본 줄 알았어."

그 사람이 복면을 내렸고, 나는 어둠 속에 드러난 얼굴을 쳐다보았다.

"세레나!" 숨이 멎을 것만 같았다. 사정을 설명할 시간은 없다. "에티엔은?" 내가 다급하게 물었다. "에티엔이 나가는 거 봤어? 엔도 선생님 말로는 감방에 갇혀 있다던데."

세레나가 고개를 흔들었다. "아직 감방에 있을 거야. 우리 아빠도 그렇고." 세레나가 내 얼굴을 가릴 수 있게 천을 건네주고는 자신의 복면을 다시 고쳐 썼다. "연기를 마시지 마. 감방은 이쪽인 것 같아." 그 애는 서둘러 복도를 걸어갔다.

밖에서는 회색 제복을 입은 경비 병력이 점점 늘어나고 있었지만, 우리는 상관하지 않고 계속 나아갔다. 병영이나 다른 구역에서 소집된 지원 병력이 훈련원 정문으로 계속 들어왔다. 포르샤 스틸은 훈련원이 무너지는 걸 막기 위해서라면 무슨 일이든 할 것이다. 훈련원은 포스샤 스틸의 도시를 상징하는 가장 잔혹한 심장부다.

우리는 복도에서 연결된 어두운 통로 쪽으로 걸어갔다. 공기는 매우 탁했고 숨이 막힐 것 같았다. 바닥은 아래로 비스듬히 내려간다. 폐소공포증이 몰려왔다.

"정말 이 길이 확실해?" 나는 불안해져서 물었다. 뭔가 잘못된 것 같다. "엔도 선생님 말로는 에티엔이 감옥에 있었다는데."

우리가 있는 곳은 칠흑같이 어두웠다. 세레나가 손전등을 높이 들어 우리가 서로 보이게 했다. "이 일 먼저 해야 해. 아르테미스가 부탁한 임무야. 나랑 같이 움직이고 있었는데, 다쳐서 먼저 돌아가야 했거든."

"무슨 일 말이야, 세레나?" 내가 눈을 깜빡였다.

"포르샤 스틸의 벙커."

나는 공포에 질려 세레나를 빤히 쳐다보았다. "아니, 난 에티엔을 찾아야 해." 나는 주춤거리며 물러섰다.

세레나가 복면을 내려 얼굴을 드러냈고, 나는 그 애의 표정을 제대로 볼 수 있었다. "이게 우리의 유일한 기회일지도 몰라,

주니퍼. 너나 나보다 더 중요한 일이야. 이해 못 하겠어?”

“무슨 기회라는 거야?” 연기를 마신 탓에 기침을 하며 내가 물었다. 여기 아래쪽은 공기가 달랐다. 악취가 나는 건 마찬가지였지만 종류가 달랐다. 퀴퀴하고 흙냄새 같은 게 났다. 호숫가에서 본 오소리 굴이 생각났다.

“포르샤 스틸이 어떻게 되었는지 알아낼 기회.” 세레나는 이미 앞장서서 걷기 시작했고, 내 팔을 잡아당겼다. 세레나의 머릿속에는 한 가지 생각밖에 없는 것 같았다.

우리는 더 깊이 내려갔다. 지금은 타워의 심장부에 있는 것 같다. 우리는 천장을 떠받치고 있는 기둥들이 미로처럼 서 있는 방으로 들어갔다. 세레나와 나는 조심스럽게 주위를 둘러보았다.

“여기인 것 같아.” 세레나가 속삭였다.

세레나가 벽에 줄지어 걸린 사진을 가리켰다. 모든 공공건물에 걸려 있는 익숙한 포르샤 스틸의 사진 옆으로 통로를 따라 계속 초상화 사진이 이어졌다. 우리는 그 사진들을 따라가면서 한 번도 볼 수 없었던, 늙어 가는 시장의 모습을 바라보았다. 모든 사진에서 포르샤 스틸의 얼굴은 죽은 듯이 창백했다.

나는 몸서리쳤다. “그러니까 포르샤 스틸이 점점 늙긴 했어. 포르샤 스틸이 지상에 나간 적이 있긴 할까?”

“아르테미스가 생각하는 가설이 있는데.” 세레나가 조용하고 신중한 목소리로 말했다. “포르샤 스틸이 벌써 오래전에 야생으로 도망쳤다는 거야."

"포르샤 스틸은 야생을 싫어해."

"진드기를 싫어한 거지." 세레나가 반박했다. "그리고 질병. 그런데 어느 순간 포르샤 스틸은 자신이 무슨 일을 했는지, 자신이 무엇을 만들어 냈는지 깨달았어. 바로 이곳 말이야." 세레나는 우리 위에 있는 감옥 탑을 가리켰다.

머릿속이 어질어질했다. 포르샤 스틸과 훈련원은 동의어다. 하나가 없으면 다른 하나는 의미가 없다. "그 여자가 없다면 그럼 누가 이 도시를 통치하는 거지?"

"포르샤 스틸의 옛날 심복이겠지." 세레나가 말했다. "애벗 교장 같은 사람 말이야. 아르테미스는 어느 때인가 그들이 포르샤 스틸의 권력을 빼앗았을 거라고 생각해."

내 혈관을 흐르는 피가 싸늘하게 식는 느낌이었다. 에티엔을 찾으러 돌아가야 하지만, 포르샤 스틸은 내 삶의 최대 적이었다. 그 여자가 이 지하 벙커에서 모든 것을 지휘한 게 아니라면, 여기 온 적조차 없다면, 그게 무슨 뜻일까?

우리는 막다른 길에 다다랐다. 마지막 방에는 직사각형 궤가 놓여 있었다. 관이었다. 세레나와 나는 동시에 그쪽으로 달려갔다. 무엇을 보게 될지 우리는 이미 알았던 것 같다.

"아르테미스가 틀렸나 봐." 세레나가 낮게 휘파람을 불었다.

관 뚜껑은 닫혀 있었고, 황금빛 명판에 이름이 새겨져 있었다.

"포르샤 스틸이 여기 죽어 있다고?" 나는 믿을 수가 없었다.

"포르샤 스틸, 우리 도시의 어머니이자 현대 세계의 구원자." 세레나가 명판을 소리 내어 읽었다.

"날짜를 봐." 내가 속삭였다.

"15년 전이야." 세레나가 그 나무 궤에 손을 얹으며 말했다.

"그러면 그들이… 거짓말을 한 거네." 내가 말했다. "그 오랜 세월 동안."

"우리한테는 평생이었어. 아르테미스조차 그렇게 오래전이라고는 짐작조차 못 했을 거야."

"하지만 어떻게 이걸 비밀로 할 수 있었을까? 왜 그런 거지?" 나는 어쩔 줄을 몰랐다. 무릎이 후들거렸다.

"권력을 지키기 위해서지." 세레나가 씁쓸하게 내뱉었다. "권력과 통제, 명예욕. 결국 그걸 위해서였던 거야."

세레나는 무릎을 꿇고 가방에서 무언가 도구를 꺼내더니, 포르샤 스틸의 이름이 새겨진 황금빛 명판을 떼어 냈다. 그 동작에는 엄숙함 같은 게 깃들어 있었다.

"증거야." 세레나가 나를 돌아보며 말했다. "아니면 아무도 믿지 않을 테니까. 이 모든 것을 끝내야 해. 전부 다 거짓말 위에 세워진 거니까." 세레나는 얼굴에 번진 눈물을 닦아 냈다.

나는 세레나를 일으켜 세웠다. "이제 너희 아빠와 에티엔을 찾아야 해."

27 탈출

에티엔

공동 침실의 빗장은 뻑뻑하고 무거웠다. 머리가 어지러웠지만, 지금이 바로 엔도 선생님이 말한 결정적인 순간이다. 집중만 잘하면 아직은 내 역할을 해낼 수 있을 것이다.

"도와줄까?" 내 뒤에서 초조하게 서성거리던 폴캣 중 한 명이 조바심을 냈다.

나는 고개를 흔들었다. "내가 할 수 있어요." 나는 몸짓으로 복도와 위층을 가리켰다. "다른 방들도요. 전부 다 이렇게 되어 있어요."

나를 따라온 폴캣 둘은 잠시 당황한 눈빛을 주고받은 뒤 갈라졌다. 한 명은 복도를 따라 뛰어갔고, 다른 한 명은 위층으로 올라갔다.

마당에서는 여전히 소란스러운 소리가 들려왔다. 연기가 점점 자욱해졌다. 나는 스웨터를 끌어 올려 입과 코를 가렸다. 지금 집중력을 잃어서는 안 된다.

우리가 모두 영원히 잃어버릴까 봐 두려워했던 자유, 이제 그 자유에 아주 가까이 와 있다. 나는 이를 악물었다. 빗장을 조금만 더 올리면… 나는 문을 밀어서 열었다.

공동 침실의 동기들이 반대편에서 기다리고 있다가 쏟아져 나왔다. "에티엔!" 그들이 안도감과 놀라움에 소리를 질렀다. "무슨 일이야?"

"폴캣이 왔어. 건물엔 불이 났고, 빨리 나가야 해!"

조던은 내 모습을 보고 충격을 받은 것 같았다. "에티엔, 놈들이 너한테 무슨 짓을 한 거야?"

나는 손을 내저었다. 지금은 그 얘기를 할 때가 아니다. "난 괜찮아. 하지만 다른 사람들을 내보내야 해. 모든 층의 방문을 열어야 해."

조던은 고개를 끄덕이고는 다른 층으로 사람들을 이끌고 가며 소리쳤다. "얼굴을 가려! 연기를 들이마시면 안 되니까!"

나는 곧장 위층으로 올라갔다. 에이프릴이 있는 공동 침실로 가서 빗장을 비틀어 열었다. 에이프릴이 두 팔로 나를 감싸 안았다.

"폴캣이 왔어, 에이프릴. 내가 그럴 거라고 했지."

에이프릴은 화답하듯 환하게 웃었다.

"그런데 시간이 없어. 여기 공동 침실에서 사람들이 모두 나가도록 도와줄 수 있겠니?"

그 애는 눈을 크게 뜨고 재빨리 고개를 끄덕였다. "너는 같이 안 가?"

"물론 나도 갈 거야. 하지만 먼저 다른 층도 내보내야 해. 한 명도 남겨 두면 안 되잖아."

에이프릴은 알겠다는 듯 고개를 끄덕이고 계단을 내려가는 사람들의 흐름에 합류했다. 그 애는 공동 침실의 다른 친구들 이름을 불러 가며 그들이 모두 따라오고 있는지 확인하는 것도 잊지 않았다.

조던과 나는 마지막 방까지 확인한 뒤, 마당으로 나가기 위해 아래로 내려갔다. 그런데 상황이 변하고 있었다. 지금은 죄수보다 경비가 더 많았다. 그리고 폴캣의 수는 가장 적었다.

우리는 경비들이 문을 닫으려는 순간 급히 문 쪽으로 달려갔다. 마지막으로 남은 사람들 중 몇 명이 밖으로 나가는 문을 열기 위해 이를 앙다물고 필사적으로 밀어붙였다.

혼란스러운 순간이 지나고 잠시 문이 다시 열렸다. 그 틈을 타서 사람들이 나가기 시작했고 조던과 나도 서둘러 앞으로 갔다. 하지만 경비 한 명이 나를 뒤로 끌어당겼다. 마지막으로 본 것은, 내가 따라오는지 확인하려고 뒤돌아본 조던의 얼굴에 떠오른 절망적인 표정이었다. 그리고 문이 쾅 하고 닫혔다. 나는 건물 안에 남겨졌다.

겨우 경비를 뿌리치고 남아 있는 사람들 속으로 숨어들었다. 연기는 이제 더욱 짙어졌고 나는 기침을 하며 허둥지둥 나아갔다. 누군가가 내 이름을 불렀다. 혼란스러웠다. 주위를 둘러보았다. 나를 아는 사람 중 또 누가 남겨졌을까?

* * *

내 눈을 믿을 수가 없었다. 세레나 그리고 그 옆에는, 이 세상 모든 불가능한 일 중에서도 가장 불가능한….

누군가가 날 향해 날아올랐다.

"주니퍼! 이건 말도 안 돼!"

"말이 돼!" 눈물이 주니퍼의 뺨을 타고 흘러내렸다. "내가 너무 늦은 줄 알았잖아!"

세레나와 주니퍼 뒤에 서 있던 남자가 무언가 결심한 듯 우리 쪽으로 다가왔다. "서둘러야 해. 시간이 없어."

"우리 아빠야." 세레나가 자랑스럽게 말하자, 남자가 세레나의 손을 잡아 가까이 끌어당겼다.

"칸 아저씨." 나는 몇 해 전에 우리 학교 놀이터에서 벽화를 그리던 그를 알아보고 소리쳤다.

"자, 빨리 나가자!" 세레나가 우리를 출구 쪽으로 이끌었다.

"그쪽은 안 돼. 문이 다시 잠겼어." 내가 말했다. "밖에서 빗장을 걸었어."

우리 넷은 우왕좌왕하며 서로를 쳐다보았다.

"그러면 나갈 방법이 없어." 세레나가 긴장한 듯 침을 꿀꺽 삼켰다.

주니퍼가 절망적인 눈빛으로 나를 보았다. 주니퍼는 정말로 나 때문에 그 먼 길을 되돌아온 것일까? 바로 이곳 훈련원 한복판으로? 가장 위험한 장소인데? 뭔가 그럴 만한 이유가 있었을 것이다.

갑자기 생각이 떠올랐다.

"옥상 운동장이요!" 내가 칸 아저씨에게 말했다.

그의 얼굴이 긴장으로 굳어졌다. 표정을 보니, 건물 밖으로 이어지는 구불구불한 유지 보수용 사다리를 아는 것 같았다. "거기로 내려가면 나갈 수 있을 것 같니?"

나는 잠시 주저했지만 단호하게 고개를 끄덕였다. 더 많은 경비대가 남은 죄수들에게로 몰려올 것이다. 이제 무슨 일이 벌어질지 알 수 없다. 이게 우리의 마지막 희망이 될지도 모른다. 나는 옥상으로 가는 문을 가리켰고, 우리는 계단을 뛰어 올라갔다.

"이 위로?" 세레나가 어리둥절해하며 물었다.

"꼭대기에 운동장이 있는데, 건물 외벽에 아래로 내려가는 사다리가 붙어 있어." 내가 설명했다. "감시 때문에 자세히 볼 수는 없었지만, 경비가 없으면 벽을 타고 넘어가서 내려갈 수 있을 것 같아."

“에티엔.” 주니퍼가 긴장한 목소리로 말했다. “높이가 20층이야.”

나는 도움을 바라는 눈빛으로 칸 아저씨를 바라보았다.

“머뭇거릴 시간이 없어. 빨리 여기서 나가야 해.” 아저씨가 세레나를 끌고 가며 말했다.

주니퍼도 마지못해 움직였고, 우리는 계단을 함께 뛰어 올라갔다.

옥상에 올라가자 칸 아저씨와 나는 곧장 건물 옆쪽으로 가서 양철 지붕과 벽 사이 틈새를 내려다보았다.

아저씨와 난 긴장된 표정으로 서로를 바라보았다. 사다리는 유지 보수용으로 사용하는 것이라서, 원래는 안전띠와 보호 장구를 착용해야 한다. 그때 아래쪽 마당에서 혼란스러운 소리가 들려왔다. 사람들을 전부 무자비하게 건물 안으로 밀어 넣는 것 같더니, 이제는 총소리까지 났다.

“주니퍼.” 난 주니퍼의 손을 잡았다. “여기서 잡히면 우린 영영 빠져나갈 방법이 없어. 너는 공식적으로 없는 사람이고, 여기 있으면 안 돼. 애벗 교장이 우릴 보면 도시를 떠나게 내버려두지 않을 거야. 절대로. 그는 이미 내 피를 절반 가까이 가져갔는데, 마지막 한 방울까지 멈추지 않겠지. 주니퍼 네 피도 가져갈 거야.”

주니퍼는 멍하니 고개를 끄덕였다. 두려움에 얼어붙은 것 같았다. “넌 할 수 있겠지, 에티엔. 암벽 등반도 무척 잘했으니까. 하지만 난 고소공포증이 있잖아. 난 못 해."

칸 아저씨와 세레나는 이미 양철 지붕 한쪽을 뜯어내고 있었다.

나는 다시 주니퍼에게로 돌아섰다. "베어를 생각해, 쭈. 네가 할 수 있다는 거 알아. 옛날 등반 시간에 네가 올라가는 걸 봤는데? 성탑 말이야. 그때 성탑 꼭대기까지 올라갔잖아."

"맞아, 하지만 그땐 밧줄과 안전 매트가 있었지."

"여기는 사다리가 있잖아. 그리고 나도 있어. 우리 둘이 함께 하면 돼."

칸 아저씨가 가장 먼저 녹슬고 낡은 사다리 위에 발을 올려놓았다. 사다리는 심하게 삐걱거리며 회색 벽돌로 된 건물 외벽에 부딪혀 흔들렸다. 우리 세 사람은 숨죽여 바라보았고, 다행히 사다리가 버텨 주었다.

"둘씩 가야겠다." 아저씨가 우리를 올려다보며 말했다. "에티엔, 세레나가 넘어올 수 있게 좀 도와줄래?"

나는 긴장해서 침을 꿀꺽 삼키며 고개를 끄덕이고, 세레나가 옥상 담장을 넘어갈 수 있게 잡아 주었다. 세레나가 사다리 첫 칸에 자기 아빠와 나란히 설 때까지 손을 놓지 않았다.

"좋아, 우리 먼저 내려갈게." 칸 아저씨가 조심스럽게 말했다. "너희 둘이 할 수 있겠니? 이 사다리가 무게를 더 견딜 수 있을지 확신을 못 하겠구나."

아저씨 말에 나는 고개를 끄덕였다. 두 사람이 내려가는 동안 낡은 사다리가 겨우 버티는 게 보였다.

나는 옥상 벽 너머로 몸을 내밀고 두 사람이 바닥에 닿을 때까지 지켜보았다. 이제 우리 차례다.

주니퍼를 먼저 내보냈다. 그 애가 사다리 첫 칸에 자신의 체중을 온전히 내려놓을 때까지 손을 꼭 잡고 있었다. 주니퍼는 두려움에 몸이 굳었지만, 주저하지는 않았다. 우리 둘 다 이것이 유일한 탈출 기회라는 것을 잘 알았다. 주니퍼가 내 손을 놓고 사다리의 금속 난간을 붙잡았을 때, 나도 옥상 벽을 타고 넘어 그 애 옆으로 갔다.

우리는 한 걸음, 한 걸음 아래로 내려갔다. 심장이 튀어나올 것만 같았다. 저 아래 거리에서는 칸 아저씨와 세레나가 불안한 눈으로 우리를 지켜보았다.

단단한 땅에 우리 발이 닿자마자, 세레나가 몸을 홱 돌렸다. “당장 여기서 사라져야 해.” 세레나가 다급하게 말했다. “나는 아빠와 함께 명판을 워렌으로, 아르테미스에게로 가져갈 거야. 모두 거기서 다시 모이기로 했거든. 하지만 너희 둘은….” 세레나는 나와 주니퍼를 번갈아 바라보았다. “아까 위에서 에티엔이 말한 대로, 너희는 발견되면….”

우리 둘은 고개를 끄덕였고, 세레나와 짧게 포옹을 나눈 후 헤어졌다.

28 다시 야생으로

주니퍼

에티엔과 나는 예전처럼 팜하우스와 연결된 우리 집 부엌문을 통해 슬그머니 안으로 들어갔다. 다만 이번에는 레아 아줌마가 그곳에서 기다리고 있었다. 아줌마는 아들을 품에 안고 눈물을 흘렸다. "우리 아들, 그놈들이 너한테 무슨 짓을 한 거니?"

훈련원의 연기와 혼돈에서 벗어나 어린 시절을 보낸 조용한 우리 부엌에서 보니, 비로소 에티엔이 얼마나 지치고 상처투성이인지 알 수 있었다.

"난 괜찮아요, 엄마." 에티엔이 자기 엄마를 안심시켰다. "훈련원에서 나왔으니 이제 다 괜찮아질 거예요."

"하지만 얼굴이 너무 창백해." 레아 아줌마가 말했다.

에티엔이 고개를 저었다. “저는 그냥 쉬기만 하면 돼요. 이제 다시는 거기로 돌아갈 일 없어요.” 그의 눈이 나와 마주쳤다.

나는 세레나가 우리에게 마지막으로 한 말을 떠올리며 입을 열려고 했지만, 애니 로즈가 먼저 말을 꺼냈다.

“여기 있으면 안 돼. 너희 둘 다.”

“맞아요.” 에티엔이 바로 대답했다. 그는 엄마에게서 떨어져서 남은 힘을 그러모으듯 허리를 곧추세웠다. “경비들이 없어진 사람을 파악하면 바로 찾아올 거예요. 애벗이 저를 1순위로 지목할 테니까요. 만약에 교장이 주니퍼를 본다면….” 에티엔의 목소리가 점점 잦아들었다.

“애니 로즈는 아직 면역이 생기지 않았을 거예요.” 내가 할머니를 돌아보며 말했다. “아빠 말로는 일주일은 기다려야 한댔어요. 그리고 아줌마도요….” 나는 이제 에티엔의 엄마를 돌아보았다. “아줌마도 백신을 맞으셔야 해요.”

에티엔은 혼란스러운 표정이었다.

“나중에 설명할게.” 내가 그에게 말했다.

“주니퍼!” 애니 로즈가 고개를 저으며 말했다. “제발 한 번만이라도 내 말 좀 들어. 넌 목숨이 아홉 개인 고양이처럼 구는구나. 하지만 언젠가는 그것도 다 떨어질 거야. 너는 떠나야 해, 사랑스러운 우리 손녀. 여기서 멀리멀리 떠나가야 해.”

나는 몹시 흥분해서 할머니를 쳐다보았다. “또다시 할머니를 두고 떠날 순 없어요!”

"에티엔이 너와 함께 갈 거야." 애니 로즈가 말했다.

레아 아줌마는 두려운 듯 아들을 꽉 붙들었다. 마치 다시는 아들을 자신의 시야에서 놓치지 않으려는 것 같았다. 나도 그 기분을 안다. "진드기 병은, 에티엔에게 면역력이 생겼는지 우린 아직…." 아줌마는 당황한 듯 말이 빨라졌다.

"전 알아요." 에티엔이 끼어들었다. "이미 진드기에게 물렸어요. 얼마 전에 노스엣지에서요. 근데 아프지 않았어요, 엄마. 항체 주사가 효과가 있었어요."

"그러면 야생에 나가도 된다는 거니?" 아줌마는 믿기지 않는다는 표정이었다. "네가 늘 원했던 대로?"

"하지만 애니 로즈." 나는 할머니의 손을 잡았다. 애니 로즈를 포기할 수 없다.

할머니는 다시 고개를 저었다. "지금 혁명이 일어나려 하고 있어. 실은 벌써 시작됐지. 너희 젊은이들이 혁명을 일으켰으니, 나에게도 탈출구가 있을 것 같구나, 주니퍼. 야생으로 내가 널 찾아가마. 사랑하는 우리 베어도 만나야지. 반드시 에너데일로 갈게, 약속해. 하지만 오늘 밤에는 내가 방해만 될 뿐이야. 이번 여행은 네 몫이야. 너와 에티엔의 여행이지."

갑자기 밖에서 빠르게 지나가는 발소리가 들리고 경비대가 들고 다니는 휴대용 사이렌이 울렸다. 우리는 순간 얼어붙었다. 그들이 여기 들어오면 더는 숨을 곳이 없으니까. 하지만 잠시 후 소음이 멀어졌다.

"레아, 제발, 아이들에게 가라고 말해 줘요." 애니 로즈가 에티엔의 엄마에게 도움을 청했다. "곧 경비대가 우리 애들을 잡으러 올 거예요."

레아 아줌마가 슬픈 미소를 지었다. "애니 로즈 말이 맞아. 시간이 없어." 아줌마는 에티엔을 있는 힘껏 꽉 껴안았다.

나는 깨진 유리 더미 너머에 있는 문을 바라보았다. 저 문 밖 완충 지대의 검게 변한 땅이 우리를 자유로 이끌어 줄 것이다. 마지막 탈출이길. 이번에는 에티엔과 함께 간다.

나는 레아 아줌마에게 남은 백신 물품을 주었다. 이것으로 아줌마가 몇 사람은 더 구할 수 있을 것이다. 내가 운 좋게도 평생 누려 온 보호를 그들도 누릴 수 있겠지. 아줌마는 내가 여행에 필요한 필수품을 챙기는 걸 도와주었고, 에티엔은 부족한 혈액을 보충할 수 있게 애니 로즈가 만들어 준 달콤한 설탕 음료를 마셨다. 그런 다음 우리는 포옹을 하며 작별 인사를 나누었다.

"이번이 마지막이에요." 내가 애니 로즈에게 말했다. 눈물이 뺨을 타고 흘러내렸다. "다시는 작별 인사를 하지 않을 거예요."

"그래." 할머니가 마지막으로 내 뺨에 입맞춤했다. "다시는 그럴 일 없어. 하지만 이제 가야 할 시간이야. 얼른! 야생이 너희 둘을 부르고 있잖아."

29 초록빛 금

에티엔

완충 지대가 끝나고 야생이 시작되는 지점에서 잠이 깼다. 철조망과 화학물질로 뒤덮인 봉쇄된 땅을 가로지르고 나니, 지난 몇 시간, 며칠, 몇 주간의 사건들이 한꺼번에 밀려와 더는 걸을 수가 없었다. 주니퍼가 처음으로 나타난 나무 아래에 임시 피난처를 만들었고, 거기서 잠을 청했던 터였다.

잠에서 깨니 새벽이 밝아 오고 있었다. 이런 경험은 생전 처음이다. 나뭇가지 사이로 빛이 내리비쳤다.

“잘 잤어?” 주니퍼가 옆에 앉아 조용히 말했다. “기분이 어때?”

“꿈을 꾸는 것 같아.”

주니퍼가 내 팔을 꼬집으며 한쪽 눈을 찡긋했다. “꿈이 아니야."

나는 웃으며 부드러운 흙 위에 발을 딛고 섰다. "빛이 황금 먼지 같아." 위를 올려다보며 내가 말했다. 몸은 여전히 여기저기 안 쑤시는 데가 없었지만, 얼굴에 닿는 햇볕은 따뜻했고 생기를 넣어 주는 것 같았다.

"초록빛 금이지." 주니퍼가 미소 띤 얼굴로 내게 동조했다. "봄이야."

나도 미소를 지으며, 훈련원 탈출에 성공했을 에이프릴을 떠올렸다. 지금쯤은 워렌으로 돌아가 가족들과 함께 있기를 바라며, 북받쳐 오르는 눈물을 삼켰다.

"이런 일이 내게 일어날 줄은 몰랐어. 도시가 아니라 여기 밖에 있는 것 말이야. 난 야생에 적합한 사람이 아니었으니까. 너랑은 다르지." 나는 주니퍼에게 멋쩍은 눈길을 보냈다.

주니퍼는 고개를 흔들며 손사래를 쳤다. "야생은 모두에게 다 필요해. 누구든지 야생을 경험할 수 있어야 해."

"맞아. 반란이 계속 일어나서 아르테미스가 모두 데리고 나오면 좋겠어."

"그렇게 될 거야." 주니퍼가 확신에 찬 목소리로 말했다. "아르테미스는 이제 포르샤 스틸의 숨겨진 진실을 폭로할 거야. 포르샤 스틸 정권은 세레나 말대로 거짓 위에 세워진 거였어. 그 모든 게 다, 그토록 오랫동안이나 말이야."

"우리의 평생이었어." 내가 말했다.

주니퍼가 고개를 저었다. "우리 평생은 아니야. 나도 처음에는 그렇게 생각했었어. 하지만 우리에겐 아직 인생 최고의 순간이 오지 않았잖아."

나는 활짝 웃었다. 이런 순간이 현실이 될 거라고는 생각하지 않았는데, 나는 야생에 있다. 주니퍼의 말이 옳다. 앞으로 더 많은 일이 기다리고 있겠지? 오늘은 그저 시작일 뿐이다.

"그래서 다음 계획은 뭐야?" 내가 물었다. 어젯밤에는 우리 둘 다 너무 기진맥진해서 다음에 어떻게 할지 미처 이야기를 나누지 못했다.

"베어가 아는 사람들과 함께 한 시간쯤 떨어진 곳에 있어."

"에너데일 사람들?"

"길에서 만난 사람들이야." 주니퍼가 웃으며 말했다. "너한테 할 얘기가 너무 많아."

걸어가면서 지난 몇 달 동안의 이야기를 들려주다가도 주니퍼는 자꾸만 멈춰 서서 내게 이것저것을 가리켰다. 꽃, 나무, 관목, 나비와 새. 바깥세상은 서로 다른 풍경들이 한데 모여 있는 모자이크 같다. 내 눈은 이렇게 다양한 풍경을 한 번도 본 적이 없었다.

"낙원에 온 것 같아." 솔직한 내 심정이었다. 그러자 주니퍼는 예전에 늘 그랬듯이 낙원과 비슷한 다른 단어들을 읊기 시작했다.

나무숲(주니퍼는 너도밤나무라고 했다. 우리 머리 위로 나뭇잎들이 녹색 다이아몬드처럼 반짝였다.)을 빠져나오자, 캠프가 보였다. 나무 사이에 천과 방수포를 걸어서 녹색 텐트를 만들어 놓았다. 이제 막 잠에서 깬 사람들이 아침 일과를 시작하는 중이었다.

주니퍼가 내 팔을 잡았고, 우리는 굵은 나무줄기 뒤로 가만히 몸을 숨겼다.

"누군데?" 내가 물었다.

"우리 같은 도망자들이겠지." 주니퍼가 자신 없는 말투로 속삭였다.

"적어도 적대적이지는 않겠네."

"아마도." 주니퍼가 조심스럽게 대답했다. "그래도 너무 가까이 가지 않는 게 좋을 것 같아. 저 사람들은 너무 눈에 띄어. 국경 경비대나 드론이 오면 어떻게 해?"

나는 고개를 끄덕였다. 그때 주니퍼가 갑자기 앞으로 뛰쳐나갔다. "나 저 사람 알아!"

주니퍼의 시선을 따라가니, 젊은 여성이 양손에 하나씩 양동이를 들고 우리 쪽으로 걸어오는 게 보였다.

주니퍼는 나무 뒤에서 나가며, 모든 경계를 풀고 큰 소리로 외쳤다. "올라!"

젊은 여성이 고개를 들더니 몹시 기뻐하며 우리 쪽으로 달려왔다. 그녀는 두 팔로 주니퍼를 껴안았다. "세상에, 여기서 뭐 하는 거야?"

"탈출하는 중이에요." 주니퍼가 웃었다. "한 번 더요!"

"지난번에 제대로 탈출했는지 확인하려고?" 그 여성이 나를 호기심 어린 시선으로 바라보았다. "이번에는 동행이 다른 사람이네."

주니퍼가 나를 소개했고, 우리는 지난 24시간 동안 벌어진 일을 두서없이 들려주었다. 올라는 주니퍼와 세레나가 포르샤 스틸의 관을 발견했다는 말에 매우 놀랐다.

"그럴 줄 알았어." 올라가 말했다. "그래서 그동안 포르샤 스틸이 보이지 않았던 거야."

올라는 우리에게 음식과 잠시 쉴 곳을 마련해 주겠다고 했지만, 나는 이제 아무것도, 아무도 주니퍼를 멈출 수 없으리라는 걸 알았다.

걷는 속도가 더욱 빨라지면서 대화도 끊겼다. 나는 다리를 움직이는 데 모든 에너지를 쏟아야 했고, 주니퍼의 마음에는 오직 베어뿐이었다. 약속된 장소에 가까워질수록 주니퍼의 긴장이 높아지는 게 느껴졌다.

지난번 것보다는 좀 더 잘 숨겨진 또 다른 캠프가 나타났다. 나무 아래였고 근처에서 시냇물 흐르는 소리가 들려왔다. 음악 소리 같았다.

한 무리의 사람이 통나무 위에 둘러앉아 있었다. 우리가 다가가자 몸집이 가장 작은 형체가 일어나 두 팔을 벌리고 바람처럼 달려왔다. 그 아이는 주니퍼와 나 사이로 들어와 우리 둘의 허리를 한꺼번에 끌어안았다.

"누나, 에티엔 형!" 베어가 소리쳤다. "돌아왔어!"

* * *

라치가 나를 보더니, 단호한 어조로 당분간 누워 있어야 한다고 말했다. 그래서 우리는 이틀째 한곳에 머물러 있다. 라치는 수상한 녹색 음료를 만들어 내게 매시간 마시라고, 애니 로즈 스타일로 엄격하게 권유했다. 그 약이 내 혈액 세포의 재생을 도와줄 거라고 했다.

그 덕분인지, 아니면 야생 조류 라모나와 다양한 조랑말들을 알게 된 덕분인지, 혹은 그저 여기 야생에 나와 있어서인지 잘 모르겠다. 아마도 이 모든 게 다 이유로 작용했겠지만, 나는 벌써 훨씬 나아진 느낌이 들었다.

오늘 아침, 나는 눈을 뜨자마자 캠프에서 몰래 빠져나와 전날 강제 휴식을 취하면서 하루 종일 살펴본 나무로 갔다.

그 나무는 타고 올라가기 좋게 크기도 했고 가지가 넓게 펴져 있었다. 나는 손쉽게 올라갈 경로를 찾아냈고 무성한 우듬지 속으로 들어갔다.

새들이 날아올랐다. 자신들의 세계에 들어온 나를 마치 깔보는 것처럼 돌아보았다.

"그냥 살짝 보기만 할 거야. 해치진 않을게." 나는 미안한 마음에 이렇게 속삭이고 나무줄기에 등을 기댔다. 생각보다 부드러웠다.

모든 것을 제대로 느끼고 싶어 눈을 감았다. 태양, 나무, 새 소리. 밑에서 주니퍼가 내 이름을 부르는 소리가 들렸다.

"괜찮아, 나 여기 있어!" 나는 그 애가 겁먹기 전에 재빨리 소리쳤다.

"에티엔! 뭐 하는 거야?" 주니퍼가 고개를 젖히고 나뭇가지 사이로 노려보며 외쳤다.

"내가 항상 하고 싶었던 일이야."

"조심해!" 주니퍼의 목소리가 날아올랐다. "라치가 한 말 명심해!"

나는 크게 소리 내어 웃었다. "어쨌든 점점 좋아지고 있어. 내 느낌은 그래."

정말이었다. 내 동맥과 정맥 속으로 야생의 기운이 강물처럼 흘렀다. 무적이 된 기분이다. 저 새들을 따라 날아갈 수 있을 것만 같다.

* * *

저녁이 되자, 모두가 다시 모닥불 주변으로 모여들었다. 베어는 불씨에 입으로 바람을 불어 넣고 불길이 커지면 손으로 막는 것이 마치 용을 길들이는 것 같다. 야생에 나온 뒤로 불을 얼마나 많이 피워 봤을까? 이제 확실히 전문가가 된 것 같다.

다른 사람들은 카드 한 벌을 꺼내 게임을 시작했다. '치트'라고 부르는 카드 게임인데, 모두가 소리치고 흥분해서 웃음을 터뜨렸다.

"정말 끼고 싶지 않아?" 주니퍼가 확인하듯 잠시 나를 돌아보며 물었다.

"난 이대로 행복해. 정말이야." 나는 주니퍼에게 한쪽 눈을 찡긋했다.

그 애가 미소를 지으며 다시 게임판으로 돌아가는 순간, 베어가 자리에서 일어나 목청껏 '치트'라고 외쳤다.

나는 멍하니 하늘을 바라보았다. 도시에서 내 방 창문으로 보던 하늘과 같은 하늘이라는 게 믿기지 않았다. 같은 달과 같은 별과 같은 행성. 같은 우주.

"별똥별이야." 퀴니가 갑자기 하늘을 가리켰다. "저기 봐!"

다행히 나도 볼 수 있었다. 밤하늘에서 불꽃이 떨어졌다.

"우리 모두에게 더 많은 행운이 있기를!" 퀴니가 자기 무릎을 껴안으며 말했다.

주니퍼와 캠이 서로 눈빛을 교환하는 게 보였다.

"저게 진짜 별이 아닌 거 알아?" 내가 두 사람에게 물었다.

"무슨 말이야?" 주니퍼가 물으며 다가왔다. 카드 게임은 이제 끝났고, 모두 조용해졌다.

"저건 사실 별이 아니야." 내가 말했다. "별똥별은 우주에서 암석이나 먼지 같은 게 지구 대기권으로 떨어지는 거야. 저렇게 빛나는 건 속도 때문이야. 공기와의 마찰 때문에 타오르는 거지."

베어가 존경 어린 눈빛으로 나를 쳐다보았다. "어떻게 그런 걸 다 알아, 에티엔 형?"

나는 이제 좀 부끄러워져서 웃었다. "그냥, 옛날 책에서 봤어."

"그러니까 별이 죽는 게 아니라고?" 퀴니가 물었다.

나는 고개를 저었다. "그냥 먼지가 타오르는 거야."

"그냥 먼지가 타오르는 것." 주니퍼가 자신의 무릎을 꽉 껴안으며 되뇌었다. "마음에 들어."

* * *

에너데일로 가는 긴 여정을 시작할 때까지만 해도 풀과 덤불은 발목 높이 정도밖에 되지 않았다. 하지만 계속 걸어가는 동안 날씨가 따뜻해지면서 풀이 자라는 게 눈에 보일 정도였다. 곧 모든 것이 무릎 높이까지 자라서 우리는 풀숲을 헤치며 걸어갔다. 나는 도시 여기저기에 내가 심어 놓은 식물과 씨앗을 떠올렸다. 부디 잘 자라고 있기를.

어느 날 산등성이를 걷고 있는데, 앞서가던 캠이 멈춰 서서 하늘을 올려다보며 크고 또렷한 소리로 휘파람을 불었다.

나는 캠의 시선을 따라가며 그가 흘러가는 구름 속에서 라모나를 찾고 있다고 생각했다. 하지만 캠이 보고 있는 것은, 우리 머리 위를 활공하거나 쏜살같이 날아가는 좀 더 작고 날씬한 다른 새들이었다.

조랑말을 타고 가던 베어가 깜짝 놀라 큰 소리로 외쳤다. "제비야! 제비! 제비 맞지, 캠 형?"

"올해 처음 봐." 캠이 웃으며 말했다. "여름을 나려고 아프리카에서 돌아왔어."

그 새들은 윤이 나는 검고 푸른 몸통에 배 아래 쪽은 희고 목은 붉은색이었다. 하늘로 날아오르며 이리저리 방향을 트는 대로 긴 꼬리가 리본처럼 휘날렸다.

"벌레를 잡으려는 거야. 에너지를 많이 보충해야 하니까." 주니퍼가 말했다.

나는 주니퍼와 눈을 마주치고 미소를 지었다. 그 순간 행복감에 가슴이 터질 것 같았다.

베어와 퀴니는 허벅지로 조랑말을 꽉 조이고 우리 앞에서 커다란 동그라미를 그리며 산등성이를 오르락내리락했다. 마치 제비의 비행을 흉내 내는 것처럼.

* * *

여행하는 동안 미리 산악 지대가 어떤지 이야기를 듣긴 했지만, 이렇게 아름다울지 상상도 못 했다. 산들이 마치 하늘을 스치는 것 같다.

"넌 정말 멋진 곳에서 태어났구나, 주니퍼." 내가 말했다. "네 고향 말이야."

주니퍼가 미소를 지었다. "네 고향이 될 수도 있어. 네가 원한다면."

"내가 여기 온 걸 사람들이 싫어하지 않을까?"

주니퍼는 전혀 의심하는 기색 없이 고개를 저었다. "자연은 모두를 위한 거야. 이번에는 우리가 잘 지켜야지."

30 평범하면서도 특별한 순간

주니퍼

에너데일로 들어가는 길목에 접어들자, 난 두 발에 날개가 달린 듯한 기분이었다. 베어는 이미 신이 나서 쿼니를 자랑이라도 하듯 끌어당기며 앞장서서 달렸다. 둘을 행복이 감싸고 있었다.

에티엔은 수줍어 보였다. 내가 아빠와 윌로우, 페른에게로 달려갈 때 에티엔은 조금 뒤처져 있었다. 캠이 에티엔 곁에 있어 주어서 다행이었다. 나는 달려가서 세 사람을 한꺼번에 껴안았다. 가슴이 터질 듯이 심장이 뛰고, 눈물이 하염없이 뺨을 타고 흘러내렸다.

"이제 괜찮은 거예요?" 나는 안도의 숨을 몰아쉬며 윌로우에게 물었다.

"그럼, 주니퍼. 난 괜찮아, 정말이야. 네 아빠를 돌아오게 해서 너무 미안했어. 난 그러지 말라고 했는데."

나는 고개를 저었다. "미안해하지 마세요. 아줌마가 건강하기만 하면 돼요. 얼마나 걱정했다고요."

나는 고개를 돌려 다른 사람들을 불렀다.

"우리 아빠는 만나셨고 윌로우 아줌마예요." 나는 두 사람을 앞으로 밀어 주며 기쁨에 겨워 소리쳤다. "그리고 여기…." 나는 호기심 가득한 얼굴로 나를 쳐다보며 웃는 페른의 머리에 뽀뽀를 했다. "이 아기는 페른이에요. 우리 여동생."

"전 캠이에요. 만나서 반갑습니다." 캠이 바로 인사를 했고, 퀴니가 다가와서는 언제나처럼 배우 같은 포즈로 살짝 무릎을 굽혀 인사를 했다.

"네가 누군지 알 것 같아." 윌로우가 허리를 숙여 퀴니와 악수를 했다. "네 얘기를 정말 많이 들었어. 퀴니 맞지? 베어 친구."

"맞아요." 베어가 자랑스럽게 말했다. 에너데일의 다른 아이들도 우리 주위로 우르르 몰려들었다.

윌로우가 웃음을 터뜨렸다. "퀴니, 넌 여기서 인기가 많을 거야. 얘들은 늘 새로운 친구랑 놀고 싶어 하거든."

"그리고 여기는." 내가 그 옆에 서며 말했다. "에티엔이에요."

"반갑구나, 에티엔." 아빠가 손을 내밀며 다가왔다. "네가 와서 정말 기쁘다. 네가 도시에서 주니퍼랑 베어의 진정한 친구로서 어떤 일을 했는지 잘 알고 있어."

에티엔이 손을 내저었다. "실은 그 반대예요. 주니퍼가 절 찾으러 왔잖아요. 심지어 훈련원 안에까지 들어오고."

잠깐이었지만 나는 아빠의 눈이 두려움으로 커다래지는 걸 보았다. 아빠가 나를 보며 이맛살을 찌푸렸다.

"나중에요." 내가 말했다. "전부 다 말씀드릴게요."

"그래, 나중에." 윌로우가 거들었다. "자, 다들 뭣 좀 먹어요."

* * *

"쭈 누나!" 베어가 나를 내려다보고 있었다.

나는 어젯밤의 환영 만찬 덕에 여전히 배가 부른 상태로 몸을 뒤척였다. "몇 시야?" 내가 신음하듯 물었다.

"고스트." 베어가 내 어깨를 툭툭 쳤다. "고스트를 찾아볼 거라고 약속했잖아."

나는 기지개를 켜고 스웨터를 입었다.

베어는 에티엔과 캠이 아직 늦잠을 자고 있을 옆집 오두막을 가리켰다. 퀴니는 우리 오두막에서 잤지만, 그 애의 침대는 비어 있었다. 퀴니는 베어보다도 더 일찍 일어났다.

"에티엔 형을 깨울까? 고스트가 보고 싶다고 안달을 냈잖아."

나는 고개를 흔들었다. "그냥 자게 놔두자. 아직 기력을 회복하는 중이니까."

베어가 슬그머니 내 손을 잡았다.

내가 레드라고 이름 붙인 울새가 벌레 한 마리를 맹렬히 잡아당기고 있다.

울새는 우리가 지나가는 것을 지켜보았다. 마치 우리가 돌아왔으니 앞으로는 더 다양한 먹이를 얻어먹을 수 있겠구나 하고 기대하는 것 같다.

호수 위에는 안개가 낮게 깔려 있었다. 차가운 수증기가 구름처럼 피어올라 모든 것이 아름답고 신비스러웠다. 언제나처럼 조용히 경계하고 있는 왜가리가 보였다. 그리고 호숫가에 서 있는 퀴니와 그 애 위로 날아가는 라모나가 눈에 들어왔다.

"안녕! 잘 잤어?" 우리가 다가가자 퀴니가 활짝 웃으며 소리쳤다.

호수를 떠나 빈터 쪽으로 가자, 거기 고스트가 있었다. 우리가 떠날 때 보았던 바로 그곳에.

베어와 난 서둘러 달려 나갔지만, 뭔가가 달랐다. 이제 여름털이 다시 자라기 시작하면서 구릿빛이 감도는 것 말고도 다른 게 느껴졌다.

고스트는 여느 때보다 확실히 더 예민했다. 베어와 나는 불안한 눈길을 주고받았다. 우리가 너무 오래 떠나 있었던 때문일까? 우리를 잊어버린 걸까?

그때 고스트가 옆으로 비켜섰고 우리는 깜짝 놀라 입을 떡 벌렸다. 새끼가 있었다. 두 마리.

“쭈!” 베어가 흥분해서 비명을 지르며 내 손을 잡았다. “새끼 스라소니야!”

더는 가까이 다가가지 않았다. 그러면 안 되는 게 분명했으니까. 우리는 빈터 가장자리에 무릎을 꿇고 앉아, 서툴고 우스꽝스러운 움직임으로 함께 뒹구는 새끼들을 바라보았다. 우리가 본 것 중에서 가장 아름다운 생명체였다. 부드럽고 복슬복슬한 새끼들은 귀 끝에 아주 작디작은 솜털 뭉치가 나 있었다. 고스트는 우리가 건들지 않으리라는 것을 확인한 듯, 새끼들 옆에 누워 머리를 핥아 주기 시작했다. 새끼들은 몸에 비해 큼직한 발로 어미를 붙들고 씨름하듯 뒹굴었다.

고스트가 새끼들과 함께 있는 것을 보니 눈물이 났다.

“새끼들 이름을 지어 줄까? 한 마리는 ‘제비’라고 할까 봐.” 베어가 말했다.

이 작은 동물들은 산등성이에서 본 새들만큼 민첩하지는 않지만, 머지않아 날렵하고 은밀하게 움직이는 사냥꾼이 될 게 틀림없다. 자기들 엄마처럼, 숲속에서 보이지 않는 그림자처럼 움직이겠지.

“다른 새끼도 새 이름으로 지어야지. 형제니까.” 베어가 계속 종알거렸다. “둘 다 수컷일까? 아니면 둘 다 암컷? 아니면 암수 하나씩일까, 누나랑 나처럼 말이야.”

나는 미소를 지었다. “아마 새끼들이 조금 더 크면 고스트가 우리한테 보여 주지 않을까? 지금은 자기들끼리 있고 싶은가 봐.”

고스트는 마치 무아지경에 빠진 듯, 사랑과 책임감이 담뿍 담긴 눈길로 새끼들을 훑고 있다.

“우린 그만 가는 게 좋겠다.” 내가 말했다. “아빠 고스트가 오고 싶어 할지도 모르잖아.”

“에티엔 형, 조금만 기다려.” 호수로 돌아가는 길에 베어가 말했다. 잔뜩 흥분한 목소리였다. “스라소니가 한 마리가 아니야. 이제 이 계곡에는 스라소니가 적어도 네 마리는 된다고.”

“근데 다른 새끼는 어떻게 할 거야? 뭐라고 부르지?” 내가 웃으며 물었다.

“찌르레기.” 베어가 망설임 없이 대답했다.

“좋은데.” 나는 마치 살아 있는 구름인 양 하늘을 이리저리 날아다니며 모양을 바꾸는, 반짝이는 새 떼를 떠올렸다.

“제비와 찌르레기.”

베어는 에티엔에게 새끼 스라소니들 얘기를 해 주고 싶어서 입이 근질근질한지 앞장서서 뛰어갔다. 나는, 우리가 섬이라고 부르는 곳을 빙 둘러 잠시 걸었다. 거기에서는 이제 캠이 라모나를 날리고 있다.

“퀴니는 실컷 놀았나 봐.” 내가 다가가자 캠이 말했다. “너희 아빠가 만든 팬케이크가 먹고 싶다면서, 다들 일어났는지 보러 갔어."

나는 미소를 지었다. "우리 아빠 팬케이크는 한 번 먹으면 평생 찾게 돼."

캠이 활짝 웃었다. 라모나는 마치 끈으로 묶인 듯 그에게로 돌아왔다. 캠은 그 새의 깃털을 사랑스럽게 쓰다듬었다. "너는 더 용감해져야 해, 라모나." 캠의 말에 새가 캠의 손가락에 머리를 들이밀었다. "네 먹이를 언제까지나 나한테 의지할 수는 없잖아. 너의 진정한 날개를 찾아야 해."

"라모나의 상처가 아주 심한가 봐?" 내가 캠에게 물었다.

"그런 것 같아. 하지만 난 포기하지 않아. 라모나는 야생의 새니까 자유로워야 해."

캠이 손을 들어 황조롱이를 다시 날려 보냈다. 새는 호수 주변을 한 바퀴 원을 그리며 돌기 시작했다.

"에티엔은 일어났어?" 나는 오두막 쪽을 돌아보았다.

"에티엔은 나보다 먼저 나갔어." 캠이 말했다. "강으로 올라갔어, 물 뜨러. 에티엔은 이곳에 바로 적응하고 있는 것 같아."

에티엔이 물을 길으러 강으로 가는, 그토록 평범하면서 동시에 특별한 일을 한다는 생각에 나는 문득 행복감을 느끼며 살짝 미소를 지었다.

나의 강, 나의 라이자강. 나는 에너데일이 점점 더 진정한 고향처럼 느껴졌다.

봄날이 내 앞에 펼쳐지고 있다. 갑자기 오늘 할 일이 선명하게 떠올랐다. 엄마의 오래된 물감으로 우리 오두막 밖에 앉아서 캠을 위해 라모나를 그려야겠다. 퀴니네 일행이 다시 길을 떠날 때, 캠에게 뭔가 특별한 선물을 주고 싶었다. 우리가 집으로 돌아올 수 있게 도와준 그에게 고마움을 전하는 작은 증표로.

에필로그

에티엔

우리는 고개를 넘어 세인트 비즈라는 곳으로 소풍을 갔다. 에너데일 사람은 거의 다 온 것 같다. 어른들은 캠핑 장비로 가득 찬 커다란 배낭을 메고 있었다. 다 같이 해변에서 하룻밤 묵을 예정이었고, 모두가 축제라며 즐거워했다! 나는 이렇게 행복해하는 사람들의 모습을 한 번도 본 적이 없다.

바다를 보기도 전에 바다 냄새가 났다. 공기 중에 떠도는 습기가 분무기로 얼굴에 부드럽게 물을 뿌리는 것 같았다.

"맛이 느껴져! 소금 맛이 나!" 베어가 잔뜩 신이 나서 외치며 앞장서서 뛰어갔다. 베어의 친구들이 그 뒤를 좇았다.

주니퍼와 나는 웃으며 눈길을 주고받은 뒤, 아이들을 따라잡기 위해 전속력으로 달렸다. 오늘은 우리도 어린애가 된 것처럼 행복했다.

해변은 마치 주니퍼가 그린 그림 같다. 모래와 물과 하늘이 노란색과 파란색 띠를 이루고 있다.

우리는 신발을 벗어 모래 위에 쌓아 두고 바다로 달려갔다.

파도가 우리 발 위로 남실거렸다.

“바다가 우리를 쫓아와!” 베어가 외쳤다.

“앗, 차가워!” 주니퍼가 소리친다.

우리는 웃으며 서로를 부추겨 점점 깊이 들어갔다. 물이 어깨까지 왔다. 우린 머리까지 물에 담가 보기도 하고, 윌로우가 가르쳐 준 대로 등을 대고 누워 물 위에 떠 있어 보았다.

베어랑 파이퍼 등 에너데일 아이들은 바닷가에서 파도를 피해 달아났다가 다시 뒤돌아 파도를 쫓아가며 웃음을 터뜨렸다. 파도는 계속 찾아온다. 바다는 늘 그래 왔다.

잠시 후, 주니퍼와 나는 물에서 나와 담요를 어깨에 두르고 모래사장에 나란히 앉았다.

“저기 수평선 좀 봐.” 내가 말했다. “끝없이 이어지는 것 같아.”

“어쩌면 정말 그럴지도 몰라.” 주니퍼가 웃으며 말했다. “언젠가 내가 직접 배를 타고 바다로 나가서 확인해 볼 거야. 갈 수 있는 데까지 멀리.”

나는 주니퍼의 열정에 웃음을 터뜨렸다. “나로서는 지금은 에너데일이면 충분해. 그리고 여기 세인트 비즈도. 여기보다 더 좋은 곳은 상상할 수도 없어."

진심이었다. 특히 엄마가 여기 온다면. 에너데일로 오는 길에 만났던 올라가 2주 전쯤 여기로 와서 우리 도시의 소식을 전해 주었다. 반란은 거의 끝났고, 아르테미스 쪽 사람들이 통제권을 잡았다고 했다.

엄마는 한동안 병원에 남아서 일손을 돕다가 마침내 에너데일을 향해 출발했다. 엄마는 애니 로즈, 샘과 함께 천천히 여행 중이다. 나는 샘이 노스엣지를 떠날 거라고는 상상도 하지 못했다. 여행하는 동안 온갖 식물들을 보고 아저씨가 얼마나 놀라워할까.

주니퍼는 여전히 수평선을 바라보며 조용히 앉아 있다.

"무슨 생각 해?"

주니퍼는 어깨를 으쓱했다. "그냥 더 많은 사람이 야생으로 나오면 어떻게 될까 생각해 봤어."

"겁나?"

"조금은." 주니퍼가 솔직하게 말했다. "하지만 우리만 누릴 수는 없잖아, 안 그래?" 주니퍼는 손을 내밀어 바다와 모래 언덕, 곶을 가리켰다. "이렇게 아름다운데 말이야."

나는 생각에 잠긴 채 고개를 끄덕였다. "훈련원에 갇혔을 때 모든 게 끝났다고 생각했어. 몇 번 기회가 있었지만 다 놓쳐 버렸으니까."

주니퍼의 얼굴에 슬픔이 드리웠다. "미안해."

나는 그 애를 부드럽게 밀었다. “너만은 미안해할 필요 없어. 날 위해 돌아왔잖아.”

주니퍼의 얼굴에 살포시 미소가 돌아왔다.

갑자기 우리 둘은 물에 흠뻑 젖었고 깔깔대는 웃음소리가 들렸다. 베어가 우리 머리 위로 바닷물 한 양동이를 쏟아부은 것이다.

나는 화난 척하며 벌떡 일어섰다. “그만해! 잡히면 가만 안 둬!”

베어는 신이 나서 소리를 지르며 모래 위를 뛰어 달아났다. 주니퍼와 나는 베어를 뒤쫓아 다시 반짝이는 바다로 뛰어들었다.

에필로그

주니퍼

베어와 에티엔은 바닷가에서 파도가 몰려올 때마다 비명을 질러 댔다. 나는 혼자 파도가 잔잔한 곳으로 걸어 나가 물고기나 바다표범, 돌고래처럼 물속으로 뛰어들었다. 이보다 더 기분이 좋을 수는 없을 것 같다. 내게 수영을 가르쳐 줄 때, 윌로우는 완전히 새로운 세상도 열어 주었다.

에너데일 사람들은 물속에서 놀거나, 모래사장에 누워 있거나, 바닷가에서 해초와 회향풀을 찾아다녔다. 이리저리 둘러보는데, 내게 해피엔드가 찾아온 느낌이 들었다. 이들은 나의 친구이자 가족들이다.

하지만 나는 어떤 일이 끝나더라도 그게 새로운 시작이 될 수 있다고 생각한다. 우리 공동체도 변화할 것이다. 새로운 사람들이 찾아올 것이고, 어떤 사람들은 떠날 것이며, 또 어떤 사람들은 지나가다 가끔 들르겠지. 그래도 괜찮다. 원래 그래야 하는 것이니까.

지금은 사람들이 다시 자연으로 돌아가야 할 때다. 우리가 없었던 세월 동안 야생이 회복되었으니, 이제 좀 더 많은 사람이 야생을 누려야 할 때다. 두렵지만 이것은 새로운 기회다. 그 오랜 세월 동안 자연과 격리되어 지낸 경험이 사람들에게 자연이 얼마나 중요한지 가르쳐 주었기를 바랄 뿐이다.

햇살이 내 몸 깊숙이 스며들어, 물속에서 나는 가볍게 떠오르며 환하게 빛난다.

나는 야생의 인간이고 자유롭다. 세상은 새로운 페이지로 넘어가고 있다.

나무픽션 8

리와일드 2

초판 1쇄 발행 2024년 9월 30일

지은이 니콜라 펜폴드
옮긴이 조남주
표지 일러스트 김산호
펴낸이 이수미
편집 김연희
북 디자인 이지선
마케팅 임수진
종이 세종페이퍼 인쇄 두성피엔엘 유통 신영북스

펴낸곳 나무를 심는 사람들
출판신고 2013년 1월 7일 제2013-000004호
주소 서울시 용산구 서빙고로 35, 103동 804호
전화 02-3141-2233 팩스 02-3141-2257
이메일 nasimsabooks@naver.com
블로그 blog.naver.com/nasimsabooks
인스타그램 instagram.com/nasimsabook

ISBN 979-11-93156-19-3 44840
979-11-90275-27-9(세트)